雄安记

著 | 叶梅
赵晏彪
贺颖

浙江教育出版社 · 杭州

图书在版编目（CIP）数据

雄安记 / 叶梅，赵晏彪，贺颖著. -- 杭州 : 浙江教育出版社，2023.6
ISBN 978-7-5722-5913-5

Ⅰ. ①雄… Ⅱ. ①叶… ②赵… ③贺… Ⅲ. ①纪实文学－中国－当代 Ⅳ. ①I25

中国国家版本馆CIP数据核字(2023)第092438号

责任编辑 王晨儿 姜天悦　　美术编辑 韩 波
责任校对 洪 滔　　封面设计 顾 页
责任印务 陈 沁

雄安记
XIONGAN JI
叶梅 赵晏彪 贺颖 著

出版发行 浙江教育出版社
(杭州市天目山路40号 电话:0571-85170300-80928)
图文制作 杭州兴邦电子印务有限公司
印　　刷 浙江新华数码印务有限公司
开　　本 710mm×1000mm 1/16
印　　张 21.25
插　　页 4
字　　数 425 000
版　　次 2023年6月第1版
印　　次 2023年6月第1次印刷
标准书号 ISBN 978-7-5722-5913-5
定　　价 78.00元

如发现印装质量问题，影响阅读，请与本社市场营销部联系调换，电话：0571-88909719

序

六年时光。

2017年4月1日，春风吹拂着华北大地，在中国版图一个新的坐标上，一个崭新的“春天的故事”拉开了帷幕。

设立河北雄安新区，是中国在21世纪开创的又一千年大计。

春去冬来，六年间，首都北京天坛、日坛那一片片古老的柏树林在时光的抚摸下依然苍劲挺拔，饱经几百年风霜的翠柏，又悄然扩展了六道蜿蜒的年轮。而在相距北京不远的雄安新区，人们六年来种下了一棵棵油松、栾树、国槐、柳树、海棠……由一棵棵小树苗长到了三四米高的大树，望去已然是一片郁郁葱葱的森林。“千年秀林”每时每刻都在蓬勃生长之中。

雄安新区是中国继设立深圳经济特区、上海浦东新区后又一具有全国意义的新区，是以习近平同志为核心的党中央作出的一项重大历史性战略决策，也将是这一代中国共产党人留给子孙后代的历史遗产。自2017年4月宣告设立以来，雄安新区在六年间创造了一系列科技、生态、文化等创造性、创新型的奇迹。

“雄安”之名，取“雄踞北方，以安天下”之意，又取自这片土地上雄县、安新两县的县名。雄安新区涵盖雄县、安新、容城三县及周边地区，古为雄州、安州之地，不同朝代因辖区有异而名称多有变更。雄安地处太行山东麓、冀中平原河北省中部，邻近北京、天津，东接廊坊，西接保定。境内有南拒马河、大清河等多处河道，铁路、公路纵横，属暖温带气候，四季分明。

恰是一块宝地。

黄河是中华民族的母亲河之一，华北平原是孕育中华民族的温床。从九曲黄河到巍巍太行，从中原大地到燕赵雄关，有多少中华民族的英雄儿女，在这个舞台上演绎出一幕幕荡气回肠的历史剧，如今新一幕“世纪大戏”正在上演。雄安新区以“世界眼光、国际标准、中国特色、高点定位”的目标和万象皆新的姿态，让世界瞩目。

在20世纪，80年代看深圳，90年代看浦东；21世纪看雄安。

新城雄安，六年间拔地而起。穿越历史长河，雄安新区这片厚重的土地，曾经是兵家必争之地，如今则是希望之地、梦想腾飞之地。

我们走进雄安，感受这片土地上的新风、雄风，试图以文学的笔触真实再现那些动人的场景。六年时光之中的雄安故事，一个个雄安建设者的劳动智慧，美妙而新奇的城市建筑，神话般的绿色平原，新老居民的生活轨迹，曾经远去却被当代人不断挖掘的历史文化……这一切，无不体现千年大计之雄安新区的迅速崛起。

雄安崛起，新时代的中国新史诗。

目录

第三章

生态雄安，华北明珠

第四章

人文雄安，燕赵之风

第五章 将乡愁写入奋斗人生

第六章 自豪的“雄一代”

第一章

千年大计

历史广角下的华北平原

在广袤无垠的地球大陆上，峻拔的高原、连绵的山地、起伏的丘陵、沉降的盆地、辽阔的平原，构成了地表最为分明的风貌。

在远古一次次剧烈而持续的地壳运动中，巍峨的太行山脉开始形成。地壳的运动，有如史诗一般，谱就跌宕磅礴的大地华章。

西高东低的地势之下，西部黄土高原附近的河流携带大量泥沙，不断向东部地势较低处咆哮冲撞而下，泥沙也因此一路流到河流的中下游。当河道在水流的前行中逐渐变宽，河水的流动速度减慢，河流携带的泥沙就开始沉积下来，日复一日，形成了连片的大平原。与此同时，平原边缘断块山地相对隆起，大平原轮廓日趋鲜明。太行山东部一大片初具规模的扇状冲积平原就此形成。

黄河、海河、淮河等水系同样携带大量泥沙，并自西向东继续流动到此地。泥沙沉积，最后形成了现今土地肥沃、生机无限的北方福地——华北平原。

世界上许多大河的中下游，都形成了广阔的冲积平原。今天的华北平原，是我国的第二大平原，总面积达31万平方公里。它属于华北陆台上的新生代断陷区，位于中国东部偏北，在燕山、太行山、淮河之间，西起太行山和伏牛山，东到黄海、渤海及山东丘陵，北起燕山，西南到桐柏山和大别山。

漫长的历史进程中，洪水、内涝和干旱，特别是春旱以及盐碱、风沙等自然灾害，曾一度威胁着华北平原的环境状况与人民生命财产安全。中华人民共和国成立后，经过根治水患、改造黄河，华北平原发生了巨变。暖温带季风气候，使得华北平原大部分地区冬季寒冷干燥，夏季高温多雨，四季分明，水量丰沛，成为了土壤肥沃、水源充足的膏腴之地。

长风浩荡，鼓号震关，这片平原大地，在华夏文明几千年历史中历经了无数次演变，发生过无数战争，留下了许多传说。

公元前约2700年，炎帝在率部东迁时，发现了丰腴肥沃的华北平原，于是在此地定居下来。不料自东而来的九黎族在西迁时也来到了这里，由此爆发了一场激烈的争夺战。炎帝部落先是不敌凶悍的蚩尤部落，退回至陕西、甘肃一带，后又联合了黄帝部落，重整旗鼓，率领上古八姓联盟（最早的华夏联盟）再次向华北平原进发。

蚩尤部落早有防范，双方于涿鹿地区（今河北涿鹿东南地区）相遇并开战。相传其时天气骤变，莫名起了大雾，炎黄部落因为有指南车，率先完成了集合并发起进攻。蚩尤部落因为没能及时集合，力量分散，瞬间溃败。炎黄部落乘胜追击，一鼓作气斩杀了九黎族首领蚩尤，从此定居于华北平原。蚩尤部落大部分归顺于炎黄部落，并在之后融入华夏民族。

历史传说纷纭炫目，华北平原上风云变幻。

据史料记载，历史上的华北平原，一直是我国开发较早、人类活动影响较大的地区。先秦时期，黄河下游洪积冲积扇顶端区域，就出现了颇为发达的原始农牧业产业。

华北平原作为中国古代中原的主体，一直处于中国历史舞台的中心，政治斗争与军事征战频繁激烈。到了春秋后期，由于地形平坦、气候湿润，这一带的耕地面积急剧增大，逐渐成为重要的农垦区。据西汉后期平帝元始二年（公元2年）的官方统计，当时全国人口约6000万，而华北平原就有3000余万，占全国人口总数的一半多。由此可见这一地区在西汉时期地位之重要与经济之繁盛。

历史上，华北平原经历过繁荣，但也经历过多次战乱和灾荒，以致一次次人口大减、农田荒芜，肥沃的土地变成次生的草地和灌木丛。明清以后，因黄河与海河泥沙的淤积，水源减少甚至断绝，再加上人工围垦，湖泊沼泽大量淤塞消亡。近代以来，这一带更是战乱不断，加上旱涝碱蝗等严重自然灾害，百姓不得不离开此地，四处逃散。

中华人民共和国成立后，华北平原迎来了希望和生机。经济的快速发展使其很快成为中国经济发达地区之一。华北平原及其邻近地区所拥有的煤炭、电力、石油、化工、钢铁、纺织、食品等工业在全国占有重要地位。

时光荏苒，今天的华北平原，和平富庶，繁荣发达，已然是中国北方一片生机勃勃的热土。

从北京到雄安

这里是北京。

蜿蜒的永定河，自太行山深处逶迤而来，形成了海河中游的干流段；另一条则是自燕山流泻而下的潮白河。两山两河合围，缔造出这片皇城王地。位于太行山与燕山交汇处的首都北京，三面环山，由太行山、军都山形成半圆形屏障。北京，吸纳的是昆仑山的精气，撑起的是太行山的强势，延续的是长白山的久远。

首都北京是世界认识中国的核心视域。在3000多年的时光里，这座城从一个边塞重镇，变身为世界现代都市，用时光凝练出一座呈现华夏审美极致的都城。

作为全国政治中心、文化中心、国际交往中心、科技创新中心，北京正推动世界向低碳化、数字化转变。

一场春雨淅淅沥沥地洒向了华北平原，这年春天似乎来得特别早。2017年2月23日，习近平总书记从北京来到河北省安新县进行实地考察，并主持召开了河北雄安新区规划建设工作座谈会。一个多月之后的4月1日，中共中央、国务院印发通知，决定设立河北雄安新区。

春回神州大地，这个春天多有美好的壮举。

设立河北雄安新区，是以习近平同志为核心的党中央作出的一项重大历史性战略选择，是千年大计、国家大事。这对于集中疏解北京非首都功能，探索人口经济密集地区优化开发模式，调整优化京津冀城市布局和空间结构，培育创新驱动发展新引擎，具有重大现实意义和深远历史意义。

设立新区，“立”字有讲究。“立”，为建始。新区，又称城市新区。其涵义无外乎三点：其一，在距离上离主城较近，经济发展水平落后于主城，但与主城在政治、经济、文化等方面存在紧密联系并享受各种特殊政策，具有各种城市要素功能；其二，在未开发的空间里建设一个新城；其三，在政府的统一部署下形成一个具有战略意义的区域。

“新区”原本为舶来词，并非中国独创。回望19世纪，伦敦是世界上最大的城市，有超过100万人口。城市人口的密集性达到了不可控制的程度，缓解城市拥挤状况成为必须面对的问题。1854年，伦敦成立了改善工人住房委员会。1899年，霍华德发起成立了花园城市联合会，并在伦敦郊区建设了两座新城——1902年的莱切沃斯和1919年的韦林。两次世界大战让伦敦受到重创，英国政府开始讨论重建城市的方案。

1942年，英国皇家学会MARS小组的建筑师提出一个规划方案，将伦敦由原来封闭的城市形态转变为一个开放的、由两个相互隔离的部分组成的大伦敦。新城运动的理论源于霍华德的花园城市理论，和卫星城一样，也是为了解决大城市问题，发展中小城市。新城的特点之一是位于城市远郊，之二则是使用价格低廉的农地，降低新城的建设成本。当时根据这种模式，在伦敦周边一共建设了11个新城，解决了将近200万人口的居住问题。这些城区与伦敦有绿带隔离，空间上相对独立，距离仅为大概1个小时的车程。虽然有经济互补、功能独立等多个优势，但也有异地工作、交通不发达等当时存在的种种劣势，这种模式被认为过于理想化，尽管如此，它仍在新城建设的历史上迈出了关键的一步。

"新区"落户中国，有了独到的中国特色。20世纪90年代，世界经济进入了一个以区域整合为特征的发展阶段。在当前形势下，我国的城市新区建设取得重大进展。

如今，从北京到雄安，又一个全新的核心区——雄安新区应运而生了。

最佳选择

城无水不灵。在水资源方面，雄安有两大优势：第一，当地有“华北之肺”之称的白洋淀；第二，不占用北京的水。当地有水好理解，不占北京的水则更关键。

雄安新区的三个县，是河北水资源相对丰富的地方，属于大清河水系，不仅有白洋淀，还有密集的地下水系，而这些水系与北京永定河地下水系是互不相连的。也就是说，雄安不会与北京2000多万人“抢水”。

此外，很多人不知道的是，雄安供暖可以不用煤。

北方传统的供暖方式主要靠煤，而这会造成严重的环境污染。河北若烧煤，必然影响北京的空气质量。所以，如果不能解决清洁供暖问题，断然不可能在北京附近，再兴建一座千万级人口的城市，尤其是在当前需要解决雾霾问题的形势下。

这个问题，恰恰被当地的另外一种水资源——地热水解决了。雄县的地热水储量为821.78亿立方米，居华北之冠，并且容易开采，可以实现循环利用。目前雄县已经近100%实现地热供暖，冬季供暖二氧化碳接近零排放。如此庞大的地热水资源，有望满足千万级别的人口冬季取暖需求。

为何选择雄安，还有一个很朴素的原因——离北京很近。

雄安新区，地处京津冀腹地，与北京、天津车程距离1小时，区位优势得天独厚。京雄高铁开通之后，北京到雄安只需四十分钟。

千年大计，第一是福泽千年，第二是用功千年，第三是昌盛千年。

在此之前，北京市曾提出“聚焦通州战略，打造功能完备的城市副中心”，明确通州作为城市副中心的定位。这也是北京市围绕建设中国特色世界城市目标、推动首都科学发展的一个重大战略决策。

2016年3月24日，习近平总书记主持召开中共中央政治局常委会会议，听取北京城市副中心和疏解北京非首都功能集中承载地有关情况的汇报并指出：从国际经验看，解决“大城市病”问题基本都用“跳出去”建新城的办法。他强调：规划建设北京城市副中心和集中承载地，将形成北京新的“两翼”，也是京津冀区域新的增长极。

北京新的“两翼”终于浮出水面。

节奏不断加快。

2016年5月27日，中共中央政治局召开会议，审议《关于规划建设北京城市副中心和研究设立河北雄安新区的有关情况的汇报》，“雄安新区”首次出现在汇报稿的标题之中。

2017年2月23日，习近平总书记到雄安新区考察，同年4月1日，中共中央、国务院印发通知，决定设立河北雄安新区。由此，这项被称为“千年大计、国家大事”的新城计划正式进入公众视野。

2018年初冬，北京市扶贫支援办、市直机关工委、市保密局、团市委等部门陆续迁入北京城市副中心行政办公区，即通州新城规划建设区。该区总面积约155平方公里，外围控制区约906平方公里。国家批准北京城市副中心的建设是调整北京空间格局、治理“大城市病”、拓展发展新空间的需要，同时也是推动京津冀协同发展、探索人口经济密集地区优化开发模式的需要。

已经有通州这个北京城市副中心了，为何还要设立雄安新区？通州只是“一翼”，两翼联动，方可展翅高飞。选址雄安，就是为了与北京城市副中心共同形成北京新的强健的“双翼”。

“集中疏解北京非首都功能”，赫然列在雄安新区所有职能的第一位。高铁开通之后，雄安俨然已在北京半小时生活圈内，人们往返北京以及上下班更为快捷方便。

雄安新区距离海边只有100多公里，区域内有河流，有湖泊，风景优美。有专家认为：从地理角度分析，雄安新区、北京、天津，基本构成一个等边三角形。从长三角与珠三角的发展经验看，以上海作为龙头的长三角，有南京与杭州作为两翼，宁波、苏州等城市作为节点。而珠三角，有广州与深圳作为龙头，东莞、珠海、中山等为节点，还有香港、澳门的强力推动。这两个后劲十足的经济区都至少有三到四个极为重要的城市作为战略布局的依托，形成由点到面的大格局。相比较之下，京津冀协同的核心区只有北京与天津两个重要城市，在北京的西南方向，缺少一座足以支撑起这个城市群定位的重要节点城市。设立雄安新区，弥补了京津冀城市群的重要缺漏，是推动这个城市群发展的重要举措。

习近平总书记曾强调："雄安新区将是我们留给子孙后代的历史遗产……"

"两翼"已然形成，人们对"千年大计、国家大事"的雄安寄予更多、更高的期待。

一位资深科学家说："有一批可借鉴可复制的经验将在这里探索、产生、发酵、扩散，透过年轻的雄安，我们可以想象未来的样子，想象千年大计的雄壮，想象一座高新科技聚集的新城的未来。"

2019年的4月，在宣布设立雄安新区两周年之际，一组数据说明了人们对"未来雄安"的热切关注。两年间，"雄安"搜索指数暴涨了近700%，进出雄安市民服务中心的市民、游客已经超过270万人次。雄安新区，这座国务院批准设立的19个国家级新区中最年轻的新区，热度、流量都位居前列。

"新时代标杆、试验田、高科技未来、千年大计……"这些描述雄安的词汇吸引了全国乃至全世界的目光，全国各地的人纷纷来到雄安新区考察，多个国家的代表团、外国驻华使节团、跨国公司代表团、欧盟驻华代表团，以及联合国副秘书长、联合国环境规划署执行主任等来自世界各地的考察团队驻足雄安，展望雄安的未来。

无改革创新，便无雄安价值。

显然，雄安之所以备受关注，不仅是因为设立雄安新区是一项重大的历史性战略选择，是京津冀协同发展国家战略的重要布局，更因为从雄安的崛起中可以看到关于未来发展的信息。雄安承载着多重使命——打造新时代中国高质量发展的全国样板，谋求区域发展新路子，打造经济社会发展新增长极，等等。

“水城共融犹如江南水乡，大量管廊地下藏，地底通道汽车穿梭忙，行人休闲地走在马路上，街道两边传统特色建筑分外亮堂，河水穿城流淌，森林公园里空气清新舒畅，被绿树隔离带包围的白洋淀碧波荡漾……”人们用诗意的语言描述着这座未来之城的模样。高科技的生产方式、崭新的生活模式、舒适美好的生态空间，让人憧憬和向往。

这一切，都在于人们的创造。

第二章

科技雄安，未来之城

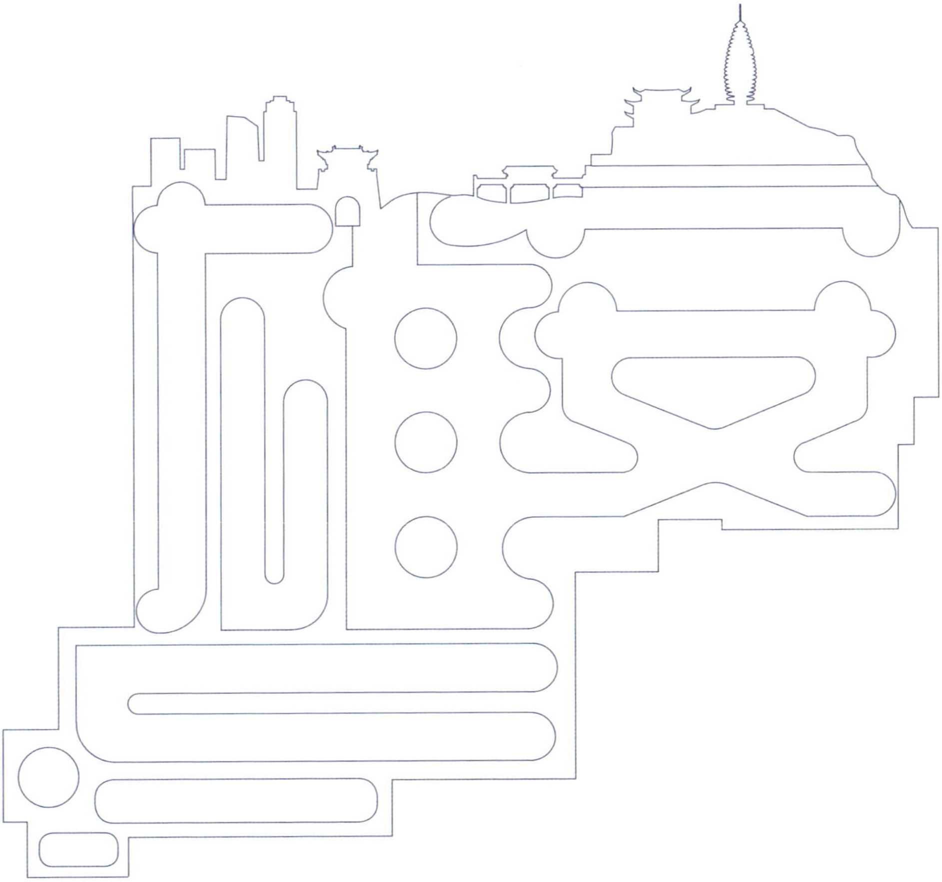

面向全球招标

2017年4月，一则消息不胫而走：河北雄安新区举行自设立以来的首场新闻发布会，发言人表示，雄安新区计划将30平方公里启动区的控制性详规和城市设计，面向全球招标，开展设计竞赛和方案征集。

一时间，全球的目光都聚集在了雄安。

紧接着，“雄安新区启动区城市设计国际咨询建议书征询公告”正式发布，咨询任务为“雄安新区起步区概念性总体城市设计（咨询范围约198平方公里），启动区城市设计”。

这个消息顿时像巨大的磁铁一般，吸引了无数国际顶级设计机构。短短一个星期，相关组织部门就收到近280家国内外设计机构的报名。

2018年初，时任英国首相特蕾莎·梅访华时签订的中英合作订单中，有一项十分引人注目：英国金丝雀码头集团将为雄安新区提供设计、规划、建设、运营建议，共同建设“雄安新区金融科技城”。

这是富有经验的国际团队瞄准中国“千年大计”、搭乘发展快车、开展互利合作的开始。未满周岁的雄安新区，已经站在了国际舞台上。

2018年5月，在外交部南楼蓝厅，也就是新闻发布厅举行的雄安新区全球推介活动上，时任外交部部长王毅兴致勃勃地表示，雄安新区计划向全球公开招标，汇聚国际一流团队的智慧。雄安一定是面向全球的，新区下一步的建设将吸引更多国际人才、技术、资金和项目。

这是外交部对雄安新区的第一次全球推介。

2018年9月，雄安新区启动区城市设计方案征集委员会经过层层遴选，根据世界眼光、国际标准、中国特色、高点定位的要求，综合考虑各设计团队的业界声誉、专业水平、案例经验、人员构成和专业适配性，按照公平、公正的原则确定应征入选单位，从96个有效应征单位中最终评选出12个，其中包括5个联合体和7个独立应征单位，所属国家包括中国、英国、法国、德国、西班牙、意大利、美国、澳大利亚、日本等。

据新区工作人员介绍，本次入选单位都是具备良好国际声誉的一流设计团队，拥有国内外重要城市的设计经验和成功案例，入选单位领衔的首席建筑师、首席规划师、首席景观师均为国内外知名专家，较好地契合了雄安新区高起点规划、高标准建设的要求。

仅仅一年时间，中国政府对雄安新区致力于创新的决心以及为此付出的努力，就得到了世界的充分关注。

据人民网舆情数据中心发布的相关报告，美国《福布斯》杂志网站曾刊文表示，由于雄安新区规划中对“创新”的重视，一些分析人士甚至将其称为新的“硅谷”，认为雄安新区将在中国向高科技制造业结构转型的过程中发挥重要作用，该地区的发展可为中国其他地区的发展提供范例。法国《解放报》援引分析人士的评论指出，未来雄安新区作为绿色城市、创新中心，将专注于发展高科技产业，而不是位于生产链底端的小规模制造业，并有潜力成为中国北方经济增长的引擎。

如今，经过各方努力奋斗，雄安新区已展现出让人惊叹的新颜。

各类科技创新要素、各种科技创新主体纷纷在这里聚集。

如果说雄安新区因疏解北京非首都功能而生，那么通过热烈拥抱新一轮科技革命和产业变革，它必将逐全球创新浪潮而兴起，乘世界智能化东风而腾飞。

中国高铁的新名片

雄安站拔地而起，成为雄安新区开工建设的第一个国家级重大工程，总建筑面积47.52万平方米，是目前亚洲最大的火车站之一。

雄安站，位于中国河北省保定市雄县境内，为中国铁路北京局集团有限公司北京车务段管辖的铁路客运站，是京雄城际铁路、京港高速铁路、津雄城际铁路、雄石城际铁路、雄忻高速铁路的交汇车站，因其重要的地理位置和巨大的承载能力而具有重大意义。

新区这幅壮美的画卷，不是徐徐铺展的，而是在热火朝天中大笔书写的。2018年12月1日，雄安站在一片鞭炮声中隆重开建，其总建筑面积47.52万平方米，线路站场总规模为13台23线，其中铁路站场规模为11台19线。

中铁十二局集团的建设者们，自从进入京雄城际铁路雄安站的建设工地，每一天都在苦干实干，以争取早日通车。

记得2019年元旦，守在京雄城际铁路雄安站的建设工地上

俯瞰雄安高铁站

的技术人员、建设工人们，正以热火朝天的劳动热情迎接新年，他们骄傲地说："我们苦干实干、无怨无悔，希望今年年底前，可以告诉全国人民，雄安站建成了！"

2020年4月30日，雄安站主体结构封顶；同年12月27日，雄安站投入使用。

外形漂亮的雄安站，拥有70余项前沿科技成果，被中外媒体誉为"智能高铁新标杆"。

作为新区第一个开工建设的大型基础设施工程，雄安站在建设过程中融入了创新、智能、人文、绿色等诸多元素。

2020年12月27日10时18分，"复兴号"动车组C2702次列车从新投用的雄安站发车，驶向北京西站。高铁，在中国早已不是陌生事物，然而这列智能高铁却牵动了许多人的心。

京雄城际铁路固安特大桥，是一座长988米的高铁桥梁。建设者在建造这座大桥时完全颠覆了传统的建桥方式，首创装配式建桥方式。

装配式建筑是指把传统建造方式中的大量现场作业任务转移到工厂进行，在工厂加工制作好建筑用构件和配件，再运输到施工现场，通过可靠的连接方式在现场安装完成的建筑方式。

中国铁路设计集团有限公司（以下简称“中国铁设”）京雄城际铁路桥梁专业主管总工程师认为，装配式建筑既避免了传统建设中的扬尘现象，将环境污染降至最低，又节能环保，符合绿色建筑要求。此前采用装配式建筑方式多应用于房屋建筑领域，而在轨道交通等领域尚无涉猎。

“后方‘造积木’，前方‘搭积木’。提前把高铁桥梁工程的管桩、墩身、墩帽等‘零件’进行标准化设计，分段由工厂进行标准化制造，在施工现场进行组装。”

“这项技术完全颠覆了传统的建桥方式，技术优势十分明显。”

2019年7月8日，随着指挥长一声令下，重达900吨的箱梁缓缓落位，中国高铁首段装配式一体化桥梁主体工程在京雄城际铁路完工。从墩帽起吊到拼装完成，整个建设过程仅用了十几分钟。这是一项具有里程碑意义的技术革新，在中国铁路建设史上写下了崭新的一页。

“我们有两个创新点值得一说，一个是采用墩顶不平衡转体，再一个就是滑道拖拉系统。”项目总经理不无自豪地笑着说，“这两个创新点，目前在国内常规施工当中没有先例。在国内的一些常规转体中，转动球铰全是埋在平台的底部，在转动的时候连平台中心梁体一起转。而这次为了节约工期、降低成本，把转动球铰埋在桥墩的顶部，转动的时候只转动梁部，这大概可以缩短两个月的工期。”

京雄城际铁路固安特大桥的建造，是首次将装配式一体化技术应用到铁路工程上，并且运用了安全高效的连接方式，实现中国高铁建设桥梁装配式一体化技术从“0”到“1”的突破。

经过近三年建设，全长91公里、最高设计时速350公里的京雄城际铁路全线开通运营。北京西站至雄安新区的最快通行时间缩短至50分钟，大兴机场至雄安新区最快19分钟可达，“轨道上的京津冀”就在眼前！

注重智能和技术创新的京雄城际铁路，在设计上以及投运后科技亮点纷呈，创造了中国铁路史上的多个“首次”，包括首创智能运维系统、首创首推“隔音隧道”和地下牵引变电所等。

京雄城际铁路实现智能设计和智能运维，打造出一张中国高铁的新名片。

自此，首都北京与河北雄安这座“未来之城”紧紧联系在一起，在列车的来往反复间，传递着一个个令人振奋的好消息。

雄安站是以雄安的水文化为基础设计的，一走近就让人觉得亲近。从空中俯瞰，整个雄安站的站顶犹如莲叶上的露珠，温润圆满，晶莹剔透又大气非凡。车站站顶在中部向上昂起，边缘向内层层收进，如同微风荡漾时湖泊中泛起的涟漪。雄安站的建筑面积，相当于66个标准足球场、6个北京站大小。

驶进雄安站的第一趟列车

2021年末，我们走进雄安站一层候车大厅时，眼前一亮，只见大厅两侧192根14米高的清水混凝土廊柱，分外夺目。

“这叫清水混凝柱，边角顺直、弧度顺滑、挺拔俊美。这样的艺术效果得来不易，需要对石子、沙子和水泥进行严格的配比，一次性浇筑成形。我们做了上百次试验，才有了现在的效果。”一位项目工程师介绍说，“根据设计和施工要求，这里用的螺纹钢直径为40毫米，强度更大。在高颜值背后，是每道工序的上百次试验和10多项国家专利的取得。”

一根根廊柱曲线优美，横竖都是弧度，观感自然清新，颇似“开花柱”，展现出绿色、温馨、艺术的完美效果，令人由衷地发出赞叹。

陪同的建设者边看边为我们介绍：

雄安站清水混凝土廊柱的浇铸含有高科技。比如说，过去用多少钢筋、多大尺寸的模板，一般要到施工现场才能定，容易出现精度不够、原材料浪费、工期延误等问题。这次雄安站工程利用的是建筑信息模型（BIM）技术，即先在三维空间虚拟建造，然后打造自动化数控钢筋生产线，工作效率提高25%。不仅如此，每一段钢筋都有二维码，什么时候施工、由谁施工等信息可以随时追溯，为质量安全铸起了一道钢铁防线。

部分雄安建设者在高铁站合影

“第一标”——超低能耗绿色建筑

为了能让候车乘客感受到自然光线，雄安站设计了一条宽15米的“光谷”，并在下方通道内布置了大量绿植，不仅自然地将车站分区，还有效地改善了候车厅的采光和通风条件，为旅客营造宜人的绿色空间。

巨大的椭圆形屋顶则是一座光伏电站，4.2万平方米的多晶硅光伏组件一块块覆盖在屋顶上，宛如粼粼波光，年均发电量可达580万千瓦时，可为雄安高铁站的公共设施提供清洁电力，每年能减少4500吨二氧化碳的排放，相当于植树12万公顷。

这些都是高科技。

雄安站的一层和三层为候车大厅，二层是高铁线。若没有好的科技因素把控，对旅客造成干扰在所难免，但目前的噪声却很小，因为雄安站在国内首次采用了装配式站台吸音墙板。这种墙板采用声学设计，布满55毫米的孔眼，夹层的材质为玻璃丝绵，极大降低了列车通行时产生的噪声。人们在候车时听到列车经过的响声，大概只相当于一辆汽车驶过公路的声音。

为有效控制列车通过环境敏感区的噪声，减少对当地民众的影响，京雄城际铁路固霸特大桥上加装了一段长约847米的全封闭声屏障。这是世界首个时速350公里高速铁路桥梁全封闭声屏障设施，能将环境噪声降到20分贝以下。

京雄城际铁路自北京西站引出，途经人口密集的北落店村附近，这段800多米的隔音隧道，极大降低了高铁列车的噪声。

全国第一个智能化全地下牵引变电所，位于雄安站的南侧，占地7700余平方米，采用了全地下下沉广场式布局，总深度达11米，不仅合理利用地下空间，上方雨棚屋顶也与城市景观融为一体，时尚美观。

这个变电所无人值守，其设备上安装了感应器材，可以根据自身运行状况主动报警。

“雄安站是一座大型钢结构建筑，用钢量约27万吨，钢结构焊缝约32万条，消耗的焊丝达7700吨。”中国中铁建工集团雄安站项目负责人介绍说。

一位建筑工程师这样形容他们的杰作：“绿色大地上的露珠”的设计理念、“青莲滴露”的建筑形象，清晰地展示了雄安站作为绿色生态车站的特质和生态创新的绿色理念，形成了极具生态示范意义的“现代与绿色”典范，承载着雄安大地的“农耕与水乡”记忆。雄安站将成为我国新一代高铁枢纽——“站城融合”建设的新起点。

燕赵大地白洋淀边，
一张蓝图描绘新篇，
我们齐心协力拓展幸福空间，
让那淀泊风光绽放新的容颜。
啊，千年雄安，
啊，美丽的家园……

《千年雄安》是雄安建设者们最心爱的歌曲。

2017年的春天，中国建筑第八工程局有限公司（以下简称“中建八局”）在第一时间听到了“设立河北雄安新区”的消息，这支铁军随即踏上征程，开赴雄安。

中建八局有70多年的辉煌发展，在国内国际两个市场的开拓拼搏中，锤炼成一支骁勇善战的队伍。这是一支具有人民军队基因的英雄队伍，他们薪火相传，继往开来，吹响的永远是冲锋号：前进！前进！前进！进！

这是一家怎样的企业？曾荣获全国用户满意企业、全国五一劳动奖章等近100项荣誉，累计荣获鲁班奖、国家优质工程奖80余项，是行业同级别单位中获国家级质量奖最多的建筑企业。

2021年7月5日至10日，中央广播电视总台财经节目中心与中建集团联合制作的六集大型纪录片《大国建造》第一季，在央视财经频道震撼播出。全片以“探寻建筑工程的奇迹”为主线，探秘新地标背后“中国制造、中国建造和中国创造”的奇迹。中建八局承建、参建的8个超级工程隆重出镜，其中就有雄安新区项目。

雄安站一经亮相，就赢得了诸多的赞美：全亚洲最大的高铁站，京雄、津雄、石雄三大主动脉汇聚地，中国庞大高铁交通网络中“八纵八横”的中心枢纽……

2019年3月，中建八局成功中标雄安站枢纽片区市政道路、综合管廊排水管网系统（一期）工程。该项目紧邻雄安站站房，是雄安新区在建的最大规模地下综合管廊，也是国内首个“物流仓＋地下管廊”一体化项目。中建八局轨道公司承建其中的3个工区，施工范围包含2条地面道路（共1100米）、环隧（E4段）共234米、A出入口（640米）、2条综合管廊（共1100米）。如此大的工程体量，按照正常施工速度工期为15个月，而八局铁军只有8个月的时间。

怎么办?

20天完成项目部组建，人员到位，围护结构首根围护桩开始施工；

3天集结500名管理人员及劳务工人、50余台机器设备，所有人昼夜奋战；

日出土1.5万方、7天基坑见底、55天完成107块顶板浇筑……

雄安站，是目前雄安新区最大规模的地下综合管廊，是国内首个采用“预留通道＋地下管廊”的项目，设计方案繁杂，没有先例。由于工期紧，任务重，设计人员苦思冥想，把一套套方案推翻重来。他们不是废寝忘食，而是着急上火，根本吃不下，睡不着。

一体化项目为雄安站运营提供专项配套服务，设计使用年限为100年。

为了这100年的目标和使用寿命，设计人员和施工人员费尽心血。他们要为雄安这座“未来之城”提供源源不断的地下动力，为其预留未来宝贵的地下空间，加快雄安智能交通网络体系的建设。

地下开挖最大宽度27.4米，相当于双向六车道公路；开挖深度22.5米，相当于7层住宅楼的高度。超高标准的设计理念，体现出前所未有的气魄。这个被誉为国内最先进的地下综合管廊，全长8.6千米，采用三层四舱结构。负一层为预留通道，可容纳6台大货车并排行驶，中间层为疏散、通风设备夹层，最下层为四个不同功能的管线舱，满足未来能源、通信和供水需求。

简直就是极限挑战。

中建八局这支铁军承担的项目点多、面广、战线长，包括6.95千米市政道路、8.56千米综合管廊、8座桥梁和通道及30.37千米排水管网，工期仅为262天。

起步就是冲刺，开局就是决战。面对这场“硬仗中的硬仗”，中建八局以完美履约为核心目标，集中优势资源开展“大会战”。据统计，在建设高峰期，每公里的战线上都有近1000名建设者协作奋战，50台汽车吊、挖掘机同时作业，近200辆混凝土泵车依次排开。如此震撼的场景出现在雄安，其气势之大，犹如排山倒海。

七八月份，北方进入雨季，给施工进度造成了较大影响。

建军节那天，大雨到夜里仍然没有停止，项目副经理穆庆刚担心路面积水倒灌进基坑，影响工程质量，便和同事到现场查看。一小时后，他被同事搀扶着回到项目部。同事说："雨太大了，水没到了大腿，穆副经理非要走到前面开路。全都是水，哪还能看清路，这不，摔了一跤。"

"大老爷们摔个跤有啥好说的。"

过了半个月，又是大雨。再次从现场检查完工作回来的穆庆刚脱下灌满水的胶鞋，发现左侧小腿结痂处已经和胶鞋内壁粘在了一起，流着脓水。他被同事们拉着去医院检查。医生掀开伤疤，责怪道："伤口里面的肉已经坏死了，而且形成了一个小洞，需要手术。怎么不早来？"

是啊，磕破的地方一直泡在雨鞋里，在他忙碌工作的时候，开始感染流脓。医生替他处理完伤口，叮嘱他回去一定要好好休息，但穆庆刚走出医院，便又回到了热火朝天的工地。

"三万步，十斤汗，背着水壶满场转。深一脚，浅一脚，穿着雨鞋现场挪。"这个顺口溜是施工人员随口念出来的，这也是他们日常工作的情景。

2020 年 12 月 7 日起，中建八局组织"保通段"水稳沥青的施工作业，确定了"以严格控制原材料进场为第一、以确保水稳混合料各工序环节的合理衔接为第一"的两个生产核心理念。4 天完成 2 层约 2.8 万吨水稳施工，3 天完成 1.38 万吨沥青面层施工。

"晴天加班干，雨天巧着干，晚上挑灯干"是工人们在雨季施工期间喊出的口号。

施工团队做好排水、挡水、防水工作的同时，还要提前获取天气信息，科学安排施工计划。天气好的时候，全体管理人员驻扎现场，确保现场有足够的人员和设备投入施工；若室外下起小雨，则采用机械分级倒土方式进行土方开挖，及时为主体施工提供工作面。

开挖范围内设置集水坑，及时抽排基坑积水，确保土方及时外运；若室外下起大雨，则暂停施工，并组织全员不间断巡查、抽排、维保，确保基坑内人、机、物安全，以便雨一停能立马恢复施工。

中建八局仅用262天，圆满完成了雄安站枢纽片区市政道路、综合管廊排水管网系统（一期）工程一标段“保开通段”任

雄安站的建设者

务，顺利打通了城市的“生命线”。

白天塔吊林立，夜晚灯火通明，这样的场面让身在其中的人无不为之震撼！

中建八局二公司的许前江就是其中之一。

2020年5月，许前江接到一项光荣的任务——担任雄安新区容东片区C组团安置房项目指挥长。

初到雄安时的状态是：断水、断电、断路、断网。彼时雄安新区的建设刚刚大规模展开，两个月内就有十几万建设大军奔赴而来。许前江在开工之初的短短20天里，调集了1.3万人参与建设。新区建设刚刚起步，配套设施还不完善，早晚交通拥堵、时常停水停电、没有材料堆场等问题，都带来了不小的压力。在这种情况下，要在一年左右的时间完成161万平方米的建设任务，压力大得简直让人喘不过气来。

许前江暗自掂量，30年的工作经历恐怕也抵不上这次雄安的建设经历。新区设立的重大意义世人皆知，必须保质保量完成建设任务，没有丝毫商量余地。同时，安置房属于民生工程、民心工程，回迁户较多，需要更加严格地把控质量。面对这些困难，许前江压力重重、殚精竭虑，然而当他出现在人头攒动、红旗招展的队伍面前时，却是斗志昂扬、信心满满。工人们都夸赞他既能保证劳动力的充足、保障物资的及时供应，又能有条不紊地组织施工，好像雨季、疫情等困难在他眼里都不值一提。

好几个春节，在万家团圆的时候，许前江都遥望着家乡的方向，让家人们通过手机看看雄安工地上的灯火辉煌。在这团圆

雄安高铁站建设者

的日子里，这里仍旧是奋战不息，他想通过这样的方式告诉家人，不光是他不能回家，还有无数人也奋战在此。早一天建好安置房，这里的老百姓就能早一天住进新居。

五年前，雄安还没有5G技术。现在，这里的5G信号塔已经建了500多个。

本着同步规划、同步设计、同步施工、同步开通的原则，中国铁塔雄安分公司（以下简称“雄安铁塔公司”）2018年10月就已开展前期规划对接工作。由于项目重大，技术含量高，需要不断创新。起初，他们找对接人谈项目合作时四处碰壁。他们发现，仅凭一己之力很难在短时间内完成任务。怎么办？公司领导一锤定音：现在是合伙人时代，找大企业、找研究院所。

雄安铁塔公司多次前往北京铁路总公司、铁三院（天津）工程有限公司拜访，最终与铁路方建立联系，迈出万里长征第一步。

由于前期阶段对雄安站公网覆盖的资源预留是一片空白，要最终实现公网覆盖，项目部需要承担机房、传输、电源、桥架、无源室分、有源室分和微站共7个专业规划的预留工作。时不我待，项目部快速整合资源，精密部署，奋战三天三夜，最终拿出了初步方案。

“咱们铁塔承建的工程主要以共享为主，可有源室分存在不能共享的弊端，运营商要求自建，怎么办？”

“离雄安站重点区域开通5G信号还有20天，运营商答应在这段时间内完成。”

两天后，运营商找到铁塔：“我们能力不足，真的完成不了，还是请你们帮助完成吧。”这个意外一时间让铁塔雄安站项目组人员措手不及！由于工程要求20天内开通5G信号，留给设计工作的时间最多只有5天。

关键时刻绝不能掉链子。项目工程师快速梳理思路，仔细勘察站房的实际情况，充分了解站房建设进度，合理布局通信设施，保证无线信号覆盖的广度和深度，并组织设计人员耗时四天三夜，重新将三家运营商的有源室分方案进行整合，做出一版能够预先指导施工的方案。方案制订后，设计人员直奔雄安站站房指挥部进行沟通对接。站房指挥部又提出更高的要求，需将每一根天线的点位精准地布放到精装修图纸上。由于有三家总包单位负责雄安站的精装修设计工作，因此一张精装修图纸有半条走廊或者几个房间那么长，图纸零碎，点位布放难度倍增。

在新区，没有一件事是曾经遇到过的，没有一件事不是新的挑战。

怎么办？分组分队，跟时间赛跑！

三组设计人员从早上8点出发，深入走访三家精装修总包单位，在现场办公，一边沟通一边布放点位，终于不辱使命，按时完成了图纸方案。

实施阶段的第一道难关解决了，又迎来了第二道难关——多工种交叉施工、工期紧、难于协调等。项目主管合理安排施工进度，白天进行问题确认、与站房建设方沟通解决方式，晚上召开调度会议，协同监理单位和施工单位总结日进度、梳理问题以及安排下一日进度，经常工作至深夜。

京雄高铁5G网络基础设施，由中国铁塔牵头组织三家运营商，在铁路总公司的支持下，与京雄高铁主体工程“同步规划、同步设计、同步施工、同步开通”，创造了历史。

雄安站，是新区道路交通网的心脏，如何实现5G全覆盖和信号畅通？

“共建共享，摊薄成本。”这里设备密集，共享率高。雄安站建设中，运营商通信共建共享率达到80%，在线路、设备各个细节，做到大共享、互利共赢。中国铁塔共享高铁管槽道、共享电力资源，建成5G基站38座，以及包括雄安站在内的3个站房的室内网络分布式覆盖系统。不仅如此，在低成本、高效率、高质量有效保障的5G信号基础上，雄安站通信覆盖工程还呈现出了美观的视觉效果。

为此，大家没少下功夫：站台层5G信号要全覆盖，站台层平常都是明装？不行！在侧面铝板上安装需要破拆？不行！安装在扶梯内侧对信号覆盖有遮挡？不行！

负责人连续三个“不行”，让设计人员顿时紧张起来。几秒的沉默后，大家默默地围拢在一起，重新分析研究，说想法，出思路。“要像人穿衣一样，外观美丽，又不过分暴露。”思路有了，大家一鼓作气，埋头工作，竟然忘记了吃午饭。下午3点，设计人员最终根据“网络覆盖于无形间”的理念，瞄准了高架层上的整面玻璃墙，准备将设备装在这里，使之符合“美观大方、信号好、不暴露”的要求。仗，越打越精。他们还充分利用风柱、房中房以及建设通信基础设施，化有形于无形。

所有末端设备均与站房装饰融为一体，遵循“数字雄安”发展理念。设计人员在设计初期建立了BIM模型，辅助优化各区域的走廊及检修通道的尺寸，同时利用BIM放线机器人进行施工现场管线作安装定位，对管线预留、预埋安装精准定位，实现了零偏差、零失误，节约施工成本，提高施工效率。一体化BIM制作实现了对雄安站的数字化管控。

在雄安站一楼候车大厅内，可以看到多个“庞然大物”。那是岛式空调机组，包括5G信号放大器、消防报警器、空气净化器等多种智能装置。

几年来，雄安铁塔公司新建、改造塔类项目4500余个，室内分布系统面积2600余万平方米，覆盖高铁总里程70千米、高速总里程110千米。运营商共享率由80%提升至98%以上，新建项目100%实现共享，减少铁塔重复建设1300个，节约行业投资2亿多元，节约土地140多亩。雄安铁塔公司协同电信运营企业全力推进5G新基建，率先在新区开展5G商用网试验，为全国5G商用提供宝贵经验。

截至目前，雄安铁塔公司共完成5G宏基站建设项目1700余个，做到100%共建共享，实现了县城主要区域、雄安市民服务中心、安新容城连接线、安新白洋淀景区、京雄高铁沿线、雄安站、容东片区等重点区域5G全覆盖，有效推动5G与行业融合发展，助力5G网络和行业应用全国双领先。

在雄安新区第一个新建城区——容东片区，雄安铁塔公司将基础设施尽可能融入周边环境。在室内网络覆盖上，采用5G无源共享室分方案，对于大型公建、商超区域采用分布式多进多出（MIMO）无源室分创新方案，提高了区域内容量，在业界树立了移动宽带网络综合覆盖的标杆。

凡到过雄安新区的人，可能都会注意到手机始终有满格信号，却很难找到高高耸立的通信塔。这便是雄安铁塔公司提出的天线仓、融合塔等“塔城融合”的创新方案，使通信基站与城市环境完美融合。做到眼中不见“塔”，但“塔”就在身边，最大化减少通信建设对城市风貌的影响。

科学技术无处不在，它“智”造出了“雄安第一标”！

2019年12月10日，建筑业科技创新暨2018—2019年度中国建设工程鲁班奖（国家优质工程）表彰大会在北京举行，雄安市民服务中心等241个项目工程荣获“鲁班奖”。

这则消息让雄安的建设者们欢呼雀跃。一年多的殚精竭虑——值得，几百个日日夜夜的苦思冥想——认了，多少个节假日的废寝忘食——无怨！

“雄安第一标”参照北京故宫中轴线的布局思路，为“三纵三横”格局，由公共服务区、行政服务区、生活服务区、入驻企业办公区四大建筑群组成。

让我们感到意外的是，这里没有围墙，所有道路四通八达。道路的两侧除了鲜花盆景就是树木绿地，真正实现了蓝绿交织、天地合一。正所谓楼在林中，路在绿中，人在景中，心在画中。如果不告诉你这是河北雄安，你一定会以为是哪个发达国家的美丽城市。

2022年正月，我们又一次来到雄安新区，走在容城县奥威东路上，只见道路旁一栋栋立方体形的单体建筑异常显眼，这便是有“雄安第一标”之称的雄安市民服务中心，可满足3000人常驻办公和500人住宿的需求。2018年4月29日正式开放以来，前来参观的游人络绎不绝。

市民服务中心位于容城县小白塔村东，南侧与荣乌高速相邻，项目总投资额8亿元，总建筑面积约10万平方米，占地面积24.24万平方米。

市民中心外观

这是新区面向全国乃至世界的窗口，承担着雄安新区政务服务、规划展示、会议举办、企业办公等多项功能，是雄安新区定位与发展理念的率先呈现。市民服务中心相当于一个小型城市的缩影，由此可以看见雄安新区的未来。

作为雄安建设的开端，市民服务中心工期短，合作方式独特，在特定的条件要求下，形成了雄安管理设计的新模式。

雄安市民服务中心建设中引入了“海绵城市”理念，在绿地、人行道设置透水砖，在车行道设置透水沥青，在停车位设置植草砖，使雨水在流动过程中经浅草沟的渗透，过滤后再进入雨水收集系统。同时增设8000立方米的雨水滞蓄容积，基本实现雨污零排放。

超低能耗的建筑设计方案，通过降低建筑体形系数，控制建筑窗墙比例，完善建筑构造细节，设置高隔热隔音、密封性强的建筑外墙，充分利用可再生能源，使雄安市民服务中心成为具有示范性的“被动式建筑”。

坚持扣好雄安发展的“第一粒扣子”，是雄安市民服务中心项目建设者们的决心。建设者们综合运用BIM等30多项新技术，构建了国内建筑的创新“试验田”和未来城市的“样板示范区”，打造出一个真正意义上的智慧园区、绿色园区。

什么是“被动式建筑”？

工作人员解释说，被动式建筑由德语Passivhaus直译而来，全称为“被动式超低能耗建筑”，集建筑和节能技术于一体，能够极大地提高建筑保温隔热性能和气密性，大幅减少建筑主动向外的能源需求。

漫步于园区，我们感受到了科技的魅力。

看不见司空见惯的高楼林立和拥挤车流，这里的建筑掩映于园林之中。办公区域真正实现了“共享”，不同企业之间可以畅快交流。进入无人超市购物，挑选完商品，“刷脸”即可完成支付。

回顾市民服务中心项目建设的奋战史：

施工队8小时完成第一次基坑验槽、第一方混凝土浇筑；

4天完成3100吨基础钢筋绑扎；

5天完成施工现场临建布置；

7天完成12万立方米土方开挖；

10天完成3.55万立方米基础混凝土浇筑；

12天完成2.1万平方米生活区建设；

40天完成园区7万平方米建筑全面封顶；

78天完成首幢单体建筑外装工程；

……

112天蓝图变为现实。这背后，是雄安建设者们的极速挑战，是充满激情的“雄安速度”。

纵观市民服务中心项目，8栋单体建筑全部采用装配式建造方式，其中1栋是模块化集成房屋装配式，另外7栋是钢结构装配式，就连园区内的马路都是装配式的。

简单地说，就是在工厂把房子盖好，大到内部装饰，小到里面一根电线，全部预先做好，然后再整体运到现场接装，就像

俯瞰市民中心

市民服务中心的夜景和容东的建设场景

搭积木一样，最快4天就可以拼装好一栋楼。这样既能保证速度和质量，也能减少对环境的影响。

更为关键的是，每个装配式构件都装上了芯片或贴上了二维码，里面含有生产时间、生产地点、检测人员、物流人员、安装工人、安装位置等各类信息。扫一扫二维码，就能了解构件的“前世今生”，实现了全工序、全过程的大数据管理。

由于雄安新区地热资源丰富，建设者设计出冷暖一体化供应系统，巧妙利用资源地源热泵原理，把水管引入地下，利用地热“烧水”，然后将水送到地面，每天最多可提供100吨生活热水。经过冷热转换处理，该系统能为园区冬季供暖、夏季制冷等提供能源。冷热暖一体化供应系统，相比传统供能更加清洁、高效。据初步测算，园区每年可节约标准煤约600吨，减少二氧化碳排放约1000吨。

雄安新区作为科技之城、智慧之城，代表着中国城市建设的发展方向。市民服务中心作为先行项目，融合了多项先进的城市规划理念和智慧科技手段，打造出一个“未来城市”的雏形。海绵城市、智慧交通、地下综合管廊、孪生城市等理念和技术的运用，为后续其他项目甚至新区市政整体规划提供了实质性蓝本。

数字新城

环视出行车辆，不难发现，这是个对燃油车说“不”的园区。

在园区内走访，我们第一次搭乘了无人驾驶车。

园区内，人们出行可以选择乘坐无人驾驶车、共享电动车，骑车或步行等多种方式，真正实现了零污染、零排放，而且更智能。减速带、人行道、箭头标志都是3D的，车辆可以自动减速或调整，体现了智慧交通理念，人们仿佛进入了22世纪。

不远处的无人超市引人注目。进入超市前，人们需要在手机微信上打开相关小程序，“扫脸”后进入超市，自行挑选所需物品，最后从出口离开即可。客人不需要主动扫码结账，因为每件商品上的二维码在出口处都会被自动感应，金额会自动从微信钱包中扣除。

除了无人超市，使用人脸识别、声纹识别等技术的智能应用场景随处可见。园区还利用遍布区内的2万多个传感器，建立了智慧办公、智能会议、信用服务、智慧出行、未来酒店、环境

市民中心的无人送货车

服务等应用服务体系，全维度覆盖政务、商业、住宿、餐饮等业态。

更重要的是，雄安新区是现实城市与数字城市同步规划、建设的地区。一些决策可先在虚拟数字城市模拟运行，再付诸实施。这一理念已在市民服务中心得到践行。

行走在园区内，路上没有一个窨井盖。这让我们想到，在许多城市，窨井盖都是市民的一个痛，多少人因它而受到伤害。此外，空中没有一根电线。同行的摄影师看到后高兴极了，拍摄照片时再也不用为纵横交错的电线而发愁了。

其实，还有更多的新奇藏在地下。

路面以下10多米处，有宽敞的管道空间，最宽处可达6.5米，相当于双向两车道。这里集合了燃气、消防、供电、通信、排污等管道，不同颜色、不同形状的管道有着不同的功能。

出现事故如何抢修？有一台“超强大脑”负责对整个地下管廊进行运维管理，异常情况、环境参数、设备状态、视频图像，统统逃不过它的“火眼金睛”。

新区采用了目前国际最先进的“数字孪生园区”理念，也就是“现实世界”和“数字世界”同步建造，利用建模和大数据等技术，制造出和现实空间几乎一样的“镜像空间”。如今，园区内所有的人和物均在虚拟空间完成映射，让信息可见、轨迹可循、状态可查，形成新区“数字孪生城市”的微缩雏形。

从南海边的特区深圳，到黄浦江畔的新区浦东，中国的城市建设者们以非比寻常的创造力，在洼地荒滩中建造起一座座新城，创造出一个个令人惊叹的奇迹。当数字浪潮滚滚而来，雄安新区接起了时代的接力棒。新区要建“三座城”——地下一座城，地上一座城，云上一座城。云上这座城，指的就是“数字雄安”。

“数字雄安”并不是看不见、摸不到的空中楼阁，而是实实在在融入人们工作生活的方方面面。数字化正让这座“未来之城”变得越来越聪明，让智能化、数字化应用带来的美好随处可见。如人行道旁的路灯，集照明、交通标志、发射信号、监控等多种功能于一身。

“数字孪生城市”是个新概念，近几年才在智慧城市领域热起来。雄安成为领跑者，成为孵化智能科技的摇篮。“数字孪生城市”概念在我国最早由中国信息通信研究院（以下简称“中国信通院”）的研究人员提出，并于2018年被写入《雄安新区规划纲要》。中国信通院的研究人员回忆当时的场景：“在雄安项目需求的倒逼下，团队压力很大，背后做了很多工作，最终才决定将工业领域的‘数字孪生’概念运用到城市治理领域，没想到正好契合了数字之都的需求。”

雄安城市规划宣传片中有这样的描述：“未来的雄安，小到一颗螺丝钉、一根钢管都会有自己的编码。”现实中建设了什么，空间如何布局，采用何种材料，数字空间都会同步呈现。

这样的优势在于，当建设项目完工交付后，任何地方出现故障，都能得到迅速解决。比如漏水，物业管理人员能直接在模型中看到管线走向、阀门位置，检查起来有的放矢，高效便捷。这是智慧城市管理中的一大进步。

未来的雄安将是怎样的呢？

在建设物理城市的同时，实现万物互联感知，汇集多方数据，搭建城市智能模型，形成与新区同生共长的“数字孪生城市”。这将使雄安成为从城市原点出发构建全数字化的城市。

这是一场颠覆性的挑战。雄安要建成“数字孪生城市”，并不只是一个收集和分析数据的简单过程。数字孪生城市是一个城市人工智能（AI）运行系统，需要足够多维的数据喂养和训练，才能形成高度复杂且能够自主决策运行的人工智能产品体系。随着传感器、5G和边缘计算技术的发展不断迭代，它将实现高密度部署、高精度感知、实时结构化计算回传。实时更新的全息城市信息模型（CIM），除了空间信息，还可以叠加无数个数据维度。一砖一瓦、一草一木、一桌一椅、一人一车，都会以不同的频率更新位置和状态信息。要实现真的“全息”，数据量和带宽需求都是我们现在无法想象的，但这将是5G时代的常态。

“数字孪生城市”向世人展示出三个特点：

其一，聚焦于新区应用场景，显著提升治理服务智能化水平。

其二，数字孪生应用场景不断拓展，数字孪生技术在防洪防涝、城市级减排动态模拟推演、城市更新等领域应用成效初现，实现改造方案模拟仿真。

其三，低代码开发模式得到青睐，数字孪生会展、数字孪生景区、数字孪生场馆等易复制、可推广的场景逐渐增多。

未来，随着“国家治理体系和治理能力现代化”“一网统管”“数字化改革”“全生命周期管理”“碳达峰碳中和”等政策及理念的广泛推行，数字孪生城市的高价值潜力将得到充分释放。

“以前施工大多时候要自己裁钢筋，经常会剩下很多短钢筋。这样一是浪费严重，二是经常出现事故。而在雄安的工地，运送过来的材料可以直接组装，一厘米钢筋都不会浪费。”雄安新区容东片区施工现场的一名工人说，“专家说是数字孪生技术，我们建筑工人也不懂里面的科学技术，我们就认实际，的确实惠和便捷。”

“我们在地库里转悠快一个小时了，卫星信号收不到，无法定位。”一名司机在没有办法的情况下向市民服务中心求助。

中国联通智能城市研究院的科技人员王工已经不是第一次听到这样的求助了，他和同事们都在思考如何解决这个难题。

王工于四年前主动申请调动，来到雄安新区参与通信项目建设，他从规划中了解到雄安将建设数字城市，并且新区建设有大量地下空间，如何高效、精准地对地下空间进行定位正是一个亟待研究的课题。随着容东安置区启用并交付运营，经常有群众询问：“同志，找了半天实在找不到，您知道8号楼1单元入口在哪里吗?”

在容东安置区找不到出入口、停车位问题十分突出，已经成为群众的烦心事。

北斗卫星导航信号是卫星从太空向地面发送的信息，误差并不大，但如果遇到遮挡物，像在隧道、地下停车场里，卫星信号就很难收到了。没有信号就没法定位，没有定位就无法导航。

未来，雄安将大规模开发地下空间，届时会有大量的人、车、物在地下流动。如何将室外卫星信号引入室内，并结合5G和多天线技术进行室内定位，是当务之急。

中国联通智能城市研究院的科技人员为解决这一问题展开了深入研究，他们主动联系相关机构，联合研究地下空间定位技术，经过多次理论及实践的碰撞，形成了“5G＋北斗＋无源室分”实现地下定位的思路。各方共同搭建实验环境，仅用1个月就完成了实验环境下的技术验证，初步确认了“5G＋北斗＋无源室分”地下定位思路的可行性。随后，研究人员在容东安置区杏秋苑开展现场技术验证，经过100多天的试验，终于获得成功。

“5G＋北斗＋无源室分”的新方法支持室内外一体化的厘米级甚至毫米级的定位精度。换句话说，不论在室外道路、地下停车场还是隧道里面，定位系统都会告诉你现在所处的位置，以及下一步该怎么走。

中国联通智能城市研究院特意邀请了曾经问路的司机担任第一位试驾人。当他进入地库后，导航精准地告知其位置以及车停放在什么位置。司机笑得合不拢嘴。

这项技术因民生需求而研发，在成功应用于雄安之后，又被推向全国。

“5G＋北斗＋无源室分”技术现已部署到中国联通的全国性平台上，在全国各个行业进行推广和应用。在河北黄骅港，实现了港口重型龙门吊和万吨巨轮的高精度定姿、定向和定位，以及煤炭的自动化装船；在浙江电厂，实现了巴士的精准定位、无人驾驶和运输管理，提升了厂区的生产效率；在河南、山东的县域，城市治理人员、车辆和物资的定位与实时视频联动，实现了城市的智能化管理。

雄安这块科技创新试验田，把“5G＋北斗＋无源室分”技术拓展到全国，不但产生了良好的经济效益，而且产生了很好的社会效益，让迷路这样的“小事”不再成为老百姓心中的大麻烦。科技创新的内核，应该以民生、民意、民心为核心，解决老百姓生活中面临的问题，这也是科技工作者的心愿。

传统城市往往更关注建筑、交通、水务、园林等某一行业或领域的智慧化，而雄安是基于CIM的全城智慧化。平台集成了城市各专业数据，从而形成规划一张图、建设监管一张网、城市治理一盘棋的新格局。

园区里不许建宏基站，楼顶站不能看到明显的天线，通信设施不允许看到天线，新区政府提出的这些要求非常高。

“这怎么可能？我们从来没遇到过，不许建宏站，不许有天线，做不到呀！”施工人员开始有些抱怨。

这是对施工队伍的挑战。大家开动脑筋，不断设想、否决、设想……直到把目光集中到了室外的灯杆上，一下子豁然开朗。

创新带来无限的可能，一个“综合解决方案”产生了。施工人员连夜施工，对园区内的41根灯杆进行改造，使灯杆具备了挂载小微站的能力，既能照明，又能充当天线，设计近乎完美。

过去，我国通信行业重复建设的问题严重，双塔并立、三塔林立的现象屡见不鲜。雄安集团的一位负责人说：“雄安是智慧之城，科技之城，未来之城，我们决不允许这种浪费在雄安发生。”

未来，雄安新区将有一座“地下城”。

过去五年，雄安铁塔公司已与政府、企事业单位合作，在安全巡检、工作监测、人居环境治理、水文环境整治等方面开展了10余个大型视频信息化服务项目。例如，在京雄高铁沿线布设的视频监控系统，实现了违法行为智能识别预警，确保及时发现破坏铁路等违法行为并实施精准打击，保障了铁路沿线安全；秸秆禁烧监控和森林防火监控项目覆盖新区40万亩林地，农田覆盖率达90%以上，为新区秸秆禁烧整治提供了技防手段；在主要河流、排水渠部署的河湖智能监控系统，实现了全天候视频监控，为新区防汛提供了可视化、数字化的技术手段；在容城境内各乡镇建设的综合治理乡镇视频监控系统，为新型智慧农村综合治理建立了新模式。

雄安铁塔公司促进行业资源共享，利用行业内已有的通信铁塔资源，能共享不新建，坚决遏制重复建设，以“共享竞合的铁塔模式”为打造智慧雄安而跃马扬鞭。

2019年5月10日，以“联通5G·共见未来”为主题的雄安5G创新发展合作大会在雄安新区举行。会议正式宣布中国联通已在雄安新区完成5G规模部署，5G网络覆盖三县县城区域、白洋淀核心景区，并通过相关网络测试。

在大会现场，人们惊奇地看到视频展示的5G应用项目，以及其他多个应用体验，如量子通信、云桌面、工业互联网、AR安防、新媒体、智慧工地、天地一体化生态环境监测、智能驾驶、北斗高精度定位等。

一个个看得人兴奋不已。

雄安新区5G智慧办税厅，是中国电信为新区国税局“量身定制”的智慧税务体系。办税大厅采用5G专用网络，先进的室内数字化无限多频多模技术，同时融合人脸识别、大数据、智能办税终端、税务云等技术，为纳税人提供更具针对性、更加智能化和个性化的纳税服务。

此外，利用“5G切片＋电子围栏”技术，中国农业银行打造了雄安新区首个5G智慧银行，解决了传统网络环境中移动设备便捷性与安全性不可兼得的问题，并很快就在雄安新区土地征迁工程中派上了用场。

在雄安，处处都可见“智慧”的闪光：智慧车站、智慧工地、智慧园区、24小时智慧书店、智慧公交……

雄安，将带领中国城市走向智能化、数字化的未来。

把城市还给人

在雄安，我们见到了东邦门业的老总。东邦门业以生产中高端智能、节能、低碳门窗为主业，创造了诸多辉煌的业绩。国家体育馆、国家会议中心、水立方、上海世博会等项目都有东邦门业产品的身影。中标“雄安第一标”，让东邦门业也参与到“千年大计、国家大事”的建设中。

“我们公司积极响应京津冀协同发展重大国家战略，是主动搬来的。之前在北京，我们的厂房只有4000多平方米。虽然技术设备先进，但场地狭小，外加租金不断上涨，成本不断提高，挤压了研发投入。听说国家要疏解北京非首都功能，我们当然很乐意抓住这次机会。”东邦门业老总诚恳地说。

一个好政策，不知能救活多少企业；一个好项目，也会让相关企业收获荣耀。

2017年8月，东邦门业成功研制出我国第一樘“被动式低能耗钢制复合防盗安全门”，在满足水密、气密、抗风压、防盗性能的基础上，实现了传热系数低至0.79W/m^2·K的突破，是目前国内唯一真正的“被动入户门”。

“被动入户门”是东邦门业的明星产品。当工作人员现场为我们演示了人脸识别等一系列防盗功能后，大家纷纷对这种高科技产品感到惊喜。

雄安规划纲要提出：推进数字化、智能化城市规划和建设，打造以人为本、全时空服务的智能社区，把城市还给人。

自从央企入驻以来，雄安新区容城县的主干道奥威路，由不知名到知名，由脏乱差到繁华靓丽。它的变化不仅让容城县的居民大开眼界，也让国外的朋友惊叹不已。

每当日落月升，奥威路上的智能路灯就在夜幕中点亮城市的璀璨。要问这路灯有多智能，答案可能会超出我们的想象。智能路灯项目运用物联网无线组网技术，对路灯集中控制，做到按需亮灯，可节约城市路灯72%的综合用电量，节省60%的维护成本。

此外，它集成了无线网络、摄像头、气象监测器、充电桩等设备，未来还将集成垃圾箱、窨井盖监测以及更多的物联网检测设备，为共享单车违规停放、广场舞扰民、施工工地噪声和粉尘超标等难题提供有效解决方案。

漫步于花园般的园区里，同行一位女作家的手机忽然没电了，但她恰好有事需要联系，一时急得抓耳挠腮。

“在咱们雄安服务中心的园区里，这都不是事儿。”园区的小张笑着说，“我们这里的人手机没有电也不用发愁。不用回家拿充电器，更用不着随身携带充电宝，只需走到芦花智慧路灯旁，这事就迎刃而解。”

在小张的指引下，我们很快就在路灯下找到了数据线，接上路灯USB接口。更舒心的是，人们还可以顺便连接路灯上的无线网络，一边充电一边上网追剧、看新闻。

这款芦花智慧路灯被不少网友关注，被称为“美貌与智慧并存，英雄与侠义的化身”。

芦花智慧路灯，是四川华体照明科技股份有限公司联手雄安新区未来工业设计研究院，与国网信通产业集团四川中电启明星信息技术有限公司密切合作的结晶。“绿色、现代、智慧”的雄安新区建设理念一开始就渗透到技术人员的设计之中。按照“传统与现代”“技术与艺术”“功能与审美”三结合的原则，从结构到外观、材料到搭色、造型到纹饰，他们都用心至细，力求体现雄安特色。

夜幕降临，“芦花”绽放，它除了拥有智能照明功能外，还搭载视频监控、一键报警、信息发布、公共广播、无线网络服务、环境监测、手机充电等10余项功能，可谓“集万千科技智慧于一身”。

与以往的路灯不同，在供电方面，芦花智慧路灯采用48伏和110伏的低压直流供电方式，即使漏电也不会威胁到人身安全。一位作家情不自禁地在随身小本上写道：十里芦苇绕雄安，芦苇花开灯超前。十大功能周身绕，科技园区名声远。

作为雄安新区先行开发建设区，容东片区是新区的人口承载地和安置集中区，位于雄安新区起步区北侧、白洋淀站东侧。

第一个大规模建设项目就是在此启动的。几年来，“容东片区”是有关雄安新区的公开信息中被提及最多的名词之一。

在容东片区约12.7平方公里的规划用地中，有8.45平方公里用于住房建设。片区17万的规划人口中，安置人口约7万。

太阳初升，在中建八局容东片区G1组团安置房项目智慧工地指挥中心，项目负责人向我们演示了智慧工地系统的应用场景：智能分析工程进度，自动判断每个生产环节的节点，一旦发现工程进度可能误期就立即自动预警，提醒相关人员优化项目，改进生产流程。

这完全是一个智慧工地。

中建八局容东片区的负责人介绍，所谓智慧工地系统，不仅包括智能人脸识别、智能进度管理、绿色施工管理、能耗管理、智能喷淋、塔吊监控等智能模块，还可以辅助现场施工管理。一旦工地空气污染指数达到预警值，与系统关联的四周塔吊喷雾装置、自动喷淋装置等就会启动，不停地喷出水雾以抑尘。

我们边走边听着介绍，新奇中更有兴奋。

一位工人师傅打开监控系统，项目负责人指着项目西北角的智能养护室说：“养护室承担着混凝土试块智能监测的职能，动态养护混凝土，确保质量达标的混凝土在适宜温度下完成浇筑。通过智慧工地APP，施工人员可远程监测混凝土试块的各项数据指标变化情况。现在的施工建设与前两年有巨大的差异，高科技技术主导了雄安安置房的建设。”

我们不断向介绍者和工人们提问，想象着建设完成后的样子，问得工人们都笑了。

他们一一道来："今后，地下空间将分步部署视频采集、状态监测、环境感知等独立式传感设施，还有物联网智能垃圾分类设备及系统、智能物流系统。将来地面上没有垃圾箱，整洁干净，垃圾收集、分类、转运全都在地下空间完成。"

垃圾分类是一件大事，尤其在人口密集的城市，一直是老大难问题。雄安新区的物联网智能垃圾分类系统将改变传统垃圾回收"小、散、差"的状况，让垃圾运输设备在地下专用车道穿行，实现垃圾资源化利用。这真是让人向往的美好前景。

雄安容东片区的安置房全是坡屋顶。按照5G基站布局和房屋建设一体化设计理念，屋顶内设有5G基站，更便于5G信号覆盖整个片区。我们走进安置房片区，可以看到行走在林荫道上的当地住户，就随意聊起来。有人笑着告诉我们："我们开门不用钥匙，去银行取钱不用输密码，出门办事、旅游也不用带一堆的银行卡，我的手就是钥匙，脸就是密码。"

跟做梦似的，没想到住在雄安这么方便。

清晨的一缕阳光照在容东的安置房，犹如为这片人们期盼许久的家园涂上了一层金色。这美好的画面蕴藏着多少建设者的智慧。

容东片区是雄安新区第一个新建城区，不仅承载着首批征迁群众回迁的重要功能，还肩负着探索建设经验、创新开发模式的重要使命，而通信建设是其中的重要组成部分，是"智慧容东"和"数字容东"的重要基础设施。容东安置区移动网络采用

“宏站＋微站＋室分”的多重组网方式，可同时实现4G、5G覆盖，在国内移动网络领域处于领先地位。

容东回迁户霍师傅兴奋地说:“之前跟家里人视频，有时要重拨好几次，不是断就是卡。现在好了，通话非常流畅!”

片区内有981栋楼房，需要建设98个楼顶天线仓宏基站。设计人员创新方案，让通信基站和城市风貌和谐统一，让天线仓技术与城市建设融为一体，节约土地资源约9300平方米，大幅降低建站投资，缩短建设时间。容东安置区近1500万平方米室分建设，采用直供电方式，相比转供电方式，每年可节省电费约500万元。

节能环保，把城市还给人的细节考虑，得到了入住安置房百姓的赞扬。

地下花园式再生水厂

再生水厂不稀奇，花园式再生水厂也不稀奇，稀奇的是在地下建一座花园式再生水厂！

2020年7日，雄安新区首座全地下“花园式”再生水厂主体结构施工全面启动。这座再生水厂位于雄安站东南角，占地面积约5万平方米。作为雄安站枢纽片区配套基础设施的重要组成部分，这座现代化再生水厂将29个处理污水的池体单元和设备集成到一个箱体内，全部置于地下。同时，池体上加盖了25厘米厚的混凝土“盖子”。

污水治理难是“城市病”之一，雄安新区在建设初期就将污水问题作为重中之重。建设者们以智慧之思、创新之法，在地下建造了一座花园式的污水处理厂，高标准、高质量处理新区生活污水，为新区提供生产和生态用水。

这座现代化再生水厂位于容东片区东北角，北临河道，南临容东片区安置房G组团，服务范围包括容东片区和容城县城，承担终端污水处理、再生水利用的重任，并截留容东片区和容城县城的雨水。

再生水厂分两期建设，处理能力为每天8万立方米。目前，地下两层的水厂已经完成主体工程，其中地下一层是维修巡视层，地下二层是设备层，最深处达到地下19米左右。

“夹层顶板钢筋存在跳绑、漏绑现象，请立即整改。”2020年11月27日，中建八局容东片区再生水厂一期工程质量员到现场巡查，发现不符合质量规范的问题后，第一时间将问题上传至手机APP“雄安监理”，并请相关施工部门整改落实，确保工程质量。

“把高标准、高质量贯穿项目建设全过程和各环节。”质量员说。除了接受业主、监理单位的监督，他们也不断自我加压，全程严格把控质量，不放过任何一个环节。

“时刻绷紧雄安质量这根弦。”项目设计单位上海市政总院的张设计师说，这是他多次参与雄安新区规划编制的最深体会。“数字化设计与数字化交付，构建智慧水厂运维系统，实现水厂智能化自动化管理，是新区再生水厂的一大亮点。”

项目设计单位专门成立BIM中心，坚持同步建立再生水厂实体工程与施工五维建筑信息模型（5DBIM），对再生水厂施工进度、质量、成本、安全及环境影响进行全要素智能化管理，对再生水厂施工全过程进行数字化管理。

前一段时间，他们忙着组织BIM团队，在设计、施工的BIM模型基础上，建立完善箱体内污水处理池体单元和百余套设备的三维实景模型。

在设备安装之前，团队人员用数字模拟出池体、设备等工程专业BIM模型，通过碰撞检查、仿真施工、工程量核算等手段，不断优化完善方案，实现工程建设的可视化。这样既能优化设计方案、避免设计缺陷、减少设计变更，又能加快施工进度、保证工程质量。

在昝岗片区，也有一座再生水厂工程在运行。解说员将我们带到沙盘前，指着上面的一座小房子说："这是一个智慧水厂。"小房子便是这水厂的智能控制室，可利用新一代信息通信技术打通水厂"人机料法环（包括人员、机器、原料、方法、环境）"全要素，实现水厂智慧化运营。

中国雄安集团相关负责人表示，容东片区再生水厂和昝岗片区再生水厂是精心打造的绿色智慧水厂，建设者们充分利用物联网、大数据、边缘计算、5G、BIM等先进技术，进行全生命周期智慧化建设管理，实现项目本体与数字湿地同生共长。

在他的解说下，一幅再生水厂的运行场景图展现在我们面前。从地面上看，这是一个风景如画的街角公园，再生水厂所有设施设备均置于地下空间，水厂地面融入周边环境，成为风光各异的生态景观。

绿色理念、绿色施工贯穿于项目全过程，污水收集处理率和污水资源化再生利用率高达99%。

收集的污水经过再生处理后，经水泵房流至再生水管网，用于绿地浇灌、道路喷洒、车辆冲洗、景观用水、河道补水等。未来再生水可满足容东片区内河湖景观、园林绿化等使用需求，最大化实现污水资源化利用。

据北京市政路桥集团有限公司驻雄安负责人介绍，昝岗片区再生水厂污水处理的全过程是在地下一个个密闭的池体单元内悄然完成的，有毒有害气体不会扩散到空气中。地面以上部分将被打造成一座环境优美、自然多样、活力充沛的生态公园，公园绿化率在66%以上。公园包括科普园区、体育活动区、休闲区、生态景观体验廊道、特色景观小品等区域，将是周边居民运动、休闲的天然氧吧。

区块链，务工人员不再望眼欲穿

说到“雄安质量，雄安速度”，人们大多会想到建筑工地上那幅吊车林立、人头攒动、热火朝天的画面，而今天所描绘的是一幅将区块链技术应用于工程建设资金支付领域的壮阔画面。

2020年底，雄安发布了全国首个“工程建设资金支付区块链”平台。到2021年6月，仅半年时间内，此平台就支付了180亿元工资，涉及160多个重点项目、1200多家参建企业、4万多名务工人员。

这是全国首次将区块链技术应用于工程建设项目资金支付这一复杂场景。区块链技术不仅解决了政府之忧、银行之困，还解决了务工人员拿不到工资的问题，减少了讨薪事件的发生，安定了民心，为雄安新区的惠民工程打上一个惊叹号，体现了名副其实的“雄安质量，雄安速度”！

为了更深入了解这一惠民工程，我们走进了河北雄安火树科技有限公司（以下简称“火树科技”）。公司的唐博士向我们讲述了企业的创新历程。

习近平总书记曾在十九届中央政治局第十八次集体学习时强调，把区块链作为核心技术自主创新的重要突破口，加快推动区块链技术和产业创新发展。火树科技团队的主要成员都毕业于北京大学、纽约大学等知名高校，来雄安之前，他们在北京从事区块链自主可控核心技术的研究。2020年，他们从网络上看到了雄安夜景的航拍视频。在宏伟的工地上，数不清的大塔吊、闪烁的霓虹灯，一眼望不到边，非常壮观。这样的画面让这些年轻人心情激动，期待有朝一日能到雄安亲眼看看。

没想到的是，几个月后，雄安新区对区块链底层技术平台项目进行招标。他们作为联合体成员主动参与投标，最后幸运中标。他们欢欣鼓舞，迫不及待地来到了雄安。

面向未来的雄安画卷正徐徐铺展，团队有了更大、更广阔的发展空间。他们投身这片热土，将企业发展融入雄安发展之中，劲头十足。几个月后，他们决定：把公司总部从北京搬到雄安新区。

不言而喻，接下来免不了遇到困难，有大的，也有小的。

小的困难是在生活方面。刚刚起步的雄安新区，商业配套和交通便利程度都远不如北京。他们找朋友借了两辆车，先解决通勤问题。

大的困难，是要面对前所未有的新挑战和新问题。“不是说我们把之前在高校和研究所里发现的理论简单照搬到雄安来就行，而是要扎根雄安，深入雄安的新场景、新需求，想办法解决新问题。之前我们是坐在办公室里搞科研、写论文、做策划，是所谓的白领。来到雄安，我们必须撸起袖子，干更接地气的活儿。”唐博士感慨地说。

“为了做好工程建设资金支付平台，我们要向总包单位、分包单位，以及一线建设者实地了解需求，向银行学习资金发放流程，了解中小企业的困难。只有这样，才能真正为他们提供便利。我们要转变成在工地搬砖干活的角色。这对于我们每个人来说都是很大的改变，也是我们刚到新区第一年遇到的最大困难。”

2020年底，火树科技团队发布了自主可控区块链底层平台的1.0版本。但是仅有底层平台、没有上层应用也不行，大家对相关技术看不见、摸不着。这是一场考试，只研究修路的技术是不够的，他们还要修出很多条高速公路，在上面建很多个服务站，把路网全面铺开，让路上的车“欢快”地跑起来。

雄安新区要建设全新的智能城市，会有很多新的需求，这是研究团队在北京、上海等大城市所遇不到的。雄安新区的工程建设参与单位分为总包单位、分包单位、劳务总包、劳务分包等多个层级，最基层的才是建筑工人。建筑工人的工资要经过多道审批流程，辗转多个银行账户，花上几天甚至一两个星期的时间才能到他们手里。从新区政府到施工单位，都希望建筑工人能够尽快拿到工资，但有时候中间某个环节被卡上几天，流程就会拖得太久。正因如此，建筑工人讨薪问题就摆上了桌面。

区块链里有一个特别实用的功能，叫“智能合约”，能够在满足条件时自动触发一个动作，去完成一件新的事情，让交易无需层层推进，特别有助于提高建筑工人工资的发放效率。在雄安新区管委会的指导下，火树科技团队以创新的视角，研发了用区块链搭建的工程建设资金支付区块链平台，供各家银行、施工单位使用，实现合同和付款信息的高效共享。只要区块链上出现付款信息，支付网络便开始工作。按照合同的约定，总包单位先把钱支付给分包单位，分包单位再把钱打给劳务公司，在平台的助力下，现在这些都变得非常迅速，建筑工人当天就可以拿到工资。智能合约因此成为雄安新区科技创新领域的一大成果。

唐博士笑着说："以前没有区块链支付平台，建筑工人要等两周才能拿到工资，而现在他们当天就能拿到工资。能帮助4万多名夜以继日奋战在工地上的建设者，帮助政府解决工人讨薪的困扰，让欢笑在工地上荡漾，我们感到非常欣慰和自豪。"

2021年11月15日，火树科技研发的区块链订单融资平台成功发放了国内首笔区块链订单融资。获得贷款的是3家参与雄安工程建设的材料供应商，均为中小企业。

为尽快将融资贷款发放到企业手中，火树科技的研发人员和银行工作人员紧密合作，从11月14日晚上一直奋战到15日凌晨5点，终于使第一笔融资尘埃落定，完成了全国首笔区块链订单融资的发放工作。

该笔业务的成功落地为深化供应链融资改革、创新金融服务模式、解决中小企业融资难问题做出了积极探索。

第三章

生态雄安，华北明珠

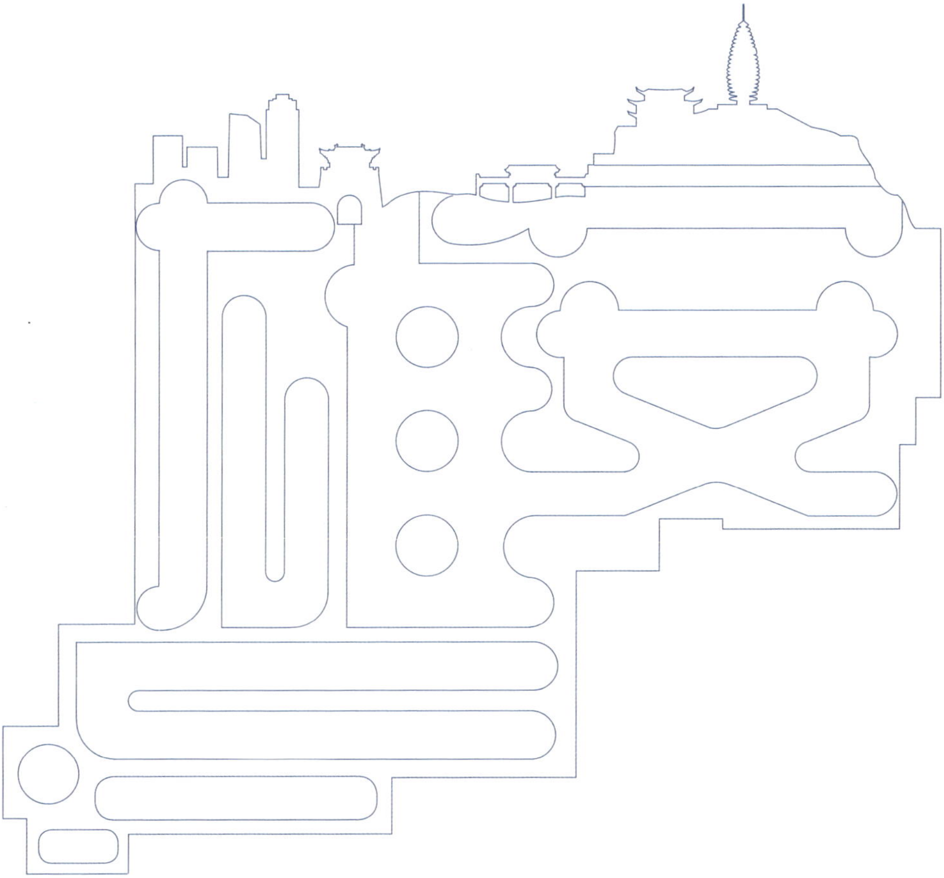

浩渺祖泽

白洋淀之于雄安，犹如永定河之于北京。

河北雄安腹地的白洋淀，这片华北最大的水草之地滋养着雄安新城。

白洋淀的湖水在温柔的春风吹拂下绿波荡漾，候鸟在早春萌发的水草间嬉戏，娇艳的玉兰花次第盛开，杨柳摇曳的枝头泛起了点点绿意，新区迎来了又一个生机勃发的春天。

绿色是人类生命的底色，生态是文明社会的象征。雄安新区蓝绿空间占比70%，其中森林40%、水域30%。一淀、三带、九片、多廊，构成了一方林淀环绕的华北水乡、一幅城绿交融的中国画卷、一座生态盎然的现代绿色新城。

无论从自然角度还是从人文角度，无论过去还是现在，白洋淀对雄安都有着至关重要的影响。

白洋淀，拥有3700多条沟壕、140多个淀泊和30多个水区村。这种格局，无论是在南方还是北方都不多见。从外观上讲，白洋淀既不同于通常意义上的天然湖泊，也不同于人工修建的水库。它既有“浩浩汤汤，横无际涯”的雄浑，又因被河道及苇田分割成一个个淀泊而呈现出“半亩方塘一鉴开”的轻灵。

我国的湖泊有许多不同的名字，最常见的是“湖”，如洞庭湖、鄱阳湖；青藏高原的湖泊叫“错”，内蒙古和东北地区的湖泊被称为“泡子”或“淖尔”；还有的叫作“海”，比如北海、什刹海等；一些比较浅的湖泊，通常会被称为“淀”和“荡”，比如白洋淀和湘家荡等。

白洋淀以“淀”命名，可见并非深水湖泊，白洋淀湖泊群的平均水深为3.6米左右。白洋淀位于河北省保定市和沧州市境内，属于海河流域大清河南支水系湖泊，共有140多个相互联系的大小淀泊，总面积约为366平方千米，平均蓄水量达13.2亿立方米，是河北省最大的湖泊，也是华北平原上最大的天然大型平原洼淀，被誉为“华北之肾”。

白洋淀形成于第三纪晚期，距今260万年左右，在地质构造上起初属于渤海凹陷的一部分，后来成为华北平原上的一处洼地，流水汇聚到洼地中，在第四纪时期形成湖泊群。此后在自然和人类的长期作用下，白洋淀湖泊面积也不断变化。目前在白洋淀湖泊群中，面积在6.7平方千米以上的湖淀总共有7个，分别是白洋淀、烧车淀、马棚淀、羊角淀、池鱼淀、石塘和小北淀。过去，白洋淀周围的居民以湖为生，对白洋淀中的生物资源破坏较大，如今加强了对白洋淀的生态保护，使得其生物多样性得以恢复，白洋淀又成为一个芦苇广布的美丽湖泊群。

白洋淀，因雄安新区的建立再次名扬天下。

其名称最早起源于北宋，当时白洋淀的“洋”字是牛羊的“羊”。明正德年间（公元1506年—1521年），白洋淀重新蓄水，并出现了“汪洋浩淼，势连天际”的景观，于是将牛羊的“羊”字换成了汪洋的“洋”。白洋淀的名字从古至今也是不断变化的。狭义的白洋淀指的是淀区中最大的那个淀泊，广义的白洋淀则是指整个淀区，将整个淀区统称为白洋淀则起源于清代。

白洋淀第一次被古人写进文章，应该是晋代左思的《三都赋》，白洋淀在文中被称为“掘鲤之淀”。

另据《山海经》记述：上古时期，白洋淀一带曾是黄河故道，那里洪水滔天。到东汉永平十三年（公元70年），古黄河改道南移，大量河水存积在这片洼地，形成较大面积的水域。

白洋淀本来是一片洼地，由于包括六郎亘、唐堤在内的多处人工堤坝的修筑，才使得这片洼地最终变成了湖盆。湖泊的形成至少要有两个要素：一个是湖盆，一个是水体。白洋淀盆地的形成包含了很多人工因素。曹操在统一北方的过程中出于军事运输的需要，曾经对白洋淀周围的河流进行过大规模的治理、改造。他曾下令开凿白沟水渠，阻止淇水流入黄河；开凿平虏渠，连通滹沱河与泒水；等等。这些水利工程的兴建，对于今天海河水系的形成起了关键性作用，对白洋淀的变迁也产生了较大的影响。

如前所述，白洋淀原本是一片洼地，黄河改道之后仍有大量的水存积在这里。同时，古黄河的一些支流，比如滹沱、浣水、滱水、博水、卢水、泒水等，并没有随着黄河的改道而改道，仍然沿着古黄河河道注入白洋淀，这样的河流一共有九条，由此奠定了白洋淀“九河下梢”的格局。“下梢”就是尾部、终点，指的是九条河流到白洋淀也就到了它们的尽头。

但在古汉语里，“九”不一定代表实数，古人常常用“三”或者“九”来形容数量非常多。从古至今，流入白洋淀的九条河流经常变化，比如说易水河，古代的易水河共有三条——北易水、中易水和南易水。其中的南易水是注入白洋淀的，可是现在这条河已经淤平了，消失了，但同时又有其他的河流注入白洋淀。因此，不管河流怎么变，至少到现在，白洋淀九河下梢的格局没有变化。

白洋淀文化历史悠久，底蕴深厚，古往今来，文人墨客在白洋淀留下大量诗文。据史料记载，康熙、乾隆先后数十次到白洋淀，如“遥看白洋水，帆开远树丛。流平波不动，翠色满湖中”便是康熙在《白洋湖》中写下的诗句。

中华人民共和国成立以后，白洋淀地区发生了翻天覆地的变化，在各级党委和政府的领导下，各方面的生产都得到了较大发展，人民群众的生活水平也日益提高。另外，党和国家对白洋淀的建设更是倾注了大量心血，从1950年起，国家领导人经常到白洋淀视察。1972年，针对白洋淀未来的发展，周恩来总理亲自确定了“缓洪滞沥、蓄水灌溉、渔苇生产、综合利用”的十六字治淀方针。之后，邓小平、李先念等党和国家领导人都先后针对白洋淀的治理、建设、发展等问题作过重要批示，这些批示对白洋淀的发展起到了重要的指导作用。

2017年2月23日，习近平总书记在实地考察雄安新区时强调，建设雄安新区，一定要把白洋淀修复好、保护好。总书记的重要指示，为白洋淀生态环境治理和保护指明了方向。

白洋淀曾出现过多次令人担忧的生态污染。有相关统计数据显示，1949年至今，白洋淀共发生了4次“干淀”现象，分别是：

1965年12月—1966年7月；

1972年10月—1973年6月；

1976年1月—1976年7月；

1983年7月—1988年7月。

特别是20世纪80年代这次，白洋淀连续5年干涸，给当地百姓留下难以磨灭的伤痛。村民回忆：“没水的日子真是叫天天不应，叫淀淀不灵，靠淀水生活的淀民，望着能跑汽车的淀底，欲哭无泪。”

改革开放初期，白洋淀流域工农业迅速发展，小工厂、小企业不断兴起，带来经济上的活跃，淀中村人口急剧增加，人工养殖点星罗棋布，各种污染物随之从四面八方涌来，白洋淀的生态环境受到了前所未有的威胁。

从20世纪60年代起，白洋淀便已经开始出现污染现象。《2019年中国生态环境状况公报》显示，白洋淀所在的海河流域是国内水系污染程度最严重的地区之一，湖泊面积比20世纪50年代萎缩将近35%，上游河流带来的输入性污染物，养殖产生的污水，周边居民排放的生活废水，使白洋淀陷入了“臭淀”

之列。

专家表示，白洋淀污染问题的根源在于保护与开发难以兼顾，当地以高耗水、高污染、高能耗的初级产业为主，水产养殖、水稻种植、小作坊生产和旅游发展比较粗放。

随着雄安新区的建立，改造白洋淀立即摆到了新区建设的日程上，控源、截污、治河、补水，一项都不能少。白洋淀治理被视作新区生态环境治理的“头号工程”。河北省委、雄安新区的各级领导认识到：“不治理好白洋淀，我们就是雄安百姓的罪人。”

塔吊林立、机器轰鸣，在新区这片热土上，建设者们正发挥着“撸起袖子加油干，一张蓝图绘到底”的精神，20多万名建设者在这里同时推进200余个项目。一座被寄予厚望的未来之城，作为北京非首都功能疏解集中承载地，开启了中国城镇化下半场的探索之路。

祖先择土而居，因土固水，水养木，木生火。他们告诉后代，有水、土、木才有生命，所以要“逐水草而居”。逐水草而居的雄安人，不甘于生活在被污染的淀边，不甘于这“华北明珠”被一淀臭水蒙上尘。

“要想富先修路，要想美先治水。”大道通北京，宽了，顺了。白洋淀呢？一场治理白洋淀的“大战”开始了。

一定要治理好白洋淀

“我们为什么来雄安？就是要知难而上，青史不留名，雄安要留声。”谁这么霸气？原来是几乎与雄安一同诞生的中国联通智能城市研究院的研究团队，他们的第一个目标就瞄准了许多人敢想但不敢碰的白洋淀。

不少同行说，千万别碰白洋淀！这淀多次干涸，污染严重，上流排污让他们不知遭了多少殃，赔了多少钱，多少家研究机构因为白洋淀铩羽而归。不少人劝他们还是明智点，少触这霉头。

的确，治理白洋淀绝非易事。参与治理的人中，打退堂鼓的有之，灰头土脸退出的有之。调研结果表明：新区三县共102个淀中、淀边村，总人口约24.5万，却建有小型污水处理站119座。白洋淀治理难度之大可想而知。

研究团队的所有人达成共识：要想改变环境先要改变自己！迎难而上，院史不能因为他们写上失败的记录。

先要花大代价做水质治理，使整体生态功能恢复。有了比较好的本底条件以后，才有可能开展大规模的建设。白洋淀的水系生态修复必将是雄安新区开发的生态基底。

水质治理的首要基础就是水质监测。白洋淀的淀区面积大，芦苇荡茂盛的时候，人和船都很难进入，而且很容易迷路，定时定点采集水质样本的难度极大。

研究团队面临重大难题和考验。白洋淀是城市布局、城市绿化、城市发展的重中之重，也是新区人民赖以生存和发展的水源，可惜近些年来，白洋淀缺水，污染严重，水质仅为劣V类水，鱼在这样的水中难以存活。“雄安人民的生活和未来都系于此，雄安人民都睁大眼睛看着我们呢。”

恢复水质对于白洋淀而言绝不是一件容易的事。过去的粗放式发展，使得各种污染排放屡禁不止。村里的生活污水都直接排至淀泊中，旅游、餐饮、民宿，以及一些工厂的生产污水不经处理直接排入淀区，最终导致这片水域面积大幅萎缩，水质严重恶化。

临近这种恶化的水淀建城，景观画在图上很漂亮，但在现场的真实感受却是天壤之别。研究人员暗下决心：不能让雄安新区守着一个污染的水淀，一定要让它恢复。

首先是扼制上游污染源，不让污水排入白洋淀！

智能城市研究院联合雄安新区政府共同开始了白洋淀污水处理治本运动，治理606个纳污坑塘和5条黑臭水体；对淀区133家农家乐进行整治，达标改造43家，关停90家；整治完成入河入淀排污（排放）口11395个……将尾水输送至淀外生态公园，进行绿化用水、农田浇灌、扬尘浇洒、厕所冲洗等资源化利用，这可以压减地下水开采，兼顾淀内与淀外的生态需求。

白洋淀的水源丰富，得益于上游有多条水系注入。这是好事，但也有弊端，上游极易出现水质污染状况，一旦污染，将直接影响整个白洋淀。这些年，白洋淀的水质污染严重，除了自身的问题，更多的污染源来自上游。

趁此良机治本正是明智之举。

但难点就在于“九龙治水”，上游多个水系的水流注入白洋淀之后，还会向下游不断流动，必须提前对上游污染对下游的影响进行精准预测。上游河流因意外而导致化学污染物流入白洋淀之后，要及时准确地判断可能会给白洋淀造成的影响。“我们要采用技术手段将水的流动规律呈现出来，通过可视化方式让大家能直观感受到。”

这道难题考验着联通智能城市研究院。

必须看到，新区自从开展唐河污水库治理、白洋淀生态清淤、河口湿地建设等17项重点工程后，唐河污水库治理一期和二期工程彻底解决了困扰当地人民40多年的历史遗留问题，消除了白洋淀上游的环境安全隐患。白洋淀生态清淤工作，增强了淀区水体连通性，有效改善了淀区水质。

现在不是单打独斗的年代，而是提倡共同协作的年代，与国内一些专注于环境保护的院校和研究机构合作，共同解决这道难题。

2021年，联通智能城市研究院主动联合雄安生态环境局、清华大学等多家单位和院校，成功申请了国家智能社会治理实验特色基地（环境治理），以白洋淀的水质治理提供创新服务为创新点。

经过努力，基于计算流体力学技术，结合区域内监测站网的实测数据，在不大幅增加监测站点投资的情况下，研究人员完成了科学完整的区域水环境与水质研究报告，而且还为规划建设中的水环境与水质改善工程提供了很好的效果预测，为区域规划建设、水质监测、水资源利用提供了翔实参考，为白洋淀水环境与水质监测提供了全新的研究手段。

2021 年 7 月 6 日，升级改造后的白洋淀景区开始迎客。码头新建的 4 座地标建筑，融入船屋、芦苇等元素，从空中俯瞰，呈现出白洋淀荷塘苇海的风貌格局。

治理后的白洋淀生态环境

2021年的秋天，一个好消息传遍了新区：白洋淀的水质已经从劣Ⅴ类水提升到了Ⅲ类水，成功进入中国良好湖泊行列！

原来是靠水吃水，现在是靠水护水。

蓝图如诗，奋斗如歌。

如今的成绩还要得益于2018年以来，河北省统筹利用水资源，引黄河水、长江水、当地水库水及再生水入淀，引水总量达5亿立方米，确保白洋淀水位保持在7米左右。78个淀区村的污水、垃圾不再排入白洋淀。白洋淀农村污水、垃圾、厕所等一体化综合系统治理先行项目投入运营，新建的89座高水平污水处理站对污水进行全收集、全处理，对垃圾做到日产日清。

“建设雄安新区，一定要把白洋淀修复好、保护好。”习近平总书记的嘱托时刻鼓舞着人们。治理600多个有水纳污坑塘、排查整治1.3万多家“散乱污”企业、清理130.9万立方米河道垃圾，白洋淀环境综合整治不断升级加力，目标是“确保一滴污水不进淀”。

现在，眺望白洋淀，日初淀美村庄秀，天蓝云白水草青，苇绿鱼肥花儿俏，鸟飞于天鸭畅游，蛙鼓声声蝉鸣远，百态千姿荷斗艳。

通过北斗导航的高精度定位，白洋淀水质采样和监测得到了保障。白洋淀环境监测技术应用，实现了国内多项首次突破，形成多项科技专利。

科研人员在白洋淀首创水质监测“超级站”的概念。

超级站集水质自动监测、空气质量自动监测、气象自动观测、水文自动监测、水污染自动溯源和视频监控于一体，探索了集约化建站降低基础设施建设成本、数据共享的可行性。

白洋淀在全国率先实现了5G/VR全景视频移动监测、监控，构建以“无人机/船＋遥感”“无人机/船＋传感器”“无人机/船＋VR”为载体的灵活机动监测模式，这些设备不仅能进得去，还能测得准，实现全方位、全时段、无死角取样监测。

中国联通与新区生态环境局等单位联合开发了“天地一体化”的生态监测系统：在天上，通过无人机实现淀区的实时监控和5G高清视频的实时回传；在水上，通过小型无人船，搭载专用水质监测设备，结合高精度定位，可以准确到达精准点位采集水质样本，并上传到云平台进行水质分析。

这套系统将5G、北斗、人工智能等技术进行了完美融合，解决了白洋淀水质采样和监测问题。研究团队受邀参加了由全球移动通信系统协会（GSMA）组织举办的2019世界移动通信大会（MWC），得到包括GSMA主席在内的众多专家的高度赞扬。

春光降临，芦芽吐秀，满淀碧翠；每至盛夏，蒲绿荷红，岸柳如烟；时逢金秋，芦荡飞絮，稻谷飘香；隆冬时节，淀面似玉，坦荡无垠。白洋淀最美的季节当属芦苇花纷纷扬扬的时候，她为这颗华北明珠增添了几许令人捉摸不透的浪漫气息。

白洋淀之美，美在波光粼粼，水鸟啁啾，芦苇婆娑，荷香暗送。不仅如此，这里水产资源丰富，淡水鱼有50多种，鸡鸭成群，虾蟹成堆，野菜瓜果飘香不断。淀内更有沟壕纵横，河淀相通，田园交错，水村相映，月躺淀心，晚霞涂色……好一幅生态美景。

从高处俯瞰白洋淀

白洋淀的四季之美

千年秀林

2022年的春天来临了，雄安新区最热闹的地段之一莫过于秀林驿站。登上驿站二层平台远眺，乔灌草高低错落，大片丛林一直延伸到视线尽头，这里正是雄安新区实施“千年秀林”工程时种下第一棵树的起点。

最初，当“千年秀林”这一概念提出来以后，有人不敢相信，毕竟雄安三县总面积也不大，单单是起步区这一方土地的规划中就涵盖了一方城、两轴线、五组团、十景苑、百花田、千年林、万顷波，而每一项工程都称得上是一大奇观。雄安能容得下吗？

过去，城市建设都是先建房、再配绿，绿色只是装饰品。而雄安新区在于一个“新”字，理念新了，做法新了，用蓝色水域、绿色植被的蓝绿空间装点新区，让新区像一颗珍珠嵌在绿色大地上。

“这些林木可以发挥护蓝、增绿、通风和降尘等作用，先造林可以形成小气候，起步区绿化覆盖率规划达到50%。”我们一路踏雪走来，园艺专业毕业的小杨不断描述着新区林城相融、林水相依的美好蓝图。

回首2017年11月13日，雄安寒风刺面，“千年秀林”项目恰在这个寒冷的冬日启动了。

在雄安新区容城县平王乡仇小王村南保津公路两侧，九号地块一区植树造林现场，近万人正翘首以盼，“千年秀林”工程将要种下第一棵树，而万众栽植的第一片“近自然森林”，将成为新区的城市中央森林公园。

清晨的风有些凛冽，在一片刚清除完毕的玉米地上，太阳的光芒照在几个工人紧张又充满期盼的脸上，他们一个个怀着激动的心情，按照技术人员的要求挥舞着铁铲，先挖好了一个树坑。另外几位工人合力搬来一株树，这是一棵两米多高的油松，青翠的枝叶，哪怕在寒风中仍然显得生气勃勃。在技术人员的指导下，大家亲手种下了雄安“千年秀林”工程的第一棵树，浇上了饱含希望的第一桶水，盖上了呵护树木的第一铲土。现场的计时显示，首棵油松种植过程为9分钟。

掌声和欢呼声响了起来。

“冬季在平原地区大面积种植异龄复层混交近自然森林，这在我国尚属首例。”工程负责人的介绍让欢呼声再次响起。

这标志着雄安新区“千年秀林”工程的大幕拉开了。今天种下了第一棵树，将来会有一千棵，一万棵，十万棵……

赵建成，雄安新区容城县平王乡仇小王村村民，在和工友们种下了雄安新区“千年秀林”工程的第一棵树后，他是感慨最多的人。2017年4月1日，雄安新区设立后，他毫不犹豫地打起行囊离开打工30多年的北京建筑工地，回到家乡参与雄安新区建设。“在北京我是建筑人，在家乡我是种树人，北京的高楼大厦有我的汗水，而家乡的绿化有我的贡献。”

一年后，树木成林了，新区已新造林41万多亩，栽植苗木种类200多种，数量逾2000万株。

看着自己栽下的树苗一天天地长高，有的已经长到三四米，成了郁郁葱葱的成片森林，赵建成满是骄傲地说：“起初我是种树员，2018年成了护林员。目前我们20个人巡护4000亩林子。”让大家刮目相看的是，尽管“千年秀林”里有200多种树木，但他都能一一说出品种：“这是五角枫油松，这是栾树，那边还有国槐、海棠……”

2018年春天，新区苗景兼用林项目开始动工。雄县张庄村的3000多亩土地种上了银杏、松树、柏树等树苗。

“从1到175万，我们守护着这片秀林。”

中铁十八局这个善于啃硬骨头的队伍，从2017年的冬天开始为雄安种树，负责雄安新区九号地块一区造林项目。

“第一棵树”便是在这片土地上扎根生长，“千年秀林”工程就此展开。从九号地块一区7万余株苗木，到新区10万亩苗景兼用林148万株，再到2019年春季植树造林20万余株，两年来，中铁十八局以高标准高质量建设新区“千年秀林”工程，种植苗木超过175万株。

中铁十八局虽然是首次涉及该领域，但在技术上一点都不含糊。造林工程采用大数据录入系统，每一株苗木都有自己的“身份证”，实现管理人员对苗木的全过程监控。

技术人员在施工中通过引用改造自动栽植机、单杆支撑钻孔器、奥维地图定位导航，创造了日种植6万株苗木的纪录。

通过划分片区、倒排工期、组织技术培训、注重文明施工与环境保护，中铁十八局又好又快地完成了种植任务，受到社会各界的好评。

在“千年秀林”建设争先创优活动中，中铁十八局连续3年拔得头筹，曾在全区植树造林劳动竞赛中，获得十项比赛的六项第一，还有优秀组织奖、工艺工具创新奖等，从初来的探索学习到后来的示范引领，他们不断为这座新兴之城播撒绿色，种下希望。

“这一块就是我们村的地，现在都栽上树了，每天在花田林海中工作，心情格外舒畅。”正在林里巡查的小董是张庄村苗景兼用林的生态环境巡查员。他家共有4口人、6亩地，现在全都种上了树苗。他说，第一年种树，加上青苗费，收入为每亩3000元钱。现在，每年每亩地雄安集团都给1500元钱。

为积极吸纳本地群众就业，雄县在2020年培训上岗了1500名生态环境巡查员，小董就是其中之一。

“巡查员每个月有800块钱的补贴，乡里还给办理人身意外保险。”小董说，张庄村一共有7名巡查员，每个人都有各自负责的片区，一旦发现毁林开垦、乱占林地、森林火险、乱挖滥采等问题，要第一时间上报。“为了这片林，大家可上心呢。”

在巡护苗景兼用林时，人们发现，不到两年时间，眼前的一株株油松已经足足长了快一米。更让人沉醉其间的是，雪地上出现了一行行动物的足迹。蹲下身仔细观察，会发现这是雉鸡的，那是野兔的。才两年，这片林子的生态效应就已经显现。

先造林，后建城。雄安新区的第一步是造林，但造什么样的林？践行什么样的理念？“近自然造林”的新概念得到了大家的认可。

何谓“近自然”？就是遵循尊重自然、顺应自然、保护自然的原则，最大限度地模拟自然界中森林生长的环境，通过必要的人工干预，让树木实现个性生长、自然演替，让森林接近自然林、优于自然林。

以大清河片林为代表的雄安近自然森林，长势良好，银杏、国槐、法桐等树直径已增长了3—5厘米。丰富混交的树种，增强了抵御病虫害的能力，形成了优良生态环境。桃、梨、樱花、海棠等提供了食源，使得野兔、刺猬以及野鸡等动物，越来越多地出现在林中。

“千年秀林”，并非每一棵树都能活一千年，但树跟人类一样，能自然演替、生生不息。一棵树的寿命也许只有几十年、几百年，但它的子子孙孙却能伴随雄安新区的发展而繁育、成长，这一片片繁茂的森林将会守护这片土地，年复一年。

中铁十八局创新栽植方式，相邻的三棵树不能在一条直线上，而是要按自然的方式斑状混交，不确定株间距，自然随机布点。

“千年秀林”景观

遵循适地适树的理念，技术人员选择乡土的、适生的、长寿的、美观的多样化的本地树种或外来树种，以适应新区的土壤酸碱度、含水量、降水量、温度等自然条件，让它们能够更好地繁衍生息。

不断有新树种种植，种子落地发芽，然后以接近自然的方式生长，这样就可以实现植物的新老交替，形成一定规模后，当人们进入“千年秀林”时，会感觉很亲近，像进入原始森林一样。

人们都说，在新区造林，标准真高。

即使从业多年的林业工程师和技术人员，为了雄安新区的秀林栽种，也得重新接受培训。过去造林，苗木成活率达到82%就算合格造林，成活率达到40%就算有效造林。而在雄安，苗木成活率是95%。

别处造林，使用的苗木多是主干被截断的截干苗；而在雄安，栽下的树木都是树冠齐全的全冠苗。别处造林，苗木间横成排、竖成列，规规矩矩；而在雄安，采用的是散点式栽植，苗木的行列也多呈弧线。别处造林，一个区域大多只栽植一个树种，且苗龄相同，整整齐齐；而在雄安，一个地块会栽植下不同品种和苗龄的树木，参差有致。

之所以有这么多不同，就因为新区建设的是异龄、复层、混交的近自然森林。在平原地区大面积培育这样的近自然森林，在我国尚属首例。

近自然森林的培育，会使雄安拥有一个稳定、健康、多层结构的生态系统。

五年间，当地农户感受到更多的喜悦。“最让我们高兴的是，新区专门为我们制定了政策，植树优先招募本地居民，按资源变资产、资金变股金、农民变股东的‘三变’合作方式，以企业与农户或集体间多方式合作，农民可以获得稳定的长期收益。”世世代代在这片土地上劳作的农民情不自禁地算起了收入账，看到了更多的盼头。

走进雄安新区容城县八于乡北河照村，工人们正忙着开展春季植树。白皮松、黄栌、白蜡等新栽下的树苗错落有致，以一种特殊的混交方式被种下。当地村民说，过去这一片都是荒草地，缺水，土地也不肥，种什么都不长，可现在变成了一眼看不到头的树林，鸟儿都飞来了，大家伙儿乘凉遛弯也有地儿了，

“千年秀林”真好。

以近自然林为主的森林体系，成为了雄安新区城市组团和板块之间的重要生态缓冲区，结合白洋淀生态环境的治理和修复，未来的雄安新区将形成蓝绿交织、清新明亮的生态空间格局。

雄安人美滋滋的：这回不用去长白山看森林了，我们雄安也有大森林，凉快着呐。

“‘千年秀林’打造了雄安新区的绿色基地，我们的生态越来越好，水土保持住了，白洋淀的水质生态环境也会越来越好。过去我们一出村就是庄稼地，现在一出村全是树林，空气更新鲜了，守着蓝天白云，这日子过得真叫痛快。”正在与护林员一起巡查树林的村支书的话，让我们感受了当地人在这“千年大计”

“千年秀林”的水系工程

“千年秀林”的国家大事中，得到的从未有过的实惠与快乐。

在与当地村民的交谈中，类似的话比比皆是。

“从前连想都不敢想，在家门口就能上班，每天工资120元，工作8小时，有工伤保险，工资直接打到银行卡，年底还会分红，光一年就能收入3万多元。报纸上说让人民过上小康生活，现在我们真的过上了小康生活。”

新区10万亩苗景兼用林工程第二标段录用了当地农民700多人，第四标段录用了600多人。“千年秀林”的植树运动，让他们不仅有了饭碗，还能与新区共见、共享绿色发展成果，这才是新区人最大的快乐与享受。这源于实行的“投资人＋施工总承包＋农户”模式，形成共建共享、充满活力、可持续造林机制。新研发的采用基于区块链技术打造的项目资金管理平台系统，创新监管造林资金，对项目专项资金流向进行实时动态监控，确保专款专用，防止层层分包、层层转包、层层克扣等问题，真正做到以人民为中心、共建共享森林发展。

趁着冬日暖阳，新区高小王村护林员石子把林子的浇水管巡查了一遍。石子家有6亩地，过去种小麦、玉米，不算人工，一年两季收入1100多块钱。新区先行植树造林后，他家的地转为合作造林用地，每年每亩收益1500元，收入增加了好多倍。

日落月升时分，许多村民都会来“秀林驿站”唱歌跳舞。当外地人问起这几年的变化，他们一个个都笑得合不拢嘴。“庄稼地变成了林地，我们可以拿到土地收益金。如果家里有劳动力，还可以农民变工人。每年几万元的收入，您说俺们日子美不美?”

作为雄安新区的宣传员，演员阿杜面对镜头，这样描述雄安：“当您走进雄安新区的树林时会发现，与普通植树不同，‘千年秀林’工程不是简单地挖个坑，把树苗埋上土、浇上水就结束了。在雄安新区种下的每棵树，从选种到种植都有严格的规范。它们身上都悬挂着一个小卡片，上面印着一个二维码，这个二维码就是树木专属的身份证，它链接着雄安森林大数据系统，通过它可查询苗木信息，实现对苗木全生命过程的监控。”

地上每种一棵树，系统也会生成一棵虚拟树，虚实一一对应，从而形成“数字森林”，这也是数字雄安的组成部分。这样的设计既能帮助林业工作者客观、准确地了解整个森林的自然演替规律、树木生长规律，也能让百年、千年之后的人知道每棵树的来历，知道当初是谁种下了它，让千百年后的子孙后代对雄安的记忆更有温度。

我们随机选了一棵树扫描二维码，立刻知道了树木的名称、植树人和监理人的名字，种植的时间精确到分钟。还能得知，近一个半月里，经过了5次除草，浇过12次水，进行过3次病虫防治，每次除草人员、浇水人员的姓名也都有记录。

每棵树都用钢丝悬挂着二维码标牌，如何能让标牌既悬挂得牢固，又不会随着树苗的生长而嵌入树木中，种树人没少花心思。最后的方案是：钢丝一端固定，另一端留成活扣，盘成螺旋状，类似弹簧。伴随树木生长，活扣可以顺势调整大小，不会影响树木生长。植树大军将其称为“雄安森林扣”。

初春在雄安登高远眺，千年秀林萌动春潮，桃花含羞，杏花飞雪，油松吐翠。大片树林，一直延伸到视线的尽头。

虽然刚经过寒冬腊月，但很多的乔木落叶之后正在萌发新绿，还有常绿的油松、白皮松点染着大地。再过些天，等这些树全都绿了，那时满目苍翠，想起来就动人。南边有白洋淀，北边有“千年秀林”；一幅蓝绿交织的画卷展现在我们面前。

一大早，护林员老高就来到“千年秀林”工程九号地块1标段做防火巡查和病虫害防治观测。

“每天都要巡护，大年初一也没耽误。”老高说。苗林里，我们看到一个奇怪的现象，为何一片片新栽种的小树苗都被绑上了竹竿？

老高说，这是为避免一些新栽种的小树苗被风吹歪，栽一根竹竿支护。选择的竹竿枝节不会太大，以免划伤树苗。你们看，用来捆绑竹竿和树苗的绑带软软的，可以随着树苗成长自动松扣，不会出现绳索勒树的情况。

植树人的话让我们体会到了良苦用心。

老高说，这些树木是雄安新区的第一批小主人。天天看着苗木数量在增长，树木一片片成林，他感到特别亲切，就像自己的孩子一样，疼爱它们，期盼它们一天天地成长。虽然种树人不可能存活千年，但是树木的精神、奋斗者的精神，会伴随着雄安人一代代成长、奋斗。

为了使“千年秀林”更接地气、更亲民，设计人员经过充分调查研究之后，从当地树种中挑选出了苹果、山桃、杜梨、山楂、板栗、樱桃这样一些当地果树，以及杜仲、银杏等可食用药材树木，加以种植。雄安人漫步在森林中，可以嗅到乡愁的气息，找到儿时的记忆。

目前，我国森林覆盖率已由20世纪70年代初的不足13%提高到近23%，森林面积和蓄积量连续30多年保持“双增长”，为应对气候变化、推动全球生态治理作出了重要贡献。而在雄安新区，2017—2022年累计造林面积达45.4万亩，种植各类树木2300多万株，森林覆盖率由最初的11%提高到32%。

千年秀林杜梨花下

随着“千年秀林”的推进，绿色仍将扩大下去。此次“千年秀林”项目涉及雄县口头村、西王村、西柳村、岔河、仁义庄、八东村6个村庄，合计4000多亩土地，将建设内外连贯、层次丰富的生态经济林带。后期树木成林后，将会形成林带环绕、树木葱郁的自然生态景观，而且树木品种丰富多样，在不同季节会呈现出不一样的风景。

春花、夏荫、秋色、冬韵，大力推进国土绿化的雄安，一年四季都是绿的，大地的颜值不断提升。人们在大街小巷走，宛在风景画中行。

游人在“千年秀林”

一念起，鸟儿万水千山

鸟儿虽然远在天边，但它的眼睛是尖锐的，可以穿透万水千山；鸟儿的嗅觉是灵敏的，虽然远隔山重水复；鸟儿喜好干净美丽，万里高空也能分辨出哪里是肮脏不堪的地界；鸟儿觅食喜欢无污染的食物，腐烂的东西它会避之不及……

鸟儿是聪明的，一旦它选择了你，你就是最美、最干净、最环保的代表。

今天，几百种鸟儿从四面八方不经商量同时选择了一处它们满意的新家——白洋淀。

曾几何时，鸟儿们对白洋淀避之不及，因为白洋淀的状况一度令它们失望：几度干涸，污染严重，臭气熏天……

鸟儿们是友爱的，一旦出现危险，它们会在长空发出鸣叫警告："这里有人捕杀鸟类，这里有毒有害……"

曾几何时，白洋淀成了鸟类的伤心地、绝望地。

2017年，白洋淀迎来可喜的变化。一年过去了，两年过去了，五年过去了，鸟类悄无声息地从一只只，到一批批地飞向白

上：人与自然在白洋淀和谐相处
下：天鹅在白洋淀驻足

洋淀，它们定居在了这片美好的水域。

编制《白洋淀鸟类图册》的河北省安新县自然资源局，对鸟类在白洋淀的今昔变化最有发言权。

“目前，白洋淀鸟类数量已达到225种，其中国家一级保护鸟类10种，国家‘三有’（有重要生态、科学、社会价值的陆生野生动物）保护野生鸟类近10万只和其他级别鸟类188种。”一名工作人员说。

现在，人们在白洋淀经常能看到上百只灰鹤在水边漫步，美丽的白鹤展翅起舞，大小天鹅引颈高歌，雁鸭鸥类嬉戏成群。“许多消失了很多年的鸟儿又回来了。我们曾在一个地方发现了80多只白天鹅。”

为了把野生动植物保护好，安新县印发了禁止猎捕野生动物通告，制定了野生动物保护专项应急预案，建立了野生动物临时救助站，严厉打击私挖乱采、下网投毒等破坏白洋淀流域野生动植物的行为，同时设立了“爱鸟周”“禁渔期”“保护野生动物宣传月”等。编印《白洋淀鸟类图册》，就是他们加强生态保护教育的措施之一。

“关关雎鸠，在河之洲”“鸳鸯于飞，毕之罗之”，《诗经》里有大量关于鸟类的描述，这些飞翔在蓝天中的“妙音精灵”，自古便是人类的好朋友。

白洋淀是我国候鸟迁徙通道上重要的停歇地、繁殖地和越冬地，是湿地水鸟集中分布区，鸟类种类多、数量大。华北平原历来干旱缺水，白洋淀是华北最大的湿地生态系统，故而成为了野生鸟类在华北中部的重要栖息地。

野生鸟类本是生态系统重要的组成部分，对维系整个生态系统稳定具有重要价值。白洋淀每新增一个鸟种，都反映了白洋淀生态环境的好转。

2019年3月22日上午，安新县白洋淀湿地保护区管理处工作人员在进行生态巡护过程中，在白洋淀的一处荷塘里，观测和拍摄到13只国家二级重点保护鸟类——白琵鹭。这是白洋淀湿地保护区管理处这年春季以来首次拍摄到白琵鹭，也是管理处近几年来观测和拍摄白琵鹭数量最多的一次。据相关调研数据显示，白琵鹭在中国存量不足1000只，十分珍贵。

家有梧桐树，凤凰才会来；淀里清水秀，鸟儿远方来。

在2021年4月8日国际珍稀动物保护日，科学家向全社会发出倡议：不是只有珍稀、濒危动物才是“国宝”，在同一片蓝天下，一鸟一禽皆须尊重与爱护。野生鸟类被称为地方生态系统的“晴雨表”，是非常好的“环评师”。白洋淀越来越好的生态环境，为各种野生动物提供了良好的栖息条件。

2022年的阳春三月，春风习习，万物复苏；白洋淀经过一个冬天的静默、等待，再次迎来了一年一度的候鸟迁徙期。春季是野生候鸟由温暖的南方飞回北方的重要迁徙时段，白洋淀是野生候鸟重要的迁徙驿站之一，每年春季都会有诸多野生候鸟，来到白洋淀栖息、觅食、筑巢、繁衍。

“新区设立前，白洋淀野生鸟类记录共有206种，现在增加到230种，各种迁徙候鸟在白洋淀停留的时间越来越长。特别是这两年观测到在此栖息甚至越冬的骨顶鸡已达两三万只，去年春天，一个有600多只天鹅的天鹅群在这生活了一个多月，这是近十几年出现过的最大的天鹅群。”一名观察员一边在淀边察看，一边给我们指着天鹅栖息过的地方。

此时，远处成群的野生鸬鹚从水面飞过。他说，藻苲淀很多区域曾一度因干涸成了农田，如今成千上万的鸟群在此长期栖息，就是对当地生态环境最好的验证和反馈。

“我们是喝着白洋淀水长大的，小时候和伙伴在淀里划船、游泳，渴了就摘一片荷叶围成碗，舀淀里的水喝。记忆最深的是，小时候跟哥哥划船到淀里捕鱼或收芦苇，渔网带起的水珠与天空飘落的雨滴交汇在清澈的水面上，真有大珠小珠落玉盘的意境。”河北省非物质文化遗产芦苇画技艺代表性传承人、河北省人大代表杨丙军说，“作为当地人，新区的设立是我们难得的机遇。祖辈一直沿袭男渔女织的生产生活方式，但受湖体地形、气候变化、人类生产等因素影响，20世纪80年代，白洋淀干涸等问题频发。”

此后，中国实施“引黄济淀”等系列措施为白洋淀补水，加大生态环境保护力度。因创作需要，杨丙军时常去白洋淀调研、采风，他发现每年都能看到好的变化。

据雄安新区管委会生态环境局的同志介绍，近年来，河北统筹黄河水、长江水和水库水，累计向白洋淀补水28亿立方米，淀区面积由170多平方公里恢复至275平方公里左右，水位稳定在6.5米到7米，白洋淀恢复了“华北之肾”功能。

世居白洋淀的人吃着白洋淀，喝着白洋淀，靠着白洋淀，他们生于斯，长于斯。这淀于他们不仅是有感情，更有如恩人一样。

新时代的雄安人，以实际行动回馈着白洋淀的养育之恩。

安新县大张庄村65岁的村民李村说：“我祖祖辈辈生活在白

洋淀岸边，到了我这一辈仍然以捕鱼为生。如今淀里的环境保护要求严格，我和一些村民都成为了河道保洁员，每天划着船，不是在捕鱼而是清理垃圾，人们都叫我们‘淀中清道夫’。”

“不管叫什么，我们的淀我们不保护谁来保护？雄安要建样板城市，白洋淀是雄安的脸面，只有白洋淀干净了，水清了，淀美了，才是最美的雄安！”

“快看，大鸨！”在我们交谈之时，水面远处飞来几只大鸨。

大鸨俗称地鵏，它体形很大，体高有70厘米左右，体重约10千克，是世界上能飞行的体重最大的鸟类。作为极度濒危鸟类，国际鸟类保护委员会已将大鸨列入世界濒危鸟类红皮书。据统计，我国仅有800只大鸨在北方地区越冬，它的珍贵程度如同丹顶鹤、大熊猫和东北虎。随着白洋淀生态环境持续好转，迁徙到白洋淀及周边栖息、觅食、繁衍的野生鸟类，从数量和种类上逐步增多。就在我们去到雄安的那些日子前后，几名摄影爱好者就拍到了30多只大鸨在麦田里栖息的画面。

雄安还出现了青头潜鸭。青头潜鸭为深水鸟类，是《世界自然保护联盟濒危物种红色名录》中的极度濒危物种，它们的出现同样表明了白洋淀生态环境持续向好。

青头潜鸭主要以水生植物和鱼虾贝壳类为食。在我国，青头潜鸭会在每年3月从越冬地往繁殖地迁徙。它们对于栖息环境的要求非常高，可以说是湿地生态系统状况的指示物种。近十年来，这种鸟的全球数量从1万多只下降到近千只，它们朝雄安翩翩而来，成为这片土地上珍贵的客人。

有一群摄影爱好者，痴迷拍摄飞翔于白洋淀的各类飞鸟。我们在那里遇到了一位来自北京的朋友，他是专程来拍摄天鹅的。本想跟他聊几句，但知道他专心拍摄天鹅不想分神，我们便走开了。

傍晚的时候，他发来一大段文字和几张照片，文字写得很有感染力：今天，天鹅在白洋淀驻足的时间很长，它们长着洁白的羽毛，长长的头颈，丰满的身体，雍容华贵。天鹅时而站在水面上扑打着翅膀，掀起一层层的涟漪，时而把头扎进水里，时而又伸长了脖子，大声鸣叫。天鹅休息的时候喜欢把头放在翅膀上，随波漂荡，自由自在，还喜欢把一只脚放在肩膀上，可以看到自己黑色的蹼。天鹅喜欢洗澡，用翅膀在水里使劲拍打水面，溅起许多水花，这是我们拍摄的最好动态。有时候，天鹅还会为了领地打架，仰起长长的脖子张开嘴巴，大声鸣叫着什么，似乎是在向对方示威。如果对方不示弱，它就会扑打翅膀追击对方，用嘴啄，直到对方落荒而逃，才肯罢休。动物界真是可爱，强者为王，是我观察它们最深的体会。

今天来白洋淀落脚的天鹅有1000多只，特别壮观。有起飞的，有降落的，有打着水花的，也有在觅食的，更多的是在水面上游荡。经过几天的观察，我不仅拍到了天鹅觅食、休息、梳理羽毛、飞起飞落的姿态，更得到了一种从未有过的美的享受。

从他的文字里，我能感受到大自然带给他的快乐。这种快乐是恬静的，沁人心脾的。

据安新县自然资源局负责人介绍，截至2022年1月底，白洋淀野生鸟类数量共计242种，较雄安新区设立前增加了36种。其中国家一级保护野生动物有大鸨、白枕鹤、青头潜鸭等10种，国家二级保护野生动物有灰鹤、水雉、黑翅鸢等41种。目前还有多种新增鸟种正在整理中，日后会进一步补录，届时白洋淀野鸟家族又将迎来新的成员。

没有好水，引不来好鸟；没有好鸟落户，白洋淀就不是美丽的。

为了让白洋淀永远不失美丽，为了让自然界的动物们有个美好的家，雄安新区加大白洋淀生态环境保护力度，严厉打击非法猎捕野生动物等行为，大力推进“政府＋民间”的形式，在科研巡查工作的基础上，广泛协调、带领民间爱鸟人士，积极参与白洋淀野生鸟类保护、科研等工作。在野生鸟类越冬期，他们先后观测到大鸨约50只，还记录到约1.5万只由绿头鸭、斑嘴鸭、罗纹鸭、赤颈鸭等野鸭组成的雁鸭类越冬种群，种类、数量较往年都有增加。

雄安人爱鸟护鸟，设立热心公益、护鸟卫士和爱鸟护鸟形象大使，给那些热心救助鸟类的爱鸟人士颁发荣誉证书，巡查人员还常到农家院、饭馆、特产店检查，严禁商户利用野生动物招牌虚假招揽顾客，要求商户签订禁食禁捕责任书。违法猎捕、贩卖、经营鸟类等野生动物的行为受到全面抵制，保护野生动物的良好习惯在全社会蔚然成风。

白洋淀美丽的生态环境

各具特色的郊野公园

岁暮天寒，这年的冬天，地被冻出一道道的缝儿。人在室外站上几分钟都怕会被冻成冰溜子，可在郊野公园施工现场内，各种工程车辆喷着热气，建设者们火热朝天地干着。

转眼到了酷夏，太阳刚一露脸，地上便像着了火，街上的柳树萎靡不振，连鸟儿都不叫了，大街小巷的有机玻璃招牌好像要被晒化了似的。可在郊野公园施工现场内，塔吊仍然上下忙碌，14 个公园的施工现场，建设者们的汗水像是雨水，皮肤被阳光晒成了古铜色。

“起步就是冲刺，开工即是决战”的条幅，在工地上醒目地飘扬着。

雄安新区要建 14 个郊野公园。

日子过好了，人们就有了更多对健康、精神的追求。城市中的公园与百姓的生活幸福指数息息相关。

2021 年雄安郊野公园的开放，展示了迄今中国最大的城市郊野公园的风貌。

郊野公园主场馆

这座郊野公园位于雄安新区北部，是新区起步区南北中轴线上重要的景观，其设计理念是一站式畅游“微缩”河北、尽享燕赵风情。

雄安郊野公园总面积17.5平方公里，充分运用理水、起丘、隐筑、圆境等营园手法，打造了一座由14片城市森林、14座城市展园和若干水系组成的公园。公园以河北省地市级行政区划为单元，展示了11个地级市以及雄安、定州、辛集共十多个地区的不同特色：邯郸园、保定园、邢台园、承德园、石家庄园、张家口园、廊坊园、衡水园、沧州园、定州园、唐山园、辛集园、秦皇岛园。

14个展园最后构成“林为体、水为脉、文为魂”的郊野公园。

雄安郊野公园保定园

公园在总体构思上有一个巧妙的“无字楹联”设计，将自然之美融于山水，人文之美化于无形。这副“无字楹联”分别建造出代表“日月星辰春夏秋冬山水林田湖、琴棋书画松竹梅菊金木水火土”的特色景致，呈对联状分布于南北中轴线两侧。

公园中各城市森林和展园的景观设计，都与这副“无字楹联”相呼应。

沿中央溪谷两侧银杏大道分布的14处景观，对应了大地楹联“梅菊金木水火土、秋冬山水林田湖”这14字。西侧自北向南分别为三梅共赏、菊台流云、金石为开、合抱之木、山林之镜、涅槃之火、九台累土；东侧则为行停观秋、苍松晴雪、拳石当山、曲水两相、青林帷幄、乡田三耕、平山远水。

2021年，雄安郊野公园建成运营，超过1000公顷的郊野公园的林地，每年将至少新增碳汇1万吨。所谓碳汇，是指森林吸收并储存二氧化碳的多少，或者是森林吸收并储存二氧化碳的能力；具体而言，就是通过植树造林、森林管理、植被恢复等措施，利用植物光合作用吸收大气中的二氧化碳，并将其固定在植被和土壤中，从而减少温室气体在大气中的浓度。

1997年12月，为缓解全球气候变暖趋势，149个国家和地区的代表在日本京都通过了《京都议定书》，这是一部限制世界各国温室气体排放量的国际法案。2005年2月16日，该法案在全球正式生效，由此形成了国际“碳排放权交易制度”。《京都议定书》中规定，包括中国和印度在内的发展中国家可自愿制定削减排放量目标。在此后一系列气候公约国际谈判中，国际社会对森林碳汇作用越来越重视。中国则在不断努力削减碳排放量，向世界展示中国样板。

雄安新区正是这样做的。

好水好树好景，雄安的空气质量有了明显改善。

截至2022年3月14日，雄安新区空气质量综合指数5.09，同比改善17.77%，$PM_{2.5}$浓度同比改善18.18%。

在建设雄安郊野公园的那些难忘的日子里，各建设单位严格执行雄安新区绿色建筑设计、绿色建材、绿色建造有关要求，全面执行二星级或以上绿色建筑标准，提高建筑绿色化水平。

上：郊野公园廊坊园

下：郊野公园张家口园

建设雄安郊野公园被雄安集团生态建设公司列为“一号工程”。为如期高质量完成建设工作，施工队伍在寒冬中日夜奋战。冬季低温时，为了防止混凝土冻裂而产生质量问题，建设人员特意在雄安主场馆准备了2万平方米的电热毯、相应数量的阻燃岩棉被，还有60台热风机等，确保混凝土的浇筑和养护质量。

2021年7月18日，雄安郊野公园开园迎宾，受到社会各界的广泛好评，迅速成为热门的旅游地。

许多游客兴奋地表示，游览雄安郊野公园，就等于逛遍河北的风景名胜，来一两次根本看不够。逛了保定的古莲花池，又在邯郸看了和氏璧，还去承德避暑山庄……14个郊野公园，各美其美，有以“瓷艺馆”为主题的定州园，以“崇文尚武”为主题的沧州园，以“文化艺术馆”为主题的廊坊园，以“冰雪境门”为主题的张家口园……每个展馆几乎都有酒店和民宿，远到的客人如果一天逛不完，还可以住上两三天。居住在近处的雄安人就更为方便了，每天下班以后就可以到这里进行休闲健身。

游玩是一方面，更重要的是这里堪称“绿肺功能园”，它是雄安“千年秀林”的一部分。大规模的生态建设还在持续当中，郊野公园未来将是重要的水源涵养地。14座城市展园和若干水系组成的郊野公园，有280多种树木和200多种草花地被植物，2000余亩花果林香飘四方，5000余亩常绿林苍翠挺拔，600余亩竹林清幽雅致。

春之花儿烂漫，夏之绿意盎然，秋之叠翠流金，冬之梅松傲雪。伴随着解说员的介绍，我们漫步在雄安郊野公园，欣赏着一个个别具特色的城市展园和精妙的创意设计，心旷神怡。

郊野公园全貌

第四章

人文雄安，燕赵之风

铁肩担道义

如今，当人们把目光投向雄安这片热土，这里向世人呈现的不仅有雄安新城的现代化速度，还有白洋淀优美的自然风光，更有悠久的历史传统和深厚的文化底蕴。

大风兮泱泱，大潮兮滂滂，雄安新区乃古代雄州、安州之地，历史悠久，人杰地灵，曾诞生过不少仁人志士，辉耀千秋。著名的有"容城三贤"——刘因、杨继盛、孙奇逢；"燕山五丈夫"——兼具学术造诣与风骨气节的儒生杨九万、李益公、毛文伯、焦恂儒、胡炳南。雄安有以"宋辽榷场"为特色的商业文化和民族融合文化，以"雁翎队"为代表的红色文化，以及雄安白洋淀芦苇画、莲子珠串、西河大鼓等非物质文化遗产。

这里古有安州，雄安之"安"，带有千年的萧萧之风。

雄安之地，既有来自燕山的文化渗透，也有北方游牧文化和中原农耕文化在此的不断交流碰撞，其开放、吸纳和交融的特征十分突出。

雄安之美，首在历史人文，厚重而壮烈，可歌更可泣。尤其是“容城三贤”至今闪耀着道德的光芒，不灭不息。雄安儿女对家国、对社会的情怀和对苍生万物的大爱，在历史危急关头的挺身而出，在文化长河里激起的朵朵浪花，生动地诠释着雄安历史文化的丰富内涵。

正是因了这传承与热血的基因，自雄安新区设立以来，“容城三贤”文化得到进一步挖掘和弘扬。

从容城通往安新的白洋淀大道上，有一座三贤文化广场。当地人引以为豪的“三贤”——元初著名学者刘因、明朝名臣杨继盛、清初大儒孙奇逢，是当地崇尚忠义淳朴乡风的精神坐标。

“容城三贤”皆为“北学”代表人物，他们身上展现出的慷慨悲歌、重信尚义、笃信好学的品格，是雄安精神和燕赵之风的重要内涵。

元初著名理学家、教育家和诗人刘因（公元1249—1293年）为保定容城人。他是一位著名的儒者，善作诗文，秉持治学为人的思想，在家乡设立私塾，还曾在三台（如今安新县三台）设立学堂，传道授业，受教者多有成就。至元十九年（公元1282年），刘因奉召入朝，被封为承德郎、右赞善大夫，并奉命在宫中建学，侍从春坊。后来因母亲生病辞归，第二年母亲去世后，守丧于家。至元二十八年（公元1291年）时，元政府征召刘因为集贤学士、嘉议大夫。刘因在《上宰相书》中声称自己的病一天比一天重，怕连累众人，就在先人坟墓旁修好一处地方，如果一病不起，就在里面等死。忽必烈听说之后，不仅没有生气，还颇为感慨地说：“古有所谓不召之臣，其斯人之徒欤！”

孟子曾经对景子说：“将大有为之君，必有所不召之臣。”这也应在了刘因身上。

刘因关心的是天下的统一、社会的稳定、人民的安乐。他常从理想出发，憧憬仁政，渴望民族团结，倾诉世间的不平和人民的苦难。他安贫守道，淡于荣利，敦品励学，旷达高远，赢得了上至朝廷下至百姓的普遍尊敬。

刘因留下诗歌800余首，诗名声冠元初诗坛。他的诗文风格多样，音律铿锵，韵味深长，至今仍有较强的可读性，其中流传最广的是一首七言律诗《白沟》：“宝符藏山自可攻，儿孙谁是出群雄。幽燕不照中天月，丰沛空歌海内风。赵普元无四方志，澶渊堪笑百年功。白沟移向江淮去，止罪宣和恐未公。”这首诗体现出一位知识分子面对宋辽界河发自肺腑的忧情。

至元三十年（公元1293年），刘因病逝，葬于沟市村南拒马河畔。

容城县八于乡北河照村是“容城三贤”之一——杨继盛的故里。

杨继盛故里祠已经被列为雄安“乡愁”点。祠堂立柱上，他的名联“铁肩担道义，辣手著文章”被后世广为传诵，体现了燕赵义士的铮铮铁骨。

杨继盛于明朝嘉靖二十六年（公元1547年）考取进士。他32岁入仕，为官不到六年，七易其职，六赴其任，五易其地，处处都留下刚直不阿、耿直廉明的美名。他一生官职未过五品，却被誉为“明代第一直谏义士”。

杨继盛为官期间，舍生赤诚报国，做过两件震动朝野的大事：一是上疏阻开马市，二是弹劾权奸严嵩。因为这两件大事，杨继盛屡遭贬谪，但他从不因为职位的降迁而丧失强国富民的远大志向。明嘉靖三十二年（1553年），杨继盛到兵部上任，就住在北京达智桥胡同。他初心不改，曾作《自况》一诗以明志："饮酒读书四十年，乌纱头上是青天。男儿欲到凌烟阁，第一功名不爱钱。"

杨继盛亲见亲闻权奸严嵩祸国殃民的行径，想到国家内忧外患皆因奸佞当道，不由痛心疾首，决心为国除奸。当时严嵩势力大、根基深，他心里明知弹劾严嵩凶多吉少，仍抱定必死决心，在达智桥胡同宅第中斋戒三日，毅然上书《请诛贼臣疏》，历数严嵩"五奸十大罪"，被史家称为"明史上一大奏牍"。

严嵩向嘉靖帝进谗言，陷害杨继盛，将其投入死囚牢，下令"杖之百"。明代的廷杖，轻则致残，重则送命。刑前，一位同情者持蚺蛇胆含泪送别杨继盛，说此廷杖壮士尚且不能幸免，何况他一儒士，劝他将酒服下，杨继盛却说："椒山自有胆，何蚺蛇为！"

杖刑打断了杨继盛的双腿，他全身皮开肉绽，伤口腐烂后，肉一块块地往下掉，惨不忍睹。杨继盛摔碎瓷碗，将碎片扎入体内放血，血流不止，但他咬紧牙关，然后用瓷碗碎片将腐肉一一割去。"肉尽，筋挂膜，复手截去。狱卒执灯颤欲坠，继盛意气自如"。当年关公刮骨疗毒也不至如此悲壮。

虽然朝野有对杨继盛的一片解救呼声，但他最终没逃过严嵩处心积虑的陷害，后者授意刑部尚书何鳌，将杨继盛等人处决，弃尸于市。临刑时，杨继盛仰天长啸："浩气还太虚，丹心照千古。生前未报国，留作忠魂补。"这就是著名的《就义诗》。

杨继盛死后12年，严嵩在举国唾骂声中死去。此后，皇帝颁诏抚恤直谏诸臣，杨继盛被追赠为太常少卿，予以祭葬。顺治皇帝极力褒杨继盛之忠烈，御制了《褒忠录序》《褒忠录论》两篇文章；乾隆皇帝更是表彰其为忠烈之臣，为其题诗画像。

杨继盛的名联"铁肩担道义，辣手著文章"世代相传，许多人纷纷效仿这名联，其中最著名的是李大钊的"铁肩担道义，妙手著文章"。

出生于河北省乐亭县的李大钊，自幼深受燕赵文化的熏陶，特别是"容城三贤"的人品、文风和骨气，对他影响颇深。1916年，李大钊创办了《晨钟报》以醒世人。每期报上，都印着一口洪钟图案，并配一句题词。在第六期《晨钟报》上，他选用了"铁肩担道义，妙手著文章"。将前人杨继盛一联中的"辣手"改成了"妙手"，一字之改寓意无穷，从此，这副对联流传更广。

李大钊后来还曾多次手书"铁肩担道义，妙手著文章"，分别赠予表弟杨子惠、章士钊夫人吴若男以及《京报》创办者邵飘萍。京报馆位于北京市西城区魏染胡同30号，一座具有民国风格的二层楼房，走进院落，院门口的影壁上镌刻四个大字："铁肩辣手"。邵飘萍之"铁肩辣手"也正是出自前人杨继盛的名联。

“铁肩担道义”，影响了一代代慷慨为国的仁人志士。

“容城三贤”中还有一位孙奇逢（公元1584—1675年）。他年少时刻苦读书，经、史、子、集广为涉猎，并多与贤友切磋论学，是燕赵慷慨悲歌、重信尚义精神的代表。

崇祯九年至十四年（公元1636—1641年），清军在多尔衮、阿济格等亲王的率领下，多次绕道长城袭扰北直隶。那些饱食终日的明朝文官武将们要么避战求和，要么三十六计“走为上”。更有甚者，有的武将畏敌如鼠，在清兵退却后，自知罪责难逃，每日服大黄以求速泻而死。反倒是被后人称为“范阳三杰”的儒生孙奇逢、孙承宗、鹿善继，婴城固守，不惜捐躯成仁。

在这些保卫家乡的战役中，唯有孙奇逢指挥的容城保卫战取得了胜利，清兵久攻容城县不下，无奈退去。孙奇逢晚年开堂讲学，同时教诫族中子弟。在《孝友堂家训》中说：“士大夫教诫子弟，是第一要紧事。子弟不成人，富贵适以益其恶；子弟能自立，贫贱益以固其节……”强调贫贱亦能固品节的德育思想。

他说：“饥饿穷愁困不倒，声色货利浸不倒，死生患难考不倒，人之事毕矣。”这也正是他做人坚守的节操。

孙奇逢病死之时，门人弟子50余人守灵祭奠，顾炎武说“会葬近千人”。外地弟子不能至者，亦服心丧，就地追悼。地方官吏、士大夫吊唁者络绎不绝。为何孙奇逢的影响力如此之大？

终其一生，孙奇逢没有做过一天官，但《明史》对他推崇备至，评价他为“节侠士”“善义士”；《清史稿》更是把他列入“儒林”，为他立传。

人们称他始于豪杰，终于圣贤。

“容城三贤”传至于今，乃激励民心的文化与精神之能量使然。这种传承，赋予雄安这座未来之城以人文之光。

“容城三贤”的节操风骨和学养文德，正是浩然正气的英雄本色。这种精神，这种楷模力量，在当地，在整个燕赵大地世代传承，成就了慷慨悲歌、重信尚义的人文精神，成为燕赵儿女自强不息、奋发有为的文化基因。

雁翎队

自古燕赵多壮士。古往今来，在雄县、容城、安新这片热土上，每当国家民族危难之际，总有热血儿女挺身而出，树起一座座大义丰碑。2017年，雄安新区开展乡愁遗存调查，共登记革命遗存几十处。从类型上看，有一部分是为纪念历史事件，如安新县安州镇的抗税亭，另有一大部分为抗日战争时期的遗存。

近代以来，雄安不仅是英雄辈出的革命老区，更是冀中平原抗日战争时战况最惨烈的地区之一。

走进雄安新区，蓝绿交织是雄安的生态底色，而新区几百个红色纪念遗址，则是雄安最厚重的精神底色。这片土地始终与党的拼搏、党的奋斗、党的辉煌功绩紧密联系在一起，诞生了无数荡气回肠的感人故事，涌现了可歌可泣的革命先辈，既是我们党艰辛而辉煌奋斗历程的见证，也是我们前进路上最宝贵的精神财富。

抗日战争进入白热化的1938年夏天，日军占领了白洋淀，疯狂实行“烧光、杀光、抢光”的“三光”政策，先后制造了一系列惨案，白洋淀这块美丽富饶的地方成了“无村不戴孝，遍地是狼烟”的人间地狱。

日军早就对白洋淀垂涎三尺。

白洋淀东连天津，西通保定，曾是华北内陆的黄金运输航线。这里水域辽阔，不仅荷红柳绿、鱼肥稻香、物产丰富，还是水上交通的重要枢纽，在军事上占有重要的地位。淀泊风光无限，淀内只有三分陆地，其余七分是水。渔村农舍之间，荷花芦苇一望无际，水里的植物和鱼虾是白洋淀人民的生活保障。

当时，日军占领了新安城。为强化统治，奴役白洋淀人民，驻安新的日军以“献铜、献铁”为名，强迫水区猎户交出猎枪和“大抬杆”等武器。这些是他们赖以生存的工具，猎户们不愿意交出他们的“命根子”。

此时，中共安新县委察觉到敌人的阴谋诡计，为揭露敌人收缴猎枪的阴谋，中共安新县委三区区委书记徐建和区长李刚义在大张庄召集郭里口、王家寨一带水村猎户，动员他们组织起来抗击日军。今日不反抗，明日就是日寇的“下酒菜”！

宁可站着死，绝不跪着生。会后，猎人孙革、姜秃、赵保亮和邓如意等20人自愿加入三区小队，抗击侵略者。这些战士多出生于打猎世家，对猎枪性能较为熟悉。三区小队把新入伍的猎人组成了一个班，这是一支战斗力极强的抗日队伍。

猎户们在加入区小队后不久，便迎来了一次战斗。

1938年8月底的一个下午，区小队得到情报：安新县城的20多个日军和30多个伪军，分别乘坐两艘巡逻汽艇，到赵北口运送军用物资和粮食，要下午返回。区小队随即决定，中途打掉这两艘日军汽艇。队员们装扮成渔民，划着船进入一片茂密的芦苇荡。白洋淀的八月，是最美的季节。水波荡漾，芦苇成林，一朵朵荷花盛开在水面。一眼望不到边的荷塘和芦苇荡就成了区小队打埋伏的好地方，小船划进两三米就什么也看不见了，便于隐蔽。土生土长的白洋淀战士们把设伏地点选在了李庄子村东。李庄子在白洋淀大清河道一侧，大清河在这里河宽水深，没有杂草，是敌汽艇和大型船只的必经之路。

战士们在“大抬杆”里装了比平时更多的火药，铁砂装的也是最大号的。他们把“大抬杆”牢牢地固定在小木船上，然后找到最佳的射击位置。“大抬杆”是白洋淀一带老百姓用来打猎的土枪，由于枪身很重，往往需要两个人才能抬起来，所以人们都习惯地叫它“大抬杆”。“大抬杆”的枪管有近3米长，后半截装火药，前半截装铁砂，点着尾部的药捻，就能引燃火药，把铁砂子迅速地推出去，一散就是一片，杀伤面积大，50米之内的目标基本上是弹无虚发。

太阳偏西，敌人的汽艇嘟嘟地叫着划开平静的水面，驶了过来。敌人很狡猾，他们懂得把两艘汽艇拉开距离，一前一后，如果出现情况既可互相支援，也可见机逃跑。区队长当机立断，决定集中火力先打掉第一艘艇，速战速决。

伴随着雷鸣般的响声，一束束绿豆般大的铁砂被准确地射向敌人。“大抬杆”很有力度，打出去的是一桶砂子。艇上的敌人还没明白是怎么回事，就被打倒了一多半，有的中枪后还掉到了水里。

后面的敌船发现情况不妙，机枪、步枪一起开火。区小队的“大抬杆”打完后，需要重新装火药和铁砂，这就需要几分钟的装弹时间。此时，战士们已处于敌人机枪的射程之内，而“大抬杆”即使装好药了，但它的射程又够不着敌人，对敌人构不成威胁。怎么办？区队长一声令下，大家划进芦苇荡，不见了踪影。敌人凭着强大火力杀了过来，向苇塘里拼命地开枪扫射。打了一阵后，并没有任何动静，日军以为民兵都被他们消灭了，这才偷偷地进入芦苇荡。可寻找了很长时间，却连个人影也没发现。

白洋淀神勇的游击队，使得进犯的日军惶惶不可终日。日军从天津、保定等地调集了大批汽艇和汽船，一起出动，对白洋淀进行空前的扫荡，妄图一举消灭这股抗日武装力量。一时间，敌人的巡逻汽艇在淀上横冲直撞。这种马力大、速度快、火力强的汽艇，对游击队的水上活动构成很大的威胁。为了更有效地打击敌人，1939 年夏，经县委批准，区小队分出一支队伍，单独成立了“雁翎队”，在白洋淀水区同日军进行了顽强的斗争。

“雁翎队”队员大多是猎户出身。为何叫“雁翎队”？因为猎户们为了防止猎枪膛内的火药受潮，经常在火眼上插一支雁翎；也由于他们以往围雁打猎时，装载“大抬杆”的小船在淀面上行驶多呈“人”字行，就像雁群在空中飞翔，甚是壮观好看。三区的领导根据这些战士们的特点，给他们起了个好听的名字——雁翎队。

一名老雁翎队队员曾回忆说："那年白洋淀的平静被打破了，我们迫于战争，迫于压迫，迅速组织地方抗日武装。在淀泊相连、苇壕纵横的白洋淀上，组织了这样一支神出鬼没、来无影去无踪的队伍。当时我们伪装成渔民（其实我们就是渔民，只是把枪支隐藏好），巧妙地端掉了敌人的岗楼。有时候在敌人运送物资的航线上，截获敌人的军火物资。最解气的是，可以打击汉奸的卖国气焰。"老人回忆起当时他们头顶荷叶、嘴衔苇管隐蔽在芦苇丛中伏击敌人保运船的情景，仍然是笑逐颜开。

人民战争靠人民，当雁翎队痛打日军的时候，白洋淀当地老百姓积极支援自己的队伍，他们通风报信，送粮送药。有一首夸赞子弟兵的顺口溜，至今流传："雁翎队是神兵，来无影去无踪。千顷芦苇摆战场，抬杆专打鬼子兵。"

经历过当年岁月的人们，如今还会津津乐道地讲述雁翎队打得最漂亮的那一仗。

1943 年的中秋节前，雁翎队接到报告，敌人要用"包运船"把军用物资和从白洋淀抢来的大米、鸭蛋等食品运往保定。船只从赵北口出发，配备有一挺重机枪、一挺轻机枪，由大约一支伪军中队、一支日军中队负责护送。雁翎队对敌情进行了认真分析：敌人兵力虽多，但他们在明处，雁翎队人少，却在暗处——这是雁翎队的优势。除此之外，敌人护送用的船只是大型机动船，行动起来不方便，而雁翎队的船只小，灵活方便，来去自如。伏击地点就选定在王家寨东边的横埝苇塘，这里的芦苇是移栽的，苇密水浅，便于隐蔽和出击。

雁翎队的战士装扮成渔民，有的划着小船，有的驾着鹰排，三三两两，从不同方向悄悄地接近设伏地点，迅速各就各位。下午1点左右，远处隐隐约约传来了马达声。很快，敌人的船只进入了战士们的视线。共有8艘船，其中2艘是汽艇。不一会儿工夫，敌人的汽艇就进入了伏击圈，艇上的日军都看得一清二楚。当敌艇距雁翎队员仅几十米的时候，突然速度慢了下来，这让隐蔽在不远处的队员们暗自心喜。

他们心里清楚，秘密其实就是水面上漂浮着的水草。原来，这些水草正是雁翎队员们专门在河道中放置的，为的是缠绕水下转动的机动船螺旋桨，水下还潜藏着一根粗铁丝。趁敌人放慢速度，雁翎队队长果断地开了第一枪，打倒了在船杆上放哨的敌人。一下子大抬杆火药齐发，从开枪到结束，半个小时左右，运输船队被成功截获，大批的物资和枪支弹药都成了雁翎队的战利品。

在这一场漂亮的伏击战中，雁翎队共歼敌100多人，缴获枪支100多支、子弹2000多发、手榴弹1000多个，以及多艘船上的军用物资，活捉了日军中队长初士加三郎、伪河防中队长秦凤祥，极大地振奋了白洋淀人民抗击日军的信心。

从1939年到1945年，雁翎队巧妙地利用白洋淀水上优势，与敌人交战70余次，击毙、俘获日伪军近千人，缴获大量军火和军用物资，在风景如画的百里湖面上留下了一段段抗日传奇。

《小兵张嘎》是当代著名作家徐光耀的代表作，至今已经60多年了。小说和电影中的张嘎，因其“英气”与“嘎气”，已成为新中国几代人童年记忆中最灿烂的一部分。《小兵张嘎》讲述了小嘎子在老钟叔、老罗叔、区队长和奶奶的引导下，成长为一名名副其实的八路军战士的过程。“小兵张嘎”的原型就是雁翎队第三任队长赵波，他由一个出生于保定安新县赵北口赵庄子的苦孩子，成长为抗日英雄。《小兵张嘎》被社会各界公认为中国电影史上的“世纪经典”，“小兵张嘎”的形象深入人心，影响了几代人。

雁翎队的故事早已写进小学语文课本，雁翎队的精神也融进了新一代军人的血脉。

人们在白洋淀文化苑景区内建立了“雁翎队纪念馆”，馆名由曾率部驰骋冀中战场的开国上将吕正操在99岁高龄时亲笔题写。朱德、聂荣臻、杨成武等都曾在白洋淀战斗、生活过，并留下“爱民井”“淀上野餐”等许多感人故事。

雁翎队纪念馆是游客最喜欢光顾的地方之一，那些未曾经历过抗战岁月的人，从纪念馆的陈列中回顾白洋淀抗日战争的苦难岁月与硝烟战火，感受当年雁翎队是如何将仇恨的子弹射向日军的，一杆杆“大抬杆”土枪、一个个普通的名字、一组组牺牲与悲壮的数字，再现了抗日战争时期冀中平原游击战争的惨烈与悲壮。

日军当时将白洋淀作为从天津到保定重要的战略运输线，却没想到这里成了他们的葬身之地。白洋淀人民在党的领导下，成立雁翎队，最后发展到100多人，成了白洋淀地区抗击日军的有生力量。他们破坏日寇水上运输线，顽强打击日伪军，有力地配合了主力部队的作战任务。

头顶荷叶、口衔芦苇管潜伏在芦苇丛荷花淀里的战斗形象后来成为雁翎队打日军最生动的形象。在中国抗战史上，英雄的雁翎队写下了光彩的一笔。毛泽东主席曾赞扬这支英勇的队伍为“荷叶军”。

《荷花淀》天下闻名

白洋淀因孙犁的《荷花淀》而天下闻名。水秀人灵的白洋淀，孕育了现代文学史上一个重要的文学流派——以孙犁为代表的荷花淀派。

“荷花淀派”的突出特点是，用浪漫主义的笔调描写艰苦的革命斗争，语言清新质朴，描写细腻真实，开创了抗日文学“诗意小说”的新境界。

《荷花淀》是孙犁的代表作之一，这篇作品是1945年孙犁在延安鲁迅艺术文学院学习工作期间创作的。抗日战争爆发后，孙犁毅然投身抗战，在平汉路西的山里工作期间，听从冀中平原过来的同志讲过两个战斗故事，其中一个是关于白洋淀青年组成的雁翎队。这激发了孙犁的创作灵感，1945年，他在延安完成了小说《荷花淀》。

在教科书上，那篇写得像诗一样的小说《荷花淀》，让无数读者知道作家孙犁的名字和荷花淀派，也记住了白洋淀那个风清月凉的夜晚，水生哥和水生嫂商量当兵打日军的故事。

《荷花淀》描写的是抗日战争最后阶段冀中人民的斗争生活。在激烈残酷的战争里，在关系民族存亡的大背景下，小说选取小小的白洋淀一隅，表现出农村妇女既温柔多情又坚贞勇敢的性格。

白洋淀，不仅造就了一批敢于同日军进行殊死斗争的雁翎队勇士们，同时也成为文艺创作的丰富源泉，由此诞生了一批优秀的文艺作品，如小说《新儿女英雄传》《雁翎队》、电影《小兵张嘎》等，滋养出以孙犁为代表的荷花淀派和以芒克等诗人为代表的白洋淀诗群。

孙犁对白洋淀这块土地的一往情深，对白洋淀人民抗日斗争精神的由衷赞颂，通过其作品诗一般的清新意境，感染了一代又一代的读者。很多人对白洋淀的认识，都是首先从读孙犁的作品开始的。

如今，人们迎着旭日，踏着晨露，置身于荷花淀景区，瞻仰坐落于景区北边的孙犁纪念馆，崇敬之情油然而生。孙犁的巨型石雕坐像，还有他书写的“大道低回”的匾额，都映在接天莲叶的无穷绿意和朝阳下的红艳荷花之中。人们仿佛又进入到孙犁的小说意境里，那些鲜活的抗日人物又浮现在面前。水生哥、水生嫂，你们还好吗？

《荷花淀》之所以不朽，孙犁的话一语中的：“文学必须取信于当时，方能传信于后世。如在当代被公认为是狂言，它的寿命是不会长久的。”

纵观雄安地区的红色文化，无论孙犁的《荷花淀》，孔厥和袁静的《新儿女英雄传》、李英儒的《战斗在滹沱河上》《野火春风斗古城》、梁斌的《红旗谱》，还是冯志的《敌后武工队》、李晓明和韩安庆的《平原枪声》、徐光耀的《小兵张嘎》，都让白洋淀和雁翎精神跨越国界、超越时代，成为宝贵的精神财富，影响几代中国人，并有机融入新时代雄安新区的文化构建。“雁翎精神”的坚强不屈，成为“雄居天下、国泰民安”的血脉风骨。

蒹葭儿苍苍

白洋淀是海河流域大清河水系中游的缓洪滞洪区，位于九河下梢，承担着9条河流的洪水调蓄功能。白洋淀及其上游几大支流，共同构成海河流域大清河水系的重要南支，其85%以上的水域在安新县境内。

白洋淀以辽阔浩渺的大泽之水，担负着千年来四通八达的水系漕运，也孕育了丰富驳杂、繁盛多元的白洋淀文化。各种元素的文化代表一路传承至今，成为了淀上人民生活与精神的活化石。多种多样的非物质文化遗产名录，无疑是雄安新区文化的精髓，展示其独特魅力，不断传承与弘扬优秀传统文化，使得雄安文化更具生动性、持久性，赋予其未来更为旺盛强劲的生命力。

三月初的华北平原上，雄安新区的县城安新，“华北之肾”白洋淀的所在地，孕育着复苏的气息。沿城北滨河路西行，是绵延的渥水园水系。渐渐解冻的河水，在正午的阳光下熠熠闪着舒缓的微光。阳光暖暖地洒在头顶。冬去春近了。

临河南岸的一处雅静小楼，名为丙军芦苇画艺术馆。

馆内挂满了大大小小、琳琅满目的芦苇画，形象缤纷，不胜枚举：人物、山水、花鸟鱼虫……题材包罗万象，神话传说、民俗生活、传统文化、非遗主题、水乡风情等一应俱全。

这些芦苇画不仅技艺精湛至极，材料运用更加令人叫绝，除了芦苇，还有羽毛等辅料，色泽或天然雅致，或粗粝高级。画风原始，炽烈逼真，朴拙野性。白洋淀芦苇画制作工序非常繁复，需要几十道工序才能完成。

芦苇画的制作人杨丙军是雄安有名的艺术家。1983年就读于中央美术学院的杨丙军，1986年回乡后，潜心研究中国民间工艺及现代装饰艺术，获得六项发明专利，长期专注于研制芦苇工艺并提升艺术高度，致力于将芦苇艺术融入当代社会。他的作品在国内外展览中屡获殊荣，受到各国政府及友好人士的高度赞誉。由于特有的艺术风格，白洋淀芦苇艺术的价值被社会各界所公认，堪称中国民间艺术中的一颗明珠。2017年雄安新区设立后，白洋淀芦苇画发展进入快车道，在2018年外交部的雄安新区推介活动中被定为唯一外事礼品。

白洋淀芦苇属于北方沼泽苇，属多年生禾本科植物。“苇是摇钱树，淀是聚宝盆”是白洋淀的一句俗话，也有“铁杆庄稼，寸苇寸金”之说。

芦苇画在苇编的基础上发展而来。从简单到复杂，苇编的图案渐渐有了一定的装饰性，风格简练粗犷，有一种原始朴拙的味道。明清时期，人们开始给苇编染色。越来越鲜明的图案，被叫作苇编花，或苇编画。

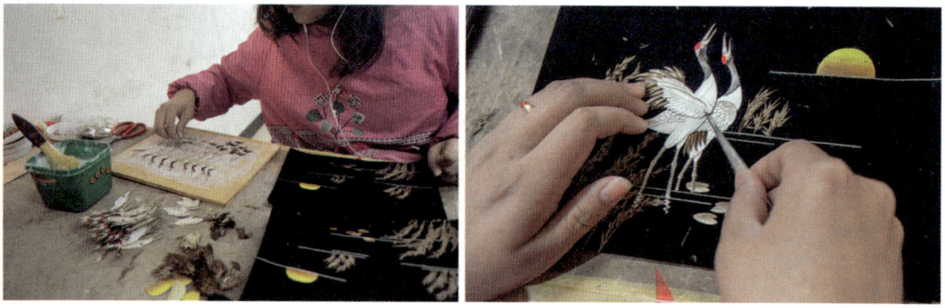

制作芦苇工艺画的部分过程

在染色之前，苇编更多是具有功能性，但是在染色之后，其用途就有了质的改变。苇编从实用性向艺术性的转化，标志着民间的苇编技艺，达到了一个全新高度。

白洋淀地区有浓厚的民间艺术氛围，以李同林老艺人为代表的民间艺人很多，人才济济，杨丙军小时候就经常跟他们在一起，耳濡目染，受到了良好的艺术启蒙。

芦苇画的发展，借助了白洋淀旅游业的发展。曾两次外出求学的杨丙军抓住这个时机，与老艺人李同林以及堂兄杨丙珍一起，常常做一些简单的艺术品去卖，有麦秆画、烙画，也有芦苇编的一些画，渐渐地形成了一点规模。他们把这些画拿到安新的商店里卖，背着包去石家庄寻找销售渠道，就算很少的收入也会让他们非常兴奋。

那时候根本没有什么旅游纪念品。有一次，一个北京的老师来到白洋淀，对杨丙军的芦苇画非常喜欢，于是下了第一份订单，50 幅画，每幅 50 元。这份订单对当时的杨丙军几人而言，简直是天大的喜讯，他们因此受到了巨大的鼓舞，也看到了芦苇画的不菲价值与远景。

出色地完成了第一笔订单后，他们很快迎来了第二笔数百幅的订单。杨丙军和堂哥在回家的路上，开心得奔跑起来。之后，雄安白洋淀芦苇画进入越来越多人的视野，获得六项国家专利，注册了三个国家商标，还形成了一套完整的芦苇画制作体系。杨丙军既是芦苇画的创始人，也是芦苇画制作技艺的非遗传承人。

对雄安新区的设立，他有很多话要说。他认为这是一个重大的转折点，是一个千载难逢的机会。他常常对身边的朋友和百姓讲，在没建雄安新区之前，当地的传统产业和环境面临着太多的危机。雄安新区设立以后，他们享受到蓝天、绿水和便利的交通，他们的孩子接受到更好的教育。因为芦苇画的兴起，几年来他们接待了很多国内外慕名而来的专家学者、政府相关部门领导等，这让芦苇画事业在艺术视野、文化底蕴、技艺创新等层面都得到了很大提升。

在建设雄安新区的宏大背景下，河北大学挂牌成立了芦苇艺术研究所，杨丙军作为兼职教授，会不定期去学校讲课，从理论的角度，助力芦苇画从工艺美术商品向艺术品推进。2021年底，杨丙军参加了中国文学艺术界联合会第十一次全国代表大会。他带去了五幅以雄安为主题的芦苇画：《雄安美景》《雄安高铁站》《雄安融天下，京津冀未来》《白洋淀长廊》《雄安画卷》，既表达心声，也让全国、全世界人民更好地了解今天的雄安。

曾经有朋友给他写了幅书法，题为“一苇渡江”，用以赞扬芦苇。杨丙军常道，人生有幸制作了芦苇画，更有幸参与到千年大计雄安的文化建设中。

芦苇艺术馆里藏有一幅非常特别的画，那是一头栩栩如生、呼之欲出的雄狮，遒劲威武、细腻奢华、炽烈隆重、气场强大。

这幅作品名为《协和万邦》，历时7个多月创作完成。作品长150厘米，宽120厘米，构图严谨，制作精良，浮雕质感，具有自然天成的美感。整幅作品中的狮子毛发是用剪刀将芦苇剪成丝毛粘贴而成，山石则采用大点彩方法，呈现出刺绣和油画般的效果，这是在芦苇画传统风格上的大胆创新。

这幅芦苇画作品的名称和创作理念，取自习近平总书记提到过的“协和万邦”四个字。历史已经证明，中国这头醒来的“东方雄狮”，自古以来就主张“百姓昭明、协和万邦”。

莲子珠串

美丽的白洋淀有一个莲串之乡。

据考证，莲子的生命约在800至1200年之间，是世界上寿命最长的种子之一。经过非遗技艺处理后，一些顽强的莲子，还是会遇水而生，花开芙蓉。

莲品性高洁，不浊尘世之垢染。

在雄安白洋淀莲子珠串工作室，这句话被裱挂在墙壁上，供前来的人们一遍遍阅览。

董氏正心莲莲子珠串，如墨玉般古朴大气，入手温润如丝绸、若柔荑，被誉为“大美雄安，产自白洋淀的文玩”。珠串由白洋淀产出的莲子打磨而成，不仅工艺精细，更奇在莲子的活性可保存千年之久。也就是说，千年前出土的莲子，如今放在水中仍有可能发出新芽。

莲串的寓意更为殊胜：上德、有福、正心、正念、正善。

董国强是一个技艺超群、内敛细心的华北汉子，家中数代一直在做莲子珠串，他是雄安新区莲子珠串技艺传承人、河北省民间工艺师。

莲在中国的文化历史中，有特别崇高的地位，古人常以浓墨重彩书写莲的品性高洁。莲子珠串流行于北宋末年，周敦颐在《爱莲说》中将莲的高雅圣洁之品性传给了世人。“世人都学莲花品，官自公允民自安。”为了体悟莲之心韵，好学上进之人将莲的精华——莲子串成珠串佩戴在身，以此亲近莲，感受莲的正心之韵、君子风骨。

乾隆年间的直隶白洋淀，育有万亩莲花，古莲海一望无际，结出的莲子特别适合制作莲子珠串。白洋淀人把莲花奉为具有浩然正气的君子之花，把莲子奉为吉祥幸福之物，故有佩戴莲串的习俗。白洋淀区域的莲子珠串制作精良，一直被文人雅士所推崇和喜爱。

莲子珠串的制作过程非常繁复，需要手钻、剪刀、针线等工具，运用打孔、打磨、穿制等多种技法。在原材料方面，要精心选取密度大、圆润坚韧的一级古莲和渥莲，制作出的莲子珠串精致如墨玉一般，佐以纯天然玉石，搭配出各种精美的珠串款式。

2017年雄安新区设立后，雄安三县的各个领域发生了天翻地覆的变化。在文化传承和非遗技艺传承方面，政府和人民充满更加热切的力量，当时有这样一句宣传语：无文化传承，无雄安未来！

曾经藏于一隅的传承百年的莲子珠串非遗技艺，也迎来了前所未有的发展机遇。作为百年技艺的非遗传承人，董国强怀着文化有传承、技艺有传人的愿景，于2017年成立了正心莲工作

制作莲子珠串

室，于2018年成立安新县大珠小珠商贸有限公司。这是个只有几十人的小微企业，人员结构也很简单，技艺骨干人员7人，员工个个心灵手巧。这个团队秉承“天蕴正心正骨，传承君子之风。正心雄安，幸福雄安”的企业文化，对莲子珠串制作技艺加大了投入的力度，增加了确认、建档、保存、保护、传承、传播、研究等环节，积极进行挖掘、研究、整理、推广，在对莲子珠串制作技艺进行了良好传承的同时不断做大做强。

随着白洋淀旅游业的蓬勃发展，莲子珠串以其精美的品质、独特的非遗工艺，受到了游客的钟爱，成为无数爱莲之人的文玩首选。2019年底，新冠疫情席卷全球，白洋淀的旅游业深受重创。莲子珠串制作公司借助电商销售平台，加大了对网络销售途径的投入，使销量开始渐渐增长，也使莲子珠串因此被更多地域的文玩爱好者所喜爱，得到了更多人的认可。公司连续几年获得雄安新区文创和旅游商品创意设计大赛最佳人气奖、雄创杯创新创业大赛三等奖、安新·白洋淀特色商品展示会特色贡献奖。

在素有“莲串之乡”美誉的雄安水乡白洋淀，以莲文化为代表元素的文创产品，成为雄安水乡的重要标志之一，是特色鲜明的雄安伴手礼。

雄安非遗，传承百年；君佩如莲，谦谦君子；卿佩芙蓉，香远益清……

西河大鼓回家了

李胥励，一位为雄安文化建设默默添砖加瓦的曲艺家，一个让西河大鼓回家的人。

在担任安新县曲艺家协会主席之前，她已经自费为“西河大鼓回家行动”这项工程服务了很多年，她的足迹踏遍了十几个省。

2017年以来，她殚精竭虑、劳心费神，自费组织西河演出团队，在安新各村演出几百场西河大鼓，让西河大鼓回家了。

李胥励生于西河，过去很多年生活在北京，后来回乡时第一次听到了西河大鼓。从那时起，她就开始有意地靠近这些西河艺术家，去了解其中的艺术脉络。从他们的唱腔中，她找到了自己血脉中的乡音。

她自费走过十三个省市，梳理出了1.8万多人的名单，包括从事西河演唱、伴奏以及相关工作的人，还有很多西河大鼓的后人。她还了解到，很多的评书演员都是从西河过渡的，一些著名的评书快板，都是由西河大鼓的段子改成的。西河大鼓里面有京剧、河北梆子、评剧和地方小调的元素。

西河大鼓的创始人叫马三峰，清朝道光年间，他在如今的雄安一带创立了西河大鼓。他一开始是唱木板，后来他把木板去掉，把小三弦加长，形成了大三弦。他手里的乐器是两个铜片，一开始是两个花梨铁片，后来变成铜片，经过不断调整更新，最后形成了西河大鼓这个系统。

2017年，雄安新区成立，吸引了各地西河大鼓的传承人陆续回到这门艺术的发源地。有一年，郝派非物质文化遗产传承人郝秀杰，到雄安参加活动。当她得知演出的地方，就是她的先辈生活过的地方，不禁流泪了。因为对她来说，回到了雄安，就是回到了家乡。郝秀杰的姥爷叫郝英吉，郝英吉有一个师傅叫马小峰，马小峰的父亲就是西河大鼓的创始人马三峰。

郝英吉说，白洋淀跟每一位西河大鼓艺术家的关系都非常亲近，因为他们的艺术血脉，全部源自白洋淀。

一位北京的老艺术家马增芬说，相声“玲珑塔塔玲珑”的那段贯口其实是西河大鼓的名段。她的一个徒弟叫钟声，曾经嫁到法国，后来回来了，开始深入研究西河大鼓。

那一年由李胥励作为西河家乡人，把钟声带回了家乡。偶然一个机缘，在当时的一个农机公司，她们碰到两个来买农机的农民兄弟，每人居然都能随口唱上一小段西河大鼓，听得她们流泪了。

李胥励说，这里的一草一木以及每个人，都和西河大鼓有关系。

她记得小时候，经常看到两个人一个弹一个唱，一演就是几个小时。近几年她借鉴了这种方式，挨个村演唱，每个村十场，让西河大鼓回到了雄安乡村。

然而，有一个让人不得不面对的问题，每一次的观众几乎都是在65岁以上的老人，演唱者也是65岁左右，这要怎么去传承？这个问题比任何问题都更让李胥励焦虑。经过思考，她把力量向网络上转移，集合了一些有这方面兴趣的孩子，开始每天在网上教授他们西河大鼓的基本功。为此，她还成立了国学艺术班，涉及民俗、传统文化、国学精粹等内容，以评书、相声的曲艺方式融入《三字经》，激发孩子们的兴趣，促使他们在快乐中学习，提升雄安新区的传统文化建设水平。艺术的力量令人惊叹，通过对西河大鼓等传统文化的学习，一些厌学甚至自闭的孩子奇迹般地恢复了正常。

孩子们不断大放光彩，获得了多个国家级奖项，这让李胥励更加坚信自己的选择。孩子们开始走进西河艺术，是对今天的西河大鼓最深的致敬、最好的传承、最真挚的热爱。

像李胥励这样的有识之士，在雄安新区还有很多。他们认为，从前自己只是“村儿里头的”，但今后必定要成为“千年大计”建设的一份子。雄安新区需要长时间的建设，无数人的奉献，大量精力、财力、物力的投入，也需要莲子珠串、西河大鼓这样的艺术传承。

行云流水皆天机

安州，是雄安新区安新县下的一个镇。古城安州，有一间葛城记忆展览馆（葛城是安州的别称）。这是一方别有洞天的考古秘境。

安州小学的一角，有几间朴素简易的平顶房，一扇普通的铁皮门。门上有两块牌匾，一块是白底黑字的“安州博物馆”，另一块是黑底金字的“葛城记忆展览馆”。门两侧是一副咖底金字的对联：亦燕亦赵秋风烈，曰葛曰濡易水长。

我们刚一推门便惊叹不已，只见展品琳琅满目，偌大的几间房，几无空闲之地。据负责人讲，现有可考的展品总计约8000件，年代跨度很大，有新石器时代物品，也有汉代陶砖、陶鼎、陶豆，还有唐代陶俑，宋代瓷碗瓷罐等，元明清及近代物品更是数不胜数。其展品之多，与展览馆外形的朴素形成巨大的视觉反差，极具张力，令观者一时词穷。

正午的阳光很充沛，映射之下，屋内设置虽略显简朴，甚至有薄薄的一层灰尘伏在屋内，却让人并不觉陈旧，反而与这些来自远古的器物交融交汇，形成一种奇幻的时空交错感，就像早春华北平原的微凉，与此刻的大太阳彼此碰撞。

光线映照的微尘之间，许多新石器时代的物件，汉代的陶马、陶犬、陶灶、陶瓷碎片，唐代的陶俑、陶生肖，宋代的定瓷，元代的大瓷碗，明代的精细瓷碗，清代的瓷器，民国时期百姓的生活用品等，都被分类放置在不同的展区，安静而寂寥。这些文化的活化石，将安州古城的历史一一展现，如涓涓细流，又似美丽的浪花，在一条名叫安州的大河里闪着点点微光。

这座别有洞天的博物馆，只有一位负责人，他是雄安新区安州小学的教师李九兵，而且工作人员也只有他一人。据他介绍，这个民办博物馆包括姬志学潘龄皋纪念馆、高健安州古陶瓷展示厅、王学英朝阳寺精舍、曹国英雄安民俗记忆馆四个部分。

正式有规模的筹建约从2008年开始，初建时博物馆极其简单。雄安新区建立之后，在各级政府的支持下，博物馆进行了整体装修布置，才有了今天的模样。

这里接待过很多慕名而来的游客，大多是对古文化有兴趣的人。大家总是好奇："东西是怎么来的？"

李九兵解释，这些展品有朋友捐赠的，有花钱买来的，也有自己偶然发现的……令他感动的是，有的乡亲发现了相关物件主动打电话与他联系，有的干脆自己开车送到学校，有的在赠送之前，将他们的心爱之物擦拭得干干净净……馆中保存的最早展品是20世纪80年代李九兵自己手工打造的一块手枪砖雕，还有他小学六年级时在去学校路上捡到的龙凤双面砖雕。

有一块“永垂不朽”碑，分为上下两个半截。下半截是李九兵从桥北村收来的，后来在西角村，一个老人说他家里有块破碑，让李九兵搬回去。他搬回来后，发现老人的碑与那个半截碑合在一起，恰巧是一块珍贵的大碑。或许是冥冥之中自有天意成全，让这两块半截石碑多年之后再度重逢。

博物馆就在安州小学的操场一隅，孩子们参观学习具有得天独厚的优势。最令李九兵开心的是，有的孩子会在课间休息时，将拾到的瓦片举到他眼前，问可不可以放入博物馆。

一个晴空万里的夏日，来自雄县的近百名师生及学生家长来葛城记忆展览馆，感叹安州古时候竟有如此多的宝物。那一刻，李九兵是感到欣慰且自豪的，他下定继续做好的决心，无论多么不容易，他都会一直走下去。

这间朴素的博物馆里，有潘龄皋先生的生平事迹和他的字帖书籍，它们被放在了最醒目的位置。潘龄皋（公元1867—1954年）是著名书法家，安州镇西北村人，出生于书香门第，自幼酷爱书法，在祖父潘祖望的指导下练就了一手好字。他在1894年中举，翌年中乙未科进士，授翰林院庶吉士，后出任陕甘地区的知县、知州，甘肃布政使和省长等职。因不愿与贪官污吏同流合污，潘龄皋在1922年辞职还乡，后深居简出，苦攻书法，最终形成了独特的书法风格。

站在潘老先生这间小小的展厅门口，李九兵深情地说，一座古城需要格外铭记和尊崇的，应该包括这些分外有力的撇捺支撑与点画艺术。

潘龄皋早年以赵体入门，后研习颜真卿、刘墉等名家书法，并取百家之长熔于一炉。他的字初看似肉多骨少，有绵弱肥腴之感，反复寻味，则骨骼分明，秀雅超俗，丰满而不臃肿，流畅而不浮滑，轻柔中饱含刚劲，简朴中蕴蓄深沉，世有“潘体”之称。因他与谭延闿齐名，时有“南谭北潘”之论。

潘龄皋的字在冀中、平津颇有名气，效法者甚多。平津许多商号店铺都有他书写的匾额，颐和园和团城有他书写的碑文和楹联，保定也有他的书法遗墨及碑刻存世。他的楷书《千字文》《百家姓》《阴骘文》《朱子治家格言》《楷书古文四篇》等，结构分明，耐人寻味。当时许多习楷书的人都以他的字帖为摹本。

在安州，老百姓以潘龄皋为荣，他的书法深受大家喜爱，有向潘龄皋求字的或求教的，他都非常热情，有求必应。因此，收藏、学习、效仿之人可以说比比皆是，掀起了一股热潮，后来逐渐演变成一种风尚，沿袭至今。

在安州，无论从事什么职业，也无论年龄大小，人们似乎都把学习书法作为一种不可或缺的生活内容。东关曾有一位修自行车的师傅，不忙时就在摊子旁练习书法，那情致，让人惊羡不已。

说到“雄安新区”的“安”，李九兵自豪地说，如果认真追根溯源的话，“安”的确切含义与长期处于白洋淀边的安州古城有着莫大的关系。因为安州位于安新县城的西南方向，北临白洋淀，历史悠久，据2000年版《安新县志》记载：“战国时为赵之葛城，东汉时置依政县，唐代置武兴县，后改名唐兴县，五代时又改名宜川县，宋建顺安军，金天会七年（公元1129年）升为安州，民国二年（公元1913年）废州治，民国三年（公元1914年）安州与新安合并称安新县，历代为州县治所，中华人民共和国成立后，1950年县政府迁往新安。”如果从上述的记载看，雄安新区的“安”字，源出安州。

原来，雄安之“安”，竟是安州之“安”。

当然，安州还有那位天下皆知的壮士——荆轲。来安州怎么能不去古秋风台，毕竟那里有最萧瑟的风，最冷的易水。

一直以来，大家以为易水是易县的易水河，但那其实是流入白洋淀的南易水。古老的易水河，当时分为北、中、南三条，南易水经安州流入白洋淀。明清《安州志》有这样的记载：“三官庙前，旧有秋风台，在城北易水旁，即燕丹送荆轲之处。”对于易水诀别，《战国策·燕策三》曾作了这样的记述：“至易水，既祖，取道。”这里所说的“祖”，清代大学者王引之、孙诒让等均解释为“祖泽”，就是指当今的白洋淀——古代南易水河畔。1999年6月18日，《北京青年报》发表中国社科院历史研究所研究员林原的《荆轲壮别白洋淀》一文。文章结合古文献、考古资料与地质学研究成果，推定古祖泽的所在即今白洋淀，从而使荆轲壮别于白洋淀的说法，得到了进一步证实。

过了安州桥北向西行，大概两三千米的距离，便来到伫立于原野之上的古秋风台——燕太子丹送荆轲刺秦处。秋风台石碑是清天宁寺僧人源秀所立，碑文由俞湘书写，后损毁用于兴修水利。它在1970年被文物普查队发现时，仅两段断碑残存，现被

收藏于县文化馆，现在所立的石碑为仿制品。沧海桑田，古易水几经改道，如今的立碑处已变成广阔的华北原野。

“风萧萧兮易水寒，壮士一去兮不复还！”早春虽风凛，冻人不冻水。站在秋风台上，可见渐渐解冻的一处淀水。曾经厚重的冰层已经化开，岸上苇枝摇摇，风在水面抚出水波盈盈，水底已经暗流涌动。抬头望去，天空湛蓝异常，衬映得宏阔苍茫的华北早春如画似卷。

雄安之“安”，安州之“安”，这片大地之上，还有多少秘密等待人们去挖掘？遍望这片安州古地，不由想起博物馆里那副对联上的一句：行云流水皆天机。

活化石

圈头村音乐会原是保定市的一种传统民间音乐形式，始于明末清初，一直延续至今。

2007年6月，圈头村音乐会入选第二批河北省省级非物质文化遗产名录项目；2008年6月7日，河北省保定市安新县圈头音乐会被列入国家级非物遗文化遗产。

2019年11月，《国家级非物质文化遗产代表性项目保护单位名单》公布，雄安安新县圈头村音乐会获得“安新县非物质文化遗产保护协会”项目保护单位资格。

圈头村位于白洋淀的中心地带，四面环水，是一个看似偏远的水乡村庄。近年来，村中祖辈流传下来的圈头村音乐会逐渐吸引了外界的目光，被誉为中国古代音乐的活化石、白洋淀上的一颗民间音乐明珠。

圈头村音乐会是一个具有文化内涵的传统民间音乐会社，多年来一直保持着为神灵和祖先演奏的习俗，而其信奉的先人则是药王扁鹊及中国历代名医，如华佗、孙思邈等。这其中的渊源还要从圈头村的历史行政区划说起。

圈头村的行政区划经历了多次变迁，据《任丘县志》记载：清乾隆二十七年（公元1762年），圈头村归属于任丘县，与鄚州合为一个区。鄚州在春秋时被称为渤海鄚郡，是药王扁鹊的故乡。因此，作为鄚州的近邻，圈头村也流传着许多祭奠药王扁鹊的习俗。

早年，鄚州每年都举办庙会祭祀药王。鄚州庙会在周边地区很有名气，很多村庄的民间社团都会参加。当时的圈头村音乐会就有前往祭祀药王的传统，由于演奏艺术高超，在庙会上有很大的影响力。鄚州药王庙毁于大火后，圈头村音乐会改在每年的农历四月十九日至二十一日，在村中搭芦棚祭祀，实际上就是当年前往鄚州庙会祭祀药王这一习俗的延续。

关于圈头村音乐会的书面记载，可上溯至清代乾隆年间。据《安新县志》记载，乾隆十三年（公元1748年），乾隆首次在白洋淀水围狩猎，建圈头行宫。五年后，乾隆陪同皇太后到白洋淀阅视水围，于圈头行宫驻跸，聆听了圈头村音乐会演奏的乐曲，大加赞赏，并御赐飞龙旗、飞虎旗各一面和雕龙红蜡若干。现圈头村音乐会仍保存飞虎旗一面和雕龙红蜡四支。

圈头村音乐会属于冀中笙管乐南北乐会中“北乐会”，是传统的民间音乐组织。南乐会使用的乐器以唢呐为主，常用于婚礼等场合，而北乐会使用的乐器由笙、管、笛、云锣、鼓、镲、铙、钹、铛等组成。北乐会依附于庙会而存在，所奏乐曲相对固定，主要在民间祭祀和本村及周边地区葬礼上提供无偿服务。北乐会与民间信仰紧紧结合在一起，乡民们用音乐来祭祀祖先和神灵，因而也被称为“音乐圣会”或“音乐善会”。

自创办以来，圈头村音乐会代代相传，历史悠久。乐队保留了明清时代甚至更古老的曲目，曲目完整，在白洋淀一带的民俗文化中占有重要地位。音乐会共有四十首曲目和一首名为《坐禅谭》的打击乐。保存的曲目中，既有《托布衫》《王大娘放驴》《妻上夫坟》等民间音乐，也有如《陶军令》这样的宫廷音乐，还有《铺谭咒》《五圣佛》等寺庙音乐。曲调的完整性、功能的健全性使得圈头村音乐会成为中国传统音乐文化的活标本。

圈头村音乐会所使用的乐谱是用汉字记写的中国古乐工尺谱，至今该乐会还保留着一本有百余年历史的乐谱手抄本。与五线谱或简谱不同的是，工尺谱只有音调高低，没有强弱变化、感情基调等提示，因此学习这种乐谱主要靠老师口传心授、学生念唱记诵。

已故会首陈小华先生生前曾接待过国内外多位音乐界学者，当被问及音乐会所演奏的曲目在传承中是否有变化时，陈先生讲：“没有变化，完全一个样，一个字（音符）也不会错。”正是乡民们对于祭祀的虔诚以及代代传人的执着，才能使圈头村音乐会历经数百年而仍被原汁原味地传承下来。

由于圈头村音乐会主要用来祭祀神灵和祖先，所以也带有一种迎神赛会的性质。演奏场地一般设在药王庙附近，要临时搭建一个大棚。大棚的入口处悬挂一个红色牌坊匾额，写着“音乐圣会”，并装饰有二龙戏珠的图案。药王庙正门挂着“圈头村音乐会”会旗，正殿供奉着药王扁鹊的画像，画像下是烛台、香炉和供果，还有许愿与还愿的人。这使得音乐会不仅是音乐的艺术形式，更是一种与民间习俗共生共长、传承着传统文化的非物质文化遗产。

音乐会的乐队分为左右两场，左边的被称为“文场”，笙、管、笛加上云锣，依次排列，演奏者相对而坐；而右边的则被称为“武场”，一面大鼓，一铛一板，两个大铙两个镲，打鼓者当中而坐，余者相对而坐。文、武两场时而独自演奏，时而配合演出，交替有序。乐声肃穆而庄重、沉稳而舒缓，极富古雅、圣洁之气。

除了祭祀药王的演出之外，圈头村音乐会每年还有两次固定演奏活动。一次是春节，腊月三十在本村的主要街道演奏，当地叫熏香；正月初一到村里的先贤祠（近几十年改为烈士祠）演奏，祭慰英灵。另一次在正月十四到正月十六，持续三天，当地叫踩街，是为元宵灯节演奏。

华北平原古乐悠扬，雄安新城正在崛起。

古老的曲目氤氲而起，似歌似吟，似诉似唱，人们屏息静神，如史诗般的音乐就在耳畔。

渔猎文化

2015年夏，田汉卿将一摞厚厚的手稿交给刚刚结束《安新县志》第二轮编纂的夏石矿。这两位是多年好友，同时也是白洋淀地区渔猎文化的民间专家，堪称当地的文化乡贤。

这一摞手稿，是田汉卿整理的有关白洋淀传统捕捞方面的内容，用的是老式信笺。手稿上是蓝色钢笔和圆珠笔字迹，字很工整，有多处增删与批注，字里行间洋溢着热情，看得出他写得非常认真。手稿虽然不多，却令夏石矿感受到一种厚重感。

渔猎作为一项人类古老的基本生存技能和手段，在白洋淀的沧桑变迁中保留下来，有非常珍贵的历史传承价值。出土于安新梁庄、留村和容城南阳、上坡及任丘哑叭庄等文化遗址的陶制网坠、鱼骨等古物证明，远在新石器时代，白洋淀的先民们就在这里开始了农耕渔猎与繁衍生息。

先民们傍水而居，用竹子搭出简单的小舟，用石头砸鱼而食，直到渐渐发明了鱼钩，学会了用苇草编织鱼篓。一步步走来，人类从愚昧走向了智慧，从历史走到了今天。

渔猎场景

明永乐初年，来自江浙、湖广、山东、山西等地的大移民，将各地的渔具渔法融入白洋淀，逐步形成了独具特色的白洋淀渔猎文化并延续至今，成为白洋淀重要的文化符号。

随着现代文明的到来、生产方式的转变，以往人们赖以生存的渔具渔法逐渐淡出了人们的视线，世代沿袭的传统渔具渔法面临失传。

夏石矿从事方志工作多年，一直想创作一些与乡愁记忆有关的内容，但始终未能如愿。编纂《安新县志》的时候，他积累了很多有关白洋淀的资料，再次萌生了记录乡愁的想法。田汉卿的这摞手稿，更是触动了他迟迟未了的情结，成为撰写《白洋淀

上：渔具展示
下：花罩捕鱼

渔猎文化》的动力。熟悉的渔具渔法和场景描述令他心潮起伏，他恍然明白了田汉卿的用意。

几天后，两人相约会面。赵克琪的意外出现令夏石矿喜出望外。赵克琪年逾花甲仍身体健硕，他曾任安新县白洋淀摄影家协会首任主席，其创作的许多白洋淀题材的摄影作品见诸报纸杂志。这几个人都出生在淀区的村庄，有着共同的家乡情怀。这次会面，他们畅谈人生社会、世间万象、百业兴衰。作为渔民的后代，他们想用文字、图片及录像的方式完整地将这一切记录下来，让人们永远记住这浓浓的乡愁，让白洋淀的渔猎历史更加翔实与完整，让祖先的智慧得以传承和发展。于是，所有话题汇成一个心愿——拯救白洋淀的渔猎文化，留住白洋淀的古老乡愁。

夏石矿、田汉卿、田朝晖、张永安、赵克琪……是一群“土生土长的白洋淀渔民后生”。留住白洋淀古老的乡愁，不仅是这群后生对家乡文化的心愿，更是一种深入骨髓的文化情怀。他们将拯救雄安新区白洋淀渔猎文化的历史重任，默默扛在了自己肩上，2015年起，几个人自发组成了民间渔猎文化拯救小组，开始了漫长而难忘的拯救文化之旅。

2017年雄安新区的设立，使得挖掘整理地方民俗文化、延续历史文脉，成为雄安新区文化建设最为重要的组成部分。

随着新区各领域的发展，一批反映雄安三县人文地理、风土人情的图书不断出版，白洋淀地区的文化得到了前所未有的发展。他们陡然感受到了肩上担子的分量在加重。如今的渔猎文化，已经不仅是白洋淀的文化，更成为世界瞩目的“千年大计”——雄安新区的文化符号。这就意味着，他们此次的拯救行动具有更加宏大与深刻的历史意义。

经过不懈努力，《白洋淀渔猎文化》的上下两册终于出版。全书300多幅插图，700余张照片，汇集渔猎民俗、白洋淀捕鱼技术与实践经验，堪称雄安渔猎文化之大成，是一部弥足珍贵的渔业发展史。由于当下反映白洋淀渔猎历史文化的作品很少，这套书的出版，使当地优秀的传统民俗文化得到了传承延续。

雄安新区这几年，也是他们积累素材的关键时期。踩着雄安新区建设的节奏和脉搏，他们先后深入10多个淀区村庄进行细致采访，深入调研记录，拜访淀区资深老渔民上百人次，搜集线索、挖掘内涵、求证历史遗存。他们时而在庭院中请教，时而于船头上攀谈。为增强内容的专业性，他们不辞辛苦、不厌其烦，虚心向专家学者请教，认真查阅专业书籍；为传承濒临失传的古渔法，他们在没有任何单位协助和资助的情况下，购置大量渔具和辅助工具，再现捕捞场景，同时跟拍相关照片和录制视频，积累了大量宝贵的图文资料，为编写打下了坚实的基础。

几年来，大家各自发挥特长，通力合作，既有充实快乐的分享，也有面红耳赤的各执一词。但是共同的情怀，总能让他们找到最为合适的方式来承载不同的见解，求同存异。抢救性搜集、挖掘、整理白洋淀渔猎文化的过程，有责任与担当，更有艰辛与坚守。

渔民捕鱼

对他们而言，是白洋淀渔民淳朴的品格和宽广的情怀，赋予白洋淀渔猎文化的灵魂，给予他们创作的源泉与动力；是雄安新区的新格局、新视野，给了他们更高更远的文化视角。

一路走来，既有甘苦繁复，更有时时萦绕于心的无尽感慨。

夏石矿坚信成事源于坚持，坚持源于信念，信念源于追求。往日合作的许多情景历历在目，酸甜苦辣也让大家记忆犹新。

负责拍摄的赵克琪在拍摄鱼鹰捕鱼的场景时，不慎伤到膝盖，大家劝他暂停拍摄，可他决然忍着伤痛坚持下来。养伤期间，得知即将有一次大型捕捞活动，他不愿错过这次难得的机会，不顾伤情未愈，立马赶到现场。

为拍好鱼类照片，他购置了一个鱼缸，把三十多种鱼类分批次暂养在鱼缸里，布置不同鱼类喜居的水草来营造环境，然后在鱼缸前挂一帷幕，长时间隐于幕后蹲守，通过幕帘孔洞捕捉鱼游姿的最佳镜头。

为清晰表现水生植物的自然形态，他扛着沉重的摄影器材穿行于河淀沟壕，历经数月不懈努力，拍摄了各种形态的水生植物照片，并挑选得意之作放在书中。

有时需要夜间进行，如拉虾、戗虾、罩靶子等。拍摄拉虾

秋季鱼鹰捕鱼

场景时，淀区蚊虫非常多，大白天嗡嗡乱飞，晚上就更加密集。因灯光诱使，无数蚊、蠓围着几个人叮咬，被叮咬处奇痒难忍。其他人尚可腾出手来轰赶，而赵克琪为了跟拍镜头，双手握着相机只能忍耐坚持。一场下来，皮肤裸露之处被叮咬得到处红肿，久久不消。

拍摄打冬网时正赶上下小雪，几个人冒着风雪记录了全部过程，赵克琪冻得按快门的手指都不听使唤了。有时甚至要凌晨3点从县城出发，天亮前赶到拍摄现场。夏石矿与田汉卿一边协助“掌班人”指挥，一边为渔民们打下手，赵克琪则不失时机地跟拍各个镜头，在湿滑的冰面上来回穿梭。大家被热烈的劳动场面感染着，忘记了疲劳，一直到下午才拍摄完毕，结束后才感到腰酸腿疼。

为拍摄淀区俯瞰镜头，需要在船上竖起梯子，年过花甲的赵克琪每次都毫不犹豫地踏上三四米高的梯子。要是赶上风起浪涌，梯子随着船不停摇晃，人一不小心就会掉进水中，非常危险……

编写《白洋淀渔猎文化》是一项极为浩繁的系统工程，不仅需要具备一定的编辑水平，相互协作和经费保障也缺一不可。每次走访调查和拍摄相关照片、录制视频，都由田汉卿组织策划，包括选定采访对象、行车路线、场景确定、程序安排等关键细节。每次他都会提前进行精细筹划、周到安排，保障每一次采访活动的顺利进行。

书中300多幅手绘图，均由田朝晖一人完成。他是这个团队

花篮捕鱼

最年轻的一员，虽然在外地工作，但从小惯看网罩、渔火点点，对家乡有着深深的文化情结。他利用节假日精心绘制，并根据大家的意见多次修改绘图，从没有过推诿懈怠。

翻开制作精美、图文并茂的《白洋淀渔猎文化》，读者在了解白洋淀渔具渔法的同时，还能体验渔乡的生产生活、风土人情，领略白洋淀的四季美景。田汉卿在序言中写到：“看，鱼翔浅底，丰茂的水草时隐时纵横的沟壕若即若离；听，蝉叫蛙鸣，橹棹咿呀，渔歌菱唱，吗椰声震；享，渔舟唱晚、锦懿满舱的渔家之乐。”

今天的白洋淀渔猎文化，已然是雄安新区弥足珍贵的文化遗产，凝结着白洋淀人民古老的生活智慧，担负着雄安传统文化的传承与发展，承载着水乡人世世代代化不开的乡愁。

冬季渔猎

回乡，只为“容城八景”

我们还未见到文占元先生，就先看到了他办公室门外的三尊人像。

文总早在办公室里等候我们，他热情地说：“我在北京打拼了二十几年，五年前才回到家乡。”说着，他将收藏的“容城三贤”画像一一打开，让我们观瞻。

“容城是雄安新区的重要组成部分，汉朝就设置了县，历史悠久。这位是元初著名诗人、理学家刘因，颇有诸葛先生的风骨；这位是明朝的兵部武选员外郎杨继盛，表面文气骨头特硬；最后这位是清朝大儒孙奇逢，一副道骨仙风。”

在他的介绍下，这三幅画像生动地展现在我们面前。

文占元之前在北京的生意做得很大，据说，说到做卫浴装修的，圈里没有人不知道他。但为了回雄安创业，他把北京的企业转让了。文占元至今记得，2017年4月那天，他的手机上全是建立雄安新区的消息。作为雄安人，他当然兴奋，就是在那时，他决定回雄安，投身家乡的建设。

他首先想到的是雄安将面临大拆大建，那么雄安的许多文化哪些能够保留，能不能保留，怎样保留？他在北京闯荡几十年，曾经目睹了北京的拆与建，正是因为这一点，他决定要为雄安作点贡献。但他一个搞卫浴装修的企业家能够为雄安的拆与建做些什么呢？

记得那天夕阳西下，他站在北京的银锭桥上，向西山远眺，他想到了燕京八景，那是北京的骄傲、中国的骄傲。就在那一瞬间，他想到自己的家乡——容城。对！容城也有古八景。

古八景是容城的骄傲，也是文占元的梦，有梦就要追。“无文化传承，就无雄安未来。”就在这晚，他做出了一个人生的重大决定：放弃在北京的事业，转让企业，回家乡。

悦榕公园白塔

古稀老人相携游悦榕

许多人不理解他的决定，纷纷劝他慎重考虑，但千言万语丝毫动摇不了他的心志。为了容城古八景，他从2017年9月回到雄安就开始搜集资料，后来成立了北京臻一书画院雄安分院，租房、找画家、找懂古建筑的人，就这样认认真真地干了起来。

他翻阅了许多古籍，了解到容城古八景的传说始于战国，是分布在容城县境内的八处独具特色的景点。《容城县志》记载，古八景为“古城春意”“易水秋声”“玉井甘泉”“白沟晓渡”“贤冢洄澜”“忠祠松雪”“古篆摇风”“白塔鸦鸣”，不仅包含绝美的自然风光，更熔铸为具有人文历史内涵的城市印象。但八景早年已不复存在，历代流传至今的只是人文故事。

他想让容城古八景旧景重现，让公众进一步了解容城的先贤历史和优美风光，使容城的文化名片在雄安未来之城中刻下永恒的印记。为实现这些愿望，第一步要先将八景画出来，第二步再恢复八景，为雄安新区增光添色。

他找到清华大学美术学院的专业老师为八景画图。根据历史的记载、传说、故事，再加上对当时情况的分析，先画小样。八个景致，计划设计为60米长卷。

这么长的画，一个人难以完成。清华美院的教授说，他准备先自己打底稿画小样，然后多找些画家一起画，这样进度快。

小样出来了，文占元如获至宝，接着找来16位画家共同作画。但请来的画家，每个人都有自己的风格，于是他不得已更换人选，这是文占元最不情愿也最难办的事。画一半，人走了，钱没有少付，住宿费、车马费、伙食费的一样不少。但为了风格统

雄安新区的地标性建筑容和塔

一，文占元往返北京数十趟，前前后后请了90余位书画家，终于找到了画风可以相互融合、想为容城做点事的画家。

容城古八景和三贤人物百米长卷于2017年9月开始筹划，2018年12月18日由安新县委宣传部、文联举办启动仪式。京津冀三地几十位书画家历时一年精心创作，于2019年12月完成。

容城古八景长卷长约65米；杨继盛诗文书画长卷共三卷，每卷长度40米，总长度120米；还有刘因个人画像作品一幅，孙奇逢个人画像作品一幅。

文占元自掏腰包380多万元，终于圆了他的家乡梦。中共保定容城县人民政府为这些画作主办了发布会，展出一个礼拜，后来又由政府投资近20万把八景图做成了动漫。

“因为我家的老宅拆迁，现在我在雄安住上了新房。我从北京人又变回了雄安人。既然是雄安人，就要为雄安新区做点事。”文占元笑着对我们说，一副云淡风轻的样子。

这两幅长卷留住了容城古八景，也将传统文化的精粹传给了雄安的下一代。

随着雄安新区的崛起，无论是城市建设，还是人文景观，必将会发生天翻地覆的变化。作为一座有着丰厚文化底蕴的城市，未来的雄安必将会有更多的“新八景”。

容城风光

故事代代相传

宋忠臣，一位当地无人不知的“故事大王”。

他的家乡常庄位于雄县、安新、容城三县的交汇之处，方圆五里古迹林立：白洋淀、燕长城堤、莲花古淀、古易水河、十二连桥、万柳金堤、大雄山、大清河、瓦桥关、老瓦桥、小雄山……那里的百姓勤劳淳朴、善良，打渔农耕，于平凡中积淀出厚重的精神底色。

宋忠臣从小听长辈们讲故事，烟波浩渺的白洋淀的风土人情、杨家将的忠义千秋、雁翎队的英雄侠义、名震四方的瓦桥关、大清河的传闻逸事、郑州庙的古往今来，这些传说故事、民间轶闻印在了他幼小的心灵里。淳朴丰富的民间文化代代相传，也让宋忠臣终生受益。1946 年出生的他有着年轻人一样的热情与活力，2020 年被河北省文明办评为“河北好人”。他常说，自己生活的最大乐趣是写作，写作也是他人生路上一个非常重要的转折。

他从 2007 年开始参与编写《雄县民间文学》，后来又编写

《白洋淀故事》，让地方风俗、英雄传说、红色故事更好地流传下去。经过多年的思考，他在编写中采取“故事文化化，文化故事化”的原则，将故事与传说进行深度挖掘、修整、润色，创作了一本又一本有格调、有品位、有内涵的民间文化作品，获得大量好评。

随着白洋淀旅游业的兴起，这两本书成为白洋淀旅游的热门文化产品，首次印刷很快便销售一空，再版后销量仍不减。

雄安新区的建立，让宋忠臣的眼界再次发生巨大的变化，强烈的使命感让他找到了最朴素的定位，那就是传承雄安和白洋淀文化，讲好雄安故事。

雄安，让这位故事大王焕发了新的活力与激情。

他积极参加各类社会活动，是“雄县关心下一代委员会”的“五老”辅导员，还担任白洋淀文化发展研究会、雄安家谱文化研究会等多个社会及公益组织的文化顾问，参与整理、修订《白洋淀故事——雄安民俗采撷》。全书共30余万字，内容涵盖雄安地区的地名故事、红色记忆、人物故事、风物趣闻、奇闻轶事、捕鱼百技、饮食文化等多个领域，语言幽默风趣，详细记述了白洋淀地区的历史人文民俗，与百姓生活息息相关。

宋忠臣作为雄安本地著名的作家和民俗学者，还参加了乡土文化拯救行动，他和队员们不辞辛苦，勘查确定了瓦桥关、大雄山、五龙宫、古城墙遗址等古迹。

在长达五年的时间里，他寒来暑往不间断，和大家一同深入12个乡镇、200多个村庄，搜集抢救雄安村落文化，助力整理非遗文化、规整农耕文化；他多次对雄安地区的口头文学进行归纳整理和宣讲，挖掘探索充实红色文化的历史脉络。奔走之余，他亲自撰写各类稿件上百篇，极大地保留了地域文化的丰富性并将其发扬光大。

对这些辛苦整理成的珍贵资料，他从不吝啬。任何媒体报刊来向他咨询，他都会慷慨帮忙，协助大家圆满完成任务。久而久之，越来越多的人知道了这位文化使者。

为了弘扬雄安历史，他将内容做成PPT，在雄文书院国学课堂讲述雄安民俗文化，在雄安新区市民服务中心介绍雄安历史和家乡文化，深入校园为学生做红色文化培训，在社会上产生了广泛的影响。他多次以雄安乡土文化名人的身份参加雄安新区的座谈会，建言献策。在雄安地区的地名规划、殡葬改革、家谱文化整理等方面，他都会提出自己的独到见解。

宋忠臣每天都在忙碌之中，他与文友共同策划了“宋辽边关地道”展室、米家务烈士陵园、红色纪念馆、雄山公园、御道梨湾、雄县首届文化艺术节等文化项目，又帮助十几位传承人成功申请非物质文化遗产，还为雄县武术发展出谋划策……这位谦虚低调的乡土文化守护人，在提到雄安文化的未来时说道：“优越的地理位置，特殊的历史际遇，促成了今天雄安文化的多样性、复杂性。从地理上看，这里是游牧文化与农耕文化的交汇处；地处三大城市之间，是城乡文化交汇处；地处九河下梢，河淀交错，又是水陆文化交汇处。从历史上看，这里是燕赵边界、宋辽边界，抗日战争期间的敌后根据地，因此融合了众多的尚武文化、红色文化。”

一个狭小的区域凝聚了农耕文化、渔猎文化、历史文化、红色文化、民俗文化、水运文化、船文化、冰文化、非遗文化、美食文化……简直数不胜数，这么多文化，丢了哪一样都可惜。

他向有关部门提出建议，希望建造农耕博物馆、渔猎博物馆、红色文化馆、历史博物馆、非遗文化馆、民俗文化馆等文化场馆，最大限度地保留住地域文化的精髓及丰富性，让古老的故事代代相传。

第五章

将乡愁写入奋斗人生

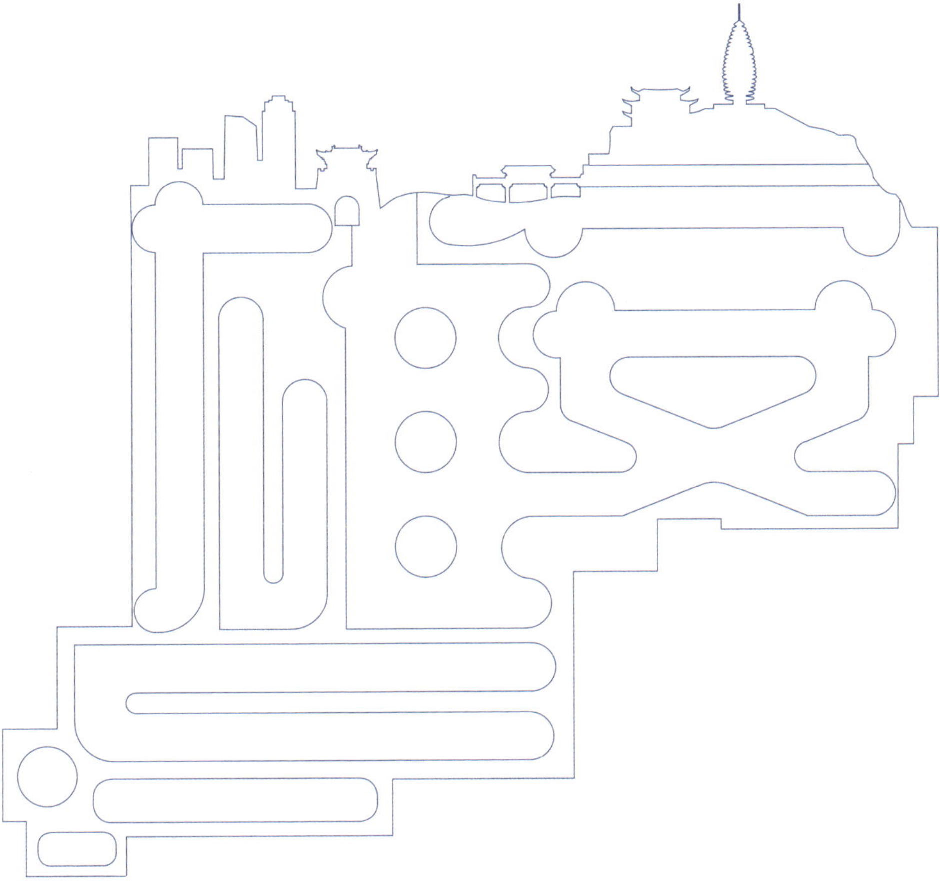

不用燃油的水上巴士

2021年的春天，夏永民给安新县圈头乡赠送了5万盆花苗。这只是他为家乡所做的许多事情中的一件。

5万盆花苗，拉了一车又一车，从车上卸下来，然后转送到乡村的道路旁、小河边，还有各家各户的房前屋后。一时间，十里八乡添了更多的绿色；数日后，蓓蕾绽放，一片花香。

皮肤晒得黑黑的夏永民站在阳光下，笑呵呵的，他心里高兴，因为他把美带给了生他养他的这片土地。他说："吃水不忘挖井人，作为圈头乡培养出来的企业家，只要家乡有需要，只要自己有能力，我就一定要为家乡的发展做实事、做好事，回馈家乡。"

自从2017年得知雄安新区成立的那一刻起，早已安居北京、经商多年并有了一定财富积累的夏永民就按捺不住了，这个17岁就从保定安新一个渔村闯荡到京城的中年汉子朝思暮想，跃跃欲试，想为家乡做一番事业。

鉴于安新县的地理环境和财政状况，以及多年没能建成地面公交，致使广大群众出行困难、交通秩序混乱的现状，2018年8月，夏永民通过多次联系，促成了北京公交集团与安新县委、县政府的对接合作。他多次往返北京和雄安两地，并成立了工作专班长期驻扎安新，进一步促成了多方的沟通洽谈，助力安新县政府与北京公交集团资产管理有限公司签订了发展当地地面公交的框架协议。

2019年初，根据白洋淀环境综合治理规划的总体要求，从事白洋淀旅游的燃油船一律要进行清洁化改造，更换成排放达标的环保船只。夏永民为积极推动这种环保达标的水上巴士早日现身，多次参与北京公交集团、中国船级社、国内多家造船厂家专业人员和安新县有关部门的研究探讨，推动旅游船舶进行改造。

夏永民将自己在北京的生意交由朋友管理，自己则常驻雄安，与北京公交集团、安新县政府合作，注册了河北雄安新帆振华旅游船务管理有限公司，将其作为白洋淀旅游经营的主体运营单位。他担任该公司的总经理。根据当地的实际情况，他反复测算，精打细算，制定了收购原有燃油船只、购置新型环保船只和白洋淀码头改造的方案，迈出了白洋淀旅游船舶清洁化改造和新码头建设的关键一步。

2020年春天，夏永民作为总经理，每天带领公司员工和县政府抽调的数百名工作人员，一道奋战在白洋淀油船收购第一线。一开始，难度非常大。多年来，白洋淀的旅游从业人员就靠这些燃油船经营谋生，因此对收购非常抵触，根本不愿意配合。夏永民早出晚归，每天两顿盒饭，亲自走进一户户百姓家，动之以情、晓之以理，给老百姓算明账，介绍燃油船给白洋淀带来的污染及其严重后果。人们逐渐从不理解到理解，从被动到主动，从漫天要价到积极接受，经过一段时间的苦口婆心，白洋淀上的燃油旅游船舶终于被收购完毕。

从此，白洋淀这片无数人牵挂的水面上，没有了冒烟的油船，质朴洁白的荷花不会再受黑烟的侵扰。

作为一名从小生长在水区的白洋淀人，夏永民对船舶的定型提出了多条可行意见，对项目可行性论证和确定最终船型，起到至关重要的作用。

公司将原有油船收购后，重新购置了100艘清洁能源船、200艘木船。为保障购置船舶的规范运营，公司根据船级社、航运公司等专业部门意见，制定船工标准，选聘优秀船工五百余人。许多从前经营旅游船的白洋淀人又有了新的工作。旧船换新船，小船换大船，不仅没有了污染，安全度也大大增加。

白洋淀码头是中国北方最大的内陆码头。在拆除原码头的基础上，夏永民带领团队新建、改建了场馆和码头水工设施，完成了对白洋淀智慧码头票务系统、船务系统的测试，并针对测试报告中发现的问题进行了调整和完善。

2021年是白洋淀码头开业试运营的第一年，夏永民深知责任重大，不敢有丝毫懈怠。根据雄安新区和安新县要求，白洋淀码头拟于3月15日试运行，5月1日正式运营，但因为疫情原因未能如期开业。夏永民及时统一大家思想，继续强化培训，加强每天对景区的码头环境、疫情防控、设施设备、各岗位接待的检查，对游客告知牌、安全提示牌等设施进行不间断的查漏补缺，以更加崭新的面貌迎接试运营。

白洋淀码头新建泊位32个，A、B、C三个场馆建设基本竣工，成为雄安新区和安新县的地标性建筑。同时，景区停车场新建停车位4000余个，全部安装了电子监控等智能化设备，成为设施完备的智慧码头。码头和停车场内的一系列标志标识，如指示牌、安全提示、游客须知、景区路线图等，一目了然。

按照白洋淀旅游规划的总体要求，夏永民带领团队积极参与旅游线路的规划设计。他们多次建言献策，规划白洋淀木划船线路和自码头至景点的班船线路，与各大旅行社共同商议确定旅游发展路径，力求做到科学设计，方便游客。

在与已成规模的景点达成合作之后，他们又深入王家寨、邵庄子、赵庄子、大淀头等有一定基础的水村研讨旅游开发，初步制定了以白洋淀核心景区为龙头、带动周边水区村共同发展的乡村游战略规划，并联合北京有关公司共同设计白洋淀核心景区灯光布景及水上夜游线路、古街风情游等，以构建雄安全域旅游大格局，推动乡村振兴。

依托白洋淀地域文化资源，团队设计和委托开发了具有自主知识产权的多品类文化产品，凸显白洋淀的文化特色，丰富旅游产品选项。同时，他们将原有非物质文化遗产项目纳入景区纪念品类设计，在码头特意开设了非遗文化馆，展出和出售文创产品，使传统工艺与现代设计相得益彰，在丰富白洋淀文化内涵、完善生态旅游的同时，将地方民俗文化寓于其中。

夏日来临，白洋淀景区迎来了四方游客，码头上人头攒动。夏永民的心里既欢喜又担忧。接待过程是否顺畅、各项功能设施的承载能力是否合格、安全防范是否到位……这些问题时刻牵动着他的神经。不管多忙多累，夏永民每天都到码头、停车场巡查，以便发现问题及时整改。

受汛期水量较大影响，叠加地处九河下梢等因素，白洋淀面临着较大的上游泄洪压力。为确保游客及旅游设施安全，景区开放时断时续。正值旅游旺季，停业无疑会给公司带来巨大的经济损失，但为了顾全大局，作为总经理的夏永民坚决执行政府疫情防控政策，同时想方设法降低成本。随着时间推移，防疫形势逐步缓和，白洋淀景区也逐步放开。

几年来，夏永民和团队既有成功的喜悦，又有因为受水情、疫情、限流、天气等诸多因素影响的无奈。他曾为了解决县城群众出行难的问题，在县委、县政府的支持下，多方协调，促使几家公司投入 20 辆车，开通县城 601 和 602 两路公交线路，填补了安新县城没有公交车的空白。看见一个个市民面带笑容地坐车出行，夏永民感觉比喝了蜜水还要甜。

码头西街的夫妻店

距离白洋淀码头几百米处，安新县城最北边，开着一家早餐店。它坐西朝东，临街两间门脸房，门面不大，上方悬挂“风味早餐”的牌匾，简单的白底红字透着朴素。早晨的阳光映在小店门前，门口摆着一个炸油条的面案和煤气炉，中年男人系着干净的格子围裙，一面认真挑拣着油锅里金黄翻滚的油条、油饼，一面从旁边拿出刚出锅的炸糕和素饺，递给买早点的人，动作娴熟。轻风吹来，香味诱人，给二月华北冷冽的早晨增添了些温暖的烟火气。

早餐店里的客人不多，进门的大餐桌上摆满了热腾腾的米粥、茶叶蛋、包子、馒头等，品种丰富。一个中年女人为两个客人端上吃的东西后，就去水池清洗用过的碗筷碟盘。塑料大盆里还有不少客人吃完后待洗的餐盘。

软糯热烫的豆花、翠绿的香菜碎、红油辣椒、香脆的油饼、琥珀色的茶叶蛋、咸香脆嫩的芥菜丝，都是华北早餐最常见的几种吃食，每一种口味都是出奇的地道。

中年女人身材清瘦，口罩上面露出的眼睛周围有深深的鱼尾纹，眼角因习惯性的微笑而上扬。她动作麻利，如行云流水，满满一大盆的碗碟很快就被高低有致地摆上了干净的清洗台。她一边收拾卫生，一边和客人聊着天。

从两人的对话中得知，这个朴素的小店有些来历。

在外面炸油条、油饼的是丈夫，在里面收拾卫生的是妻子，夫妻俩经营的这家早餐店是去年刚刚开业的。在来到这里之前，两人多年来一直在县城中心地段经营着一家风味餐厅。餐厅中等规模，位置很好，虽然房租不菲，但是收入还可以，一家人虽谈不上富贵，也足以过上小康生活。丈夫是厨师，手艺精道、为人踏实，从多年前的小摊位做起，生意一步步有了起色。妻子是勤快的服务员，和厨师丈夫相得益彰，打理餐厅，轻车熟路。多年来两人经营的餐厅口碑好，回头客一直不少。两个孩子，大的读大学，小的读八年级，都是班级里的绩优生。夫妻俩生意遂心，日子殷实，兢兢业业，辛苦之余也很满足。

雄安新区设立后，根据新区的统一要求，县城较之前有了不小的变化。新区对城区建设、市容环保、交通、临街商铺等都有了新的规定，不符合规定的商铺需要整改后重新经营。街区的道路一天天通畅起来，环境卫生一天天变得洁净了，临建房、违建房拆除了，商铺经营越来越规范了。夫妻俩的店铺符合要求，因此一直在营业，但是受到了其他方面的影响，比如吃饭的客人明显变少了；周围一些老客因为生意上的变化，搬走了或改行了，都渐渐不再来了；新客源也不多，整个干净整洁的街区上，人明显比之前少了，昔日的嘈杂不复存在，就像日渐退潮的海滩。

县城曾经的繁荣还来自周边的渔村。安新县是雄安新区白洋淀的所在地，被称为“华北之肾”的白洋淀，80%的水域都在安新。周边的渔民打渔后到县城把鱼卖掉，再去买自己需要的生活用品，这带动了县城的经济循环。还有部分渔民从事民间旅游业务，运营着规模不大的家庭渔船，收入也还可以。新区设立后，白洋淀打响了环境保卫战。首先是禁捕，收效显著，白洋淀的水质及周边环境发生了质的变化。同时，渔民也从水上转移到陆地谋生，寻找新的生活模式。由于文化水平所限，这两部分人大多在离家较近的容城打工，走上了保姆、保安、保洁员、建筑工人等力所能及的新岗位。县城里的生意明显发生了变化，在新的变化中，人们可以感受到新区的节奏与律动。

收入的变化让夫妻俩感觉到了生活的压力，孩子和老人的各项开销、经营餐馆的成本及各种生活杂资的支出，其中最关键的是房租。

新冠疫情开始后，受影响最大的就是餐饮业。即便如此，夫妻俩守着苦心经营多年的餐馆，努力坚持了一年半，坚守的同时也开始有了一些新的计划。2021年，两人几经思虑，放弃了在县城中心的餐馆。

疫情尚未休止，而生活还要继续。及时止损，重新开始，是朴素的道理。两人调整思路，在码头附近租下了一间临街的店铺。附近的居民、周边一些单位的职工、偶尔的过路人，会来这里吃早餐。这里房租较低，压力不大，两人非常用心地经营着，早餐营业时间过后就关门准备第二天的用料。两人心态很好，相信疫情就要过去了，生活很快会好起来，游客们也会重新来到美丽的白洋淀，那时候就会有更多的人来光顾小店了。

眼下天气还冷，客人还不是很多，但每一种地道美味的食物里，都倾注了夫妻俩的希望和耐心。等天气渐渐暖和，两人就要全天营业，那时候，就会有一些他们的拿手菜在这间小店里飘香了。

雄安新区的建设如火如荼，夫妻俩对未来满怀信心。屋外的太阳越升越高，温暖明亮的阳光很快铺满了整间屋子，映衬着两个忙碌的身影。

的哥老徐

由于疫情，我们暂时不能回京，便就地选择了一家小旅馆住下来，这样可以有更多时间近距离地观察雄安人的生活。

安新县城城区有一条主街，街面宽敞整洁，街上行人不是很多，偶尔驶过的车辆速度很快，一溜烟就没影了，看得出大多是私家车。初春二月，华北平原的凛冽尚在，迎面过来两个年轻女孩，我们向她们打听哪里会有出租车。女孩说街尽头的一座商厦楼下，偶尔会有出租车停着等客。步行二十分钟后，我们来到那座大厦楼下，一处不大的空地上果然有车，还不止一辆，于是选了靠边的一辆坐上去，跟司机聊了起来。

五十几岁的的哥姓徐，肤色微黑，目光透出与年龄不相符的温和腼腆，宽宽的额头，干净利落的寸头，头发一大半已经白了。他车技娴熟，明显是老司机，但他开出租车才两三年时间。

老徐年轻时参军，在部队时就是出色的驾驶兵，转业后一直在一家企业当司机。卡车、箱货、轿车……他几乎什么车都开过。老徐的老板是他多年的朋友，尤其在他参军期间，这位朋友对他的父母有过帮助，因此他转业后，尽管有其他单位给出了更高的工资待遇，但他毫不犹豫地来到朋友的企业，工作尽心尽责，一干就是二十多年。

其间，他娶妻生子，照顾家庭，孩子如今也毕业工作，成家立业。2015年，朋友因为健康问题转让了企业，全家搬去了南方休养身体。老徐到了一个新的企业，仍然当司机，工作轻车熟路，生活波澜不惊。

雄安新区设立后，老徐工作的企业因为受到新区环保相关规定的影响，一大部分业务分包到几个工厂并转移到了外省。企业员工面临一个选择：要么跟着一起去外省，要么离职。一些人选择跟着去新地方，而另一些人，则和老徐一样选择了离职。

老徐身体状况很好，但是老伴身体状况一直不佳，离不开他的照顾。唯一的女儿前一年又生了二孩，小家伙还不到一岁，照顾起来很累人。女儿、女婿工作都很忙，于是便由孩子奶奶照看四岁的外孙，老徐和他老伴则帮忙照顾二孩，一家人倒也乐在其中。

就这样，老徐开起了出租车。他想这样时间自由些，家里有什么事情用车也方便。在跟他聊天的过程中，说到街道上人和车都不多的现象。老徐告诉我们，在雄安新区新的环保规定下，很多企业因为污染物排放不达标而被关闭，其中不乏一些盈利较多的企业。为了雄安新区的千年大计，大家都理解，愿意舍小家为大家，迎接新时代的到来。

这个白洋淀畔的小县城也因此发生了全新的变化，城区越来越干净，建筑越来越规范，环境越来越舒心。但同样明显的是，街上的人比过去少多了，因为随着一些企业转移，不少人也随之离开，周边渔村因为不再打渔，街市上也少了买卖。

容城、雄县、安新三个县的情况各不同。安新不同于容城，容城是新区市民服务中心所在地，眼下正是基础设施建设的高峰期，外来人口特别多。安新还没开始大规模建设，外来人口少，加上本地人出行一般都是私家车，所以出租车一般停在固定的地点，减少油耗，等待有人叫车。

尽管生意不佳，但老徐没有再改行的打算。随着手机打车软件的兴起，人们越来越多地在网上约车，既节省时间又精准接送。最近，老徐也开始学着用手机接单了。

让他有些意外的是，曾经以为很难的手机接单并没有想象中的复杂。通过认真琢磨，加上同行的指点，老徐很快熟练起来，这给了他很大的自信。

老徐明白，如今，互联网已经逐渐渗透到人们生活的方方面面，作为科技之城、未来之城的雄安新区，更将是高科技的领先之城，他必须抓紧学习和掌握新的理念与技能，为即将到来的雄安生活新模式做好准备。

于老徐而言，尽管受疫情影响，业务量较少，但他相信坚持下去，一切都会好起来。雄安新区的建设热潮必将来到安新，一旦疫情过去，白洋淀旅游将重新放开，这个小城必将再次迎来人声鼎沸、生机勃勃、春风十里扑人面的盛景。

“剪”出新家乡

长2.02米、宽1.25米，郭扬帆的巨幅剪纸作品《雄安梦》吸引着人们的目光。硕大遒劲的“雄安梦”三个大字铺陈在作品中央，周围被象征祥瑞的凤凰、红鸟、仙鹤、锦鲤、鸳鸯等灵禽瑞兽，以及亭台楼阁、荷花祥云等吉祥场景环绕，处处体现了创作者对雄安新区未来远景的无限期待与深情祝愿。

六位仙子从天宫飞来，奏乐起舞，庆祝雄安新区成立，四只红鸟、八只仙鹤从四面八方飞来，寓意着四面八方的优秀人才来建设雄安，说明雄安是一个人杰地灵的好地方。郭扬帆的设计理念独具匠心，她凭借对剪纸这门民间艺术几十年的传承，剪出了这幅大作，希望通过自己的作品让更多人认识了解雄安文化的同时也认识了解剪纸艺术。

剪纸艺术是古老的中国民间艺术之一。雄县自古就有剪纸的传统，在不同的时令或重要的日子，老百姓都喜爱用剪纸来表达内心的情感和追求。出生于雄县张岗乡的郭扬帆，从小就心灵手巧，在7岁时就显现出在剪纸艺术上的天赋和灵性，也就是从那一年开始，她拿起了小小的剪刀，在剪纸的艺术海洋里扬起了风帆。

1986年，她嫁到雄县张岗乡里合庄，这里剪纸技艺盛行，有技艺精湛的王金财、张王氏等声名远播的老剪纸艺人。郭扬帆在这里如鱼得水。老艺人们耐心、无私、手把手的指导，使勤奋的她在这条剪纸艺术之路上越走越顺，越走越远。

从喜爱到热爱，多年的潜心研究，让郭扬帆对剪纸艺术的精要已经了如指掌，运用起来随心所欲。人物、动物、植物一切在她的手下都传神鲜活。在周围人看来，她对剪纸就像着了迷，完全沉浸在剪纸的海洋里。大家常常看到这样的场景：一个娴静而智慧的女人，正在用一双灵巧的手低头入神地剪着作品。屋里的床上、桌上、地上、窗台上，到处都堆满了各式各样的剪纸作品，形神兼备，栩栩如生。功夫不负有心人，她剪出来的许多作品都被博物馆收藏。对于一位民间艺术家而言，这是最高的荣誉。

好的文脉，是一个城市的灵魂。作为千年大计的未来之城雄安新区，一切都才刚刚开始，到处都显得生机勃勃。此刻更关键的是要注重对历史文物和历史风貌的保护，这是雄安新区精神建设的重中之重。《河北雄安新区规划纲要》明确提出，要建立保护历史文化，形成体现历史传承、文明包容、时代创新的新区风貌。

“无文化传承，无雄安未来。新区规划建设中，坚持古树不挪，古建筑不拆，古牌坊不搬，保持原址不动。建成的新城市要有老场所，让老百姓记得住乡愁。”雄安新区管委会领导说道。这让热爱文化的雄安百姓心里有了底，也让雄安的文化人和艺术家有了方向和底气。张岗乡的有心人开始对非遗等特色文化开展采集、建档工作，乡长李建刚说：“此次非物质文化遗产宣传工作，就是为了积极引导群众树立文化自信，切实增强传统文化对未来发展的引导力和感召力，为服务新区规划建设注入更基本、更深沉、更持久的力量。”

对郭扬帆而言，想要为雄安新区的建设注入自己最大的力量，就是要依托自己热爱并为之细心钻研几十年的剪纸艺术，创作出更好、更优秀的作品。新区建立不久，郭杨帆还被推荐到河北大学艺术学院进修。进修期间，她如饥似渴地学习，学院的老师对她的创作非常认可，雄安新区设立之初，老师就让她创作一幅颂扬雄安新区的剪纸作品。

她很荣幸，也很有压力，因为她知道这幅作品的意义非同一般。为创作这幅作品，她做了很多功课，不仅熟读众多专家学者对雄安新区未来的解读，也仔细研究三县的有关资料，最后选择采用现实主义和象征主义相结合的手法，以达到作品所期望呈现出来的艺术美感。她的想法得到了老师们的认可，最后确定了构图。

她说，这幅作品，是为向新区致敬而作。

宽大舒展的红纸上，“雄安梦”三个大字铺展在中央，醒目而郑重。画面的下部，是“华北明珠”白洋淀。只见花朵盛放，枝繁叶茂，将白洋淀的精魂一展无遗。荷花有出淤泥而不染的高洁美誉，象征谦谦君子，寓意雄安新区是一座廉洁之城；锦鲤送吉祥，吉庆有余；鸳鸯戏淀水，和谐又美满。清清莲花之上，是寓意六六大顺的六只蜻蜓。画面上还有十座古色古香、惟妙惟肖的亭台楼阁，代表十全十美，具有中国传统文化中人间仙境的寓意。

“雄安梦”三个大字的上方，是两只意欲降落的金凤凰，寓意雄安新区人杰地灵、物华天宝。更引人赞叹的是，画面上有六位风姿绰约、身曳长裙的仙女从天上飞来，她们或吹笙，或吹箫，裙裾飞舞，以天籁之音庆贺雄安新区的诞生。

四只红鸟和八只仙鹤也乘风飞来。灵禽飞来之地，必定是人间宝地。“四”和“八”这两个数字，寓意各类人才从四面八方齐聚雄安、建设雄安，打造神话般的千年大计、未来之城。

2021年11月10日，两份“评鉴证书”从北京寄到了“全国书画艺术大家”郭扬帆手中，寄送单位是“中国中外名人文化研究会艺术委员会”。评鉴证书上签字的专家学者有三人，一位是故宫博物院古书画部保管部前秘书、书画组前组长潘深亮，一位是故宫博物院宫廷部前主任、研究员单国强，还有一位是原中国历史博物馆保管部文物组组长、登编室主任吕长生。

评鉴证书上写着对剪纸《雄安梦》的评价：雄安梦是中国梦的实践落脚点之一，涉及这一主题的美术作品比较多，但是用剪纸来表现的作品却比较少见。艺术家用娴熟精准的技法，创作了一件庆祝雄安新区设立的剪纸代表作品，不但丰富了塑造雄安艺术形象的手段，并且取得了可以讲好中国故事的“第一剪”优异成绩！从构图上来看，艺术家有着非常丰富的文化元素构想能力，调用大量的中国文化符号，剪成了这件作品。

2021年，为庆祝党的百年华诞，郭扬帆创作了另一幅剪纸作品《辉煌中国》。

剪纸的中间是“辉煌中国”四个大字，上方是三面鲜红的党旗，右上方是一轮红光四射的红太阳，左下角是飞翔的和平鸽。剪纸画面上还有北斗七星、万里长城、天安门、行进的骆驼和高铁列车，其中，骆驼的寓意是国家的“一带一路”倡议正稳步实施。天安门上方是成群的和平鸽，以及正在遨游太空的卫星、飞腾的火箭、升空的战斗机等，还巧妙地嵌入了“廉洁奉公”“中国航天”“民族复兴”“中华崛起”等大字。

这幅作品再次赢得了专家们的好评：《辉煌中国》的剪法细腻，极见功夫，属于细剪精湛的代表作品。在涉及元素丰富多彩的结构里，没有一丝一毫的剪法失策，一刀一剪都做得如此精细，实属炉火纯青的真功夫。要达到这种境界，除了要有娴熟的手法外，还需要精准的心法。执剪于手，还剪于心，心与手的完美配合，是艺术家得以完成这件艺术上品的强大支撑。金剪无瑕颂中华，时代主题显辉煌。

从《雄安梦》到《辉煌中国》，雄安新区的新岁月，让郭扬帆的艺术之路扬起新的风帆。

导游老刘

2022年，是白新宁在白洋淀从事旅游业的第18个年头。18年来，白洋淀水天旅行社从嗷嗷待哺的婴儿，成长为一个意气风发的青年。

白新宁于2004年成立了白洋淀水天旅行社，她带领团队逐渐构筑起独树一帜的市场营销网络，将观光旅游、休闲旅游、自由行等项目进行整合，旅游产品从单一接待全国各地的游客，转为增加组团产品，同时承接本地人去全国各地旅游的业务，带本地人看祖国大好河山。

她根据白洋淀地区的文化资源特点，在最初旅游观光的基础上，增加了美丽乡村游、民俗文化游、红色文化教育游，备受游客赞许和行业认可。2012年，白洋淀水天旅行社获得保定市“三八红旗集体”荣誉称号。

2017年雄安新区设立后，她凭借一个优秀的旅游从业者多年的经验，很快又增加了一项商务考察游，还把与旅游相关的产业如餐厅、特产店、宾馆等也纳入旅行社旗下，实现了旅游企业

“一条龙”服务。2017年，白新宁被授予“中华优秀传统文化公益道德大讲堂发起人”的荣誉称号。

辽阔奔涌的白洋淀，像母亲一样日夜滋养着华北大地，浸润着淀畔生活，涵养着白洋淀儿女的宽广胸襟，也塑造着白新宁宽容自信、朴实坚定的性格。

雄安新区设立后，她成立了第一家“安新县红色教育培训中心”，接待了很多大专院校的党建、团建活动。培训课程的种类和数量逐渐增加，主营业务从旅游产品转向教学产品。她坚持改革创新、与时俱进，坚持独具一格的红色文化培训理念，致力于开发科学的培训模式，传承红色基因。“白洋淀水天”依托当地的红色文化资源，带领参与者踏着雁翎队的足迹，体验当年硝烟弥漫的雁翎岁月，不忘先辈的奋斗精神、奉献精神。

白新宁和她的同行们都意识到，随着雄安新区的设立，旅游行业面临极好的机遇，但也面临一系列挑战。在这个关键节点，尽早做好规划，会给旅行社未来发展带来广阔的前景。比如针对将来个性化、高标准的需求，要不断完善和加强服务型、专业型人才的招聘与培养，增加多语种的导游数量。在自我优化、自我突破的过程中，要牢牢把握住消费者这个核心。

“我一直认为，我们的对手就是自己。如何在现有成绩的基础上保持活力，寻找新的突破口，才是永恒的主题。”

雄安新区的千年大计如史诗般徐徐展开，于每一个见证者都将是毕生的财富。安静的白洋淀畔，水天之间，白新宁用坚定与勤奋、自信与敬业，潜心描摹着、打造着白洋淀旅游业的未来。

“白洋淀的特色很多，前有‘古八景’，后有‘新八景’。‘新八景’包括静修书院、妃子妆台、聪寺晓钟、台城晚照、东堤烟柳、西淀风荷、鹅楼凌云、鸭圈印月。每个景都有由来和说法，展开来讲，三天三夜也讲不完。你看这马上就端午了，我们南北方在端午都要吃粽子，但是南北方的粽子除了甜咸之分，包粽子用的叶子也是不一样的。南方用的是箬叶，而北方用的是芦苇叶，这一点大多数人都不知道。”

导游老刘只要说起白洋淀，就仿佛打开了一个取之不竭、用之不尽的宝盒，如数家珍，娓娓道来。白洋淀为他的童年带来了酸甜苦辣，也教给了他绝大部分的人生经验。于他而言，自己的生命与精神，已然与白洋淀融为一体，他能听懂白洋淀浪花里的故事、水鸟的鸣叫、船马达的轰响，也能听懂风吹过苇塘时，那些低低的哨鸣。

老刘叫刘贺军，字迅之，生长于白洋淀。他熟悉白洋淀的一切，就像熟悉自己手上的指纹。

白洋水淀的四季风物、趣味渔猎、秋夜河灯、冰上渔村，水乡的乡亲里道、时令风俗，各种船只、特色鱼类，都在他的心中。

他既是旅游业从业者，也是朋友们心目中白洋淀的文化学者。他将自己的学识和修养融入讲解，让每一名来到白洋淀的游客流连忘返。他似乎走到哪儿，哪儿就会响起白洋淀的涛声，所以被友人们誉为“行走的白洋淀”。

老刘还醉心于诗词书画，笔力或隽儒或遒劲，雅逸翩然。他的诗词多是对家乡白洋淀的赞美：

渔船

夕阳渔火染炊烟，
绾系篷帆水上眠。
浪拽繁星波隐月，
金鳞挂网跃船舷。

他说："我就是白洋淀的孩子，让更多人了解白洋淀、来到白洋淀、爱上白洋淀，就是我毕生的使命。"

老刘经营着白洋淀的一家旅行社。他常常亲自带团，接待来客。有他带队，游客的收获总是丰富的。

老刘曾是大型综艺节目《我爱我的祖国》的主讲嘉宾。他将白洋淀地区的风土人情、发展脉络、美丽传说娓娓道来，俨然是一位老道的节目主持人。2017年雄安新区设立，老刘先是作为民俗专家参加河北卫视新闻节目《白洋淀·芦苇情》，之后作为雄安群众代表接受中央电视台的采访，短短几句，既表现了白洋淀人的朴实，又体现出一个乡土文人的才华与胸襟。央视《焦点访谈》的播出，让他的才华为更多人所知，也让他对自己的使命有了更深的思考。

雄安新区的建设，为白洋淀旅游业发展带来新的历史机遇。雄安新区设立后，每逢节假日、周末，前来观光的游客络绎不绝，“雄安旅游”成为新区一张响当当的名片。生态游、红色游、文化游成为雄安三大旅游主题。

雄安新区带火了白洋淀的文化旅游业。中国传媒大学雄安发展研究院的白洋淀小分队，曾以文化旅游为切入点，走访了白洋淀农家乐经营者、旅行社从业人员等群体，就“雄安旅游”话题与他们进行交流；也有民间团体、有识之士来到雄安新区，来到白洋淀，体会新区独特的文化氛围。

老刘带领旅行社一起，针对新的游客需求，制定新的服务方案，将雄安新区白洋淀民俗文化与当下旅游产品融合，让游客可以获得差异化体验。

他坚信未来必定要在保护生态的前提下发展旅游业。“北国江南，华北明珠”，雄安新区定位于生态新城，与白洋淀的“生态旅游”相得益彰。白洋淀合理地借力于雄安新区建设，挖掘、整理雄安新区文化，开发极具雄安新区特质的文化旅游产业，前景一片光明。

好嫂子

又是一个平凡的早晨。张秀楼起床后，先是做好一家人的早饭，然后去给瘫痪在床的小叔子喂水喂饭、翻身擦洗、打扫卫生。长期躺卧的病人，皮肤特别容易受伤，为防止小叔子生褥疮，张秀楼每天上午至少给他翻身四五遍，舒活血脉。小叔子的病情严重，经常大小便失禁，张秀楼二话不说就动手拾掇干净。照顾完小叔子后，她再回家照顾一家老小。超负荷的劳动，对张秀楼来说，是每天雷打不动的任务。

在雄安新区雄县朱各庄镇南涞河村，提起张秀楼夫妇，人人都交口称赞。不仅是因为身为村党支部书记的丈夫任建蒙心系村民，为村里办了很多实事、好事，还因为妻子张秀楼，几年来对瘫痪在床的小叔子悉心照顾，感动着十里八乡的邻里街坊。父老乡亲们每次提起来，都称张秀楼为“雄安好嫂子”。

2017 年，51 岁的任建新已经卧病在床 20 年了。他的不幸，源于 20 年前的一次意外中风，刚刚 31 岁的他便瘫痪在床，并彻底丧失了劳动能力。家里的顶梁柱塌了，生活的艰难可想而知，好在他有一个贤惠的妻子，并没有因为他瘫痪而抛弃他，仍旧在家里照顾他的生活起居。

尽管任建新两口子无儿无女，负担相对轻一些，但是顶梁柱瘫痪在床，看病也需要支出，使得家里的经济很是拮据，日常生活大部分靠着哥哥嫂子接济。这样的生活虽然艰难，好歹还能维持，可是命运却似乎是在考验人的承受力，不幸在这个家庭里接踵而至。两年前，任建新的妻子因为身体不适去医院检查，结果又一个雷炸响了——他的妻子被检查出肺癌晚期。这个消息对于原本就风雨飘摇、艰难度日的家而言，无异于晴天霹雳，瘫痪在床的任建新需要照顾，唯一能照顾他的妻子又得了绝症。不管是经济上还是精神上的重压，对这两口子都堪称灭顶之灾。夫妻俩在生活的接连打击下，完全失去了继续活下去的勇气。

夫妻俩的不幸遭遇，哥哥嫂子看在眼里，疼在心上。在两人最为绝望的时刻，哥哥嫂子站了出来，他们主动提出让弟妹去医院接受治疗，所有的医疗费用由他们承担。作为嫂子的张秀楼，为了让弟妹安心去医院治病，更是主动接过弟妹的班，承担起了照顾小叔子的重任。“我来照顾弟弟的饮食起居，弟妹你去医院接受治疗，费用我们出。”张秀楼的这句话是给他们的定心丸，更是如再生父母一般的恩情。

弟妹去医院开始了治疗，张秀楼就如同亲姐姐一样照顾着小叔子。每顿饭都先给他吃，只为了让他吃上一口新鲜热乎的饭菜。任建新中风后的智商和一岁的孩童差不多，基本没法进行正常交流，每天喂水喂饭都需要极大的耐心，要一边喂一边打扫卫生，比照顾小孩子还要累人，但她毫无怨言。

为了防止小叔子生褥疮，张秀楼每天坚持一遍遍给他翻身。由于瘫痪时间长，病情也较重，小叔子大小便完全不能自理，每次都需要她来清理，但她从没觉得脏和累。村里人称赞，她有一颗最干净的心。

她的所作所为村里人看在眼里，无不深受感动。这样的恩情，弥足珍贵。

哥哥任建蒙看着妻子为弟弟做的一切，除了感动，还对妻子心生敬佩。他也想为妻子多分担一些，无奈村里事务多，自己也是一心不能二用，有时看见妻子疲惫不堪地奔波于两个家之间，只能在心里对妻子道一声“对不起”，并挤出时间尽力去弥补妻子的劳累。

一个为村里，一个为家庭，任建蒙夫妇都承担着沉甸甸的生活重担。他们不仅悉心照顾着瘫痪在床的弟弟，对身患癌症的弟妹也照顾得无微不至。

一个乍暖还寒的初春，凌晨两点多，张秀楼的手机突然响了，她急忙接了起来，只听电话那边传来了弟妹虚弱而痛苦的声音：“嫂子，快过来救救我，我疼得不行了！”“等着我，我马上过来！”接完电话的张秀楼马上叫醒丈夫，披上件衣服就急急忙忙赶到了医院。极度疼痛中的弟妹看见她来了，哭得像个孩子，她也跟着落泪。为了缓解弟妹的疼痛，张秀楼一边安抚弟妹的情绪，一边给她按摩。从半夜两点多一直到将近清晨，疲惫不堪的她一直坚持为弟妹按摩，直到看见弟妹情况缓解，渐渐睡着了，她才和丈夫拖着沉重的身体和心情离开了病房。

善良坚毅的张秀楼，每次提起弟妹的病情，就忍不住掉下泪水，她说："我真是心疼我这兄弟媳妇儿，得了这个毛病太受罪了，疼得她受不了，挺足实的人现在就剩六七十斤了啊！"弟妹的娘家人有时也到医院陪护，基本上是默默流泪。他们的家境都一般，也帮不上什么，既无奈又着急。每到这个时候，张秀楼夫妻俩就会说："你们放心，所有的医疗费用我们都管了，该怎么治就怎么治，不到最后一刻不放弃。"

夫妻俩是这样说的，更是这样践行着自己的承诺。两人用二十年对弟弟、弟妹的不离不弃，诠释着手足情深、血浓于水的真情，为后代子孙树立了良好的家风，感染着儿女和邻里乡亲，感染着每个听到这些事迹的人。

面对大家的赞誉，夫妻俩总是朴实地说："都是自家人，我们不照顾谁照顾，只要我们能动就会一直照顾下去，有一天我们真的动不了了，照顾不动了，就让孩子们接着照顾下去。"

"雄安好嫂子"的大爱，诠释的不仅是朴素的家风，更是坚韧团结、不屈不挠的雄安精神。祝福所有的好人一生平安，所有朴素的愿望都能实现。无论严寒多么冷酷，当春天来临时，繁花总会开遍人间。

岛村王家寨

烟波浩渺的白洋淀里，有一个千年古村落——王家寨。王家寨村历史悠久，地处安新镇南侧，属于全水村。村东250米处有汉墓群，曾出土过绳纹陶瓦片和小薄砖、板瓦，以及肩部印有“大口田”的大瓮。作为汉文化遗址，“上城子”等传说亦从这里流传开去。

全水村，顾名思义就是整个村子全部被水包围。它是白洋淀地区目前仅存的一个岛村。这样的岛村曾经有近百个，但随着时代的发展，如今只剩下王家寨，当地人爱称其为“淀中翡翠”，具有文化符号的意义。村里总人口约5000，目前留守2000多人，其余人都在外打工。

这里曾经是津保航线的重要枢纽、货物运转的中心。据载，王家寨建于北宋，到了清代，这里以王家、邢家等大户人家为主要居民。王家大院、邢家大院尚存部分房屋，木质门窗及门外抱鼓石雕刻精美。村北的小学，原为镇龙寺，是繁盛一时的王家寨13座寺庙之一。抗战时期，雁翎队曾活跃于此。

2017年4月1日，随着雄安新区的设立，千年村落王家寨迎来了新的生机。王家寨现有1844户、4886人，村庄占地面积2000余亩，苇地面积7436亩，水面面积4854亩。王家寨村产业以芦苇加工、民俗旅游、淡水捕捞为主，着力打造以“望月岛”和“观荷台”为代表的特色水区村民俗文化旅游产业。

王家寨村委会驻地是一座老四合院，为原王家寨乡公社所在地，建于1957年。四合院坐西朝东，保存完好。门楼为当时公共建筑流行的阶梯式五花山墙；院内有迎门照壁，极具时代特色。院内北房前两棵一人合抱粗的老椿树，为整个院落撑起绿荫，带来勃勃生机。

王家寨望月岛

现任村党支部书记兼村主任王军，是土生土长的岛村后代。

20世纪90年代初，中国经济飞速发展的春风刮到了这个岛村。已从职业学校毕业的王军，开始了对未来的思考，虽然学的是服装设计，但是他似乎并没有在这个专业上找到自己理想的方向。烟波浩渺的白洋淀，连接着朦胧的远方，浪头激荡着渔村的四围，一下下拍打着岸边，也拍打在这个年轻人的心上。几经思考，他终于下了决心，出海打渔。很快，他的想法得到了同村另外三个伙伴的认可，几个人说干就干，共同造了一条小渔船，一起出海了。

虽然海上的打渔生活只有一年多，而且没有赚到钱，但海上的风雨磨炼了王军的意志，使他收获了团体精神，这一切对王军后来的人生，起到了至关重要的作用。后来，他们用那条船做起了运输，为村里建房的乡亲们搬砖运土，为乡亲们迎来送往。1993年，他和几个年轻人来到北京，做起了水产生意。当时他只带了一辆自行车和仅有的六千元家当，从推销员做起，每天骑着自行车，从早晨六点一直忙活到晚上七八点才回住处。可北京城都跑遍了，半年下来王军竟一单生意都没做成，带来的钱花光了，自行车也快报废了。有人顶不住压力回家务农，但王军凭着几年出海打渔和搬砖运土磨砺出来的意志，咬紧牙关坚持了下来。

命运终于向顽强的奔跑者露出了微笑，他终于有了第一单生意，而后就仿佛多年的播种结出了累累硕果，紧接着第二单、第三单，一发不可收，生意如同滚雪球一般越来越大，收入也越来越可观。他凭借良好的信誉和坚韧真诚的品格，得到了水产圈朋友的认可，生活由此进入全新的阶段。

富裕后的王军没有忘记养育自己长大的小渔村，村里修桥、补路、修缮校舍，每一次他都踊跃捐款捐物。2000年12月，他加入中国共产党；2005年4月，他当选为北京市工商联水产业商会副会长；2014年，他参加北京市工商联举办的民营企业家培训班，在北京社会主义学院学习并结业；2011年，他被评为北京市工商联直属行业商会优秀共产党员；2017年，他当选北京白洋淀同乡会副会长。

2017年，雄安新区设立了，也是这一年，他的生活发生了根本性的转折。在这之前，他没有想过，自己离开小村三十年后，会以这种方式再次回到王家寨，并且当上了村支书。

在加强基层党组织建设、历史遗留问题化解“清零”的要求下，王家寨前党支部几乎集体“塌方”，同时给村里留下几百万元的债务。这个近乎瘫痪的前党支部，在六七年内没有发展过一名党员，没有开过一次党员和村民代表大会，党员队伍涣散，党群关系严重脱节甚至对立，各种矛盾层出不穷。

建设雄安是每个雄安人的责任，党员更是责无旁贷。临危受命的王军，虽然也做了些心理准备，但是终究是离家经商三十多年，对村里的情况不是十分了解。回来后听乡亲们详细一说，他不由倒吸一口凉气。面对这样矛盾重重又亟待解决的窘境，党的工作该怎么开展呢？王军的心里没底。

好在上级领导三番五次给他打气，说目前第一就是要将村里群龙无首的局面掌控住；第二，雄安新区马上面临拆迁，面对其中的利益分配，百姓想找个放心的，领导想找个得力的，所以选中了他。

面对领导和群众的信任，王军想先把村里情况梳理清楚，把即将拆迁的事情认真处理好，把该得到的款项一分不差地分到乡亲们手里。在完成这些任务后，他再继续回北京经营已具规模的水产生意。

但显然，村里的情况已经远远超过他的预期。

就当王军准备全力重建党支部时，又有了新的变化，雄安新区原计划的拆迁工作，暂时不进行了，恢复时间待定。他意识到自己短时间内应该是回不了北京了。

王军索性沉下心来，以一个党员的觉悟告诉自己，千年大计刚刚起步，百废待兴的雄安新区千头万绪，所有的计划不会那么简单，尤其涉及拆迁，一定非常复杂艰难，计划出现改变、调整是正常的。

王军调整了思路和工作方案，安心梳理新党支部的工作，从村里亟待解决的事情做起。雄安新区设立后，村民们的思想发生了不同的变化，他带领新班子开始走访老干部、老党员、村民代表，细致、耐心地了解村情民意。经过走访，他们意识到，当务之急是收拢党员队伍，聚拢百姓民心。

得先从老百姓身边的事情抓起。

王军号召党员干部行动起来，打扫卫生，清理街道，必须以实际行动向村民传递雄安新区正能量的信号。令他没想到的是，百废待兴的王家寨，第一天就有30多名党员带着工具，一大早就来村委会报道。看着干劲十足的党员队伍，他的心一下子暖了，透过这支年轻的队伍，他看到了最有力量的希望。

白洋淀的浪头日夜拍打着王家寨的水岸，仿佛是遥远的问候，也仿佛是先人的叮咛。水乡的生活在日月交替中继续，在雄安新区全新的节奏中悄然改变。

村西的码头年久失修，破烂不堪，村民出行极为不便。码头亟待整修，但苦于资金短缺无法进行。正在发愁之际，北京的水产商朋友给王军送来了一块10吨重的文化石，并自带了一辆25吨的大吊车。但是卸完石头才发现，本来破烂不堪的码头竟然被这块石头压得面目全非。看出王军的忧心，朋友二话不说，赞助10万元重修码头。这样一来，王军的心气越来越大，本打算修1000平方米，结果修成了3000多平方米的一个大广场。花费20余万。怎么办？只能自己兜着。过去几年，他做过的相似事情已经数不过来了。

2018年夏天，村里一户建档的贫困户——郭大素家的三儿子不慎溺水而亡。郭大素80多岁了，有三个儿子，不幸的是，大儿子、三儿子都是智力残疾，唯一智力正常的二儿子早已离家出走，没了音信，家里条件极其困难。事发之后，党支部第一时间介入，慰问家属，帮助料理后事。支部成员主动捐款，承担了郭大素家三儿子的全部丧葬费用。火化和发丧时，支部成员为三儿子扶丧驾灵，在场的人无不动容。事后，党支部又组织村民为郭大素家捐款数万元。雄安人，雄安情，在新时代雄安建设的大背景下，一处小小的古村落，彰显出朴素而有力的品格。

在容城，雄安新区的建设如火如荼；在王家寨，党员们同样感受着塔吊的力量，感受着建筑工地彻夜不眠的灯火。大家更加积极地向支部靠拢，一批优秀青年纷纷向支部递交入党申请书，预备党员、积极分子的数量不断攀升。

2018年5月30日，全村有选举权的村民共2900人，其中投票的有2700人，王军以2600票当选村主任。7月4日，他又高票当选支部书记。百姓们信任他，党员们认可他，他感觉自己的根，又向这片生育自己的土地、向雄安新区深深扎下了几分。

2019年，突如其来的新冠疫情让人们措手不及，在支部的号召下，党员、村民代表、村民大学生纷纷报名加入志愿者队

王家寨的老党员合影

王家寨村民的蒲编工艺

伍，为抗击疫情贡献力量。与此同时，广大村民积极捐款捐物，保护一线的志愿者和村民的健康。十余天时间里，村民捐款33.91万元，捐赠物资无数，全村90%左右的家庭和个人都参与了捐款。正如习近平总书记所说，“打了一场全民参与的人民战争”。2020年，在村党支部的领导下，村民自发成立了“淀中翡翠”爱心互助会，以贫困户、五保户、现役军人家属、烈士子女为主要服务对象，同时面对全体村民开展救急救难、救危救困的帮扶工作，倡导“人人为我，我为人人”的互助理念，为打赢“脱贫攻坚”助力护航……大家只有一个信念：这里是雄安，我们是雄安人。

雄安新区走过的这几年，是王家寨村发展极有深意的时间段，也是王军和村民们丰富人生经历的时间段。王军回到村里的时间，刚好与雄安新区设立的时间相契合。他和大家在村里摸爬滚打、推动旧貌换新颜的这几年，正是雄安新区日新月异的五年。王家寨村，这个雄安新区白洋淀的千年古村落，继续踏着与雄安建设同样的时代节奏与步伐，务实创新，坚定稳健，向着雄安新区“淀中翡翠”文化旅游优秀民俗古村的理想进发。

包村干部

雄安新区设立三年后，李迎春调到安新县政府，负责综合行政执法工作，到白洋淀唯一的全水村——王家寨任包村干部。他是土生土长的安新人，出生、成长、工作，一直都在这片水乡热土。

因为包村，王家寨成了他这两年工作的重点。王家寨四周环水，是目前白洋淀水区唯一的岛村，由于地理上的特殊性，一直以来都是白洋淀旅游民宿——农家院的一张名片。全村大部分人都在经营农家院，朴实的民风、别样的风光，赢得了外地游客的广泛认可和喜爱。

村里的民宿都是单独成院，院内环境清幽古朴，既有传统的华北乡村大灶炕，也有现代的城市宾馆。喜欢展露厨艺的游客，可以亲自下厨；不愿自己动手的，可以点菜配送，餐宿价格划算。渔家特色，水乡风味，可以捕鱼，探芦苇荡迷宫，观荷赏禽，看戏、听曲、观民俗表演，放河灯、燃爆竹、点篝火等，农家院活动丰富，地方特色浓厚，吸引了周边省市的很多游客。

从乡村环保到水乡建设，从旅游接待到文化挖掘，李迎春和村委会一起为王家寨的发展殚精竭虑。环保、治安和民生，大事小情都少不了他的身影。与村里百姓打交道，解决的大多是百姓生活中的琐事，需要的是耐心和细心，这既是对工作的历练，也是对他的考验。

有一次，因为一条小狗，李迎春和村委会做了不少工作。

热情质朴的农家院主人，亲切暖心的家庭氛围，可口健康的风味农家菜，让久居城里压力大、节奏快的游客感觉非常放松和惬意，就像到自己的乡下亲戚家度假。有一个来自北京的老客户，与一户农家院结下了友谊，还推荐自己的一个朋友来到此处旅游，但就在客人晚饭后牵着自己带来的狗在外面散步、观赏水乡景色之时，农家院主人的大狗却不太友好地咬了客人的狗一口。

客人十分生气，打算立即回北京的宠物医院给狗治伤，并要求农家院赔偿，数额不小。农家院的主人接受不了，双方的“官司”打到了村委会。

村委会很重视，虽然事情不是很大，但涉及游客的利益和体验感，关乎王家寨旅游服务的声誉，不可小视。李迎春接手了这件事，他与双方进行了耐心的交流、细致的解释，并代表农家院主人向客人表达真诚的歉意。一次，两次，三次……电话不知打了多少次，嘴皮都快磨破了，最终让双方达成了和解。

雄安新区设立后，王家寨村有了个特别的“调委会”，这个特殊的机构，是为了适应水上村落特殊的地理位置而设立的。水村不像陆地村庄那样交通便利，有什么问题可以第一时间解决。水村的交通，限制了解决问题的速度和效率，因此产生了这个隶属于村委会的群众自治组织——“调委会”。“调委会”为大家服务，解决老乡们日常生活中的矛盾纠纷，成员班子由村里德高望重的老先生们组成。

王家寨的环保政策，在雄安新区设立后有了很大的变化，较之从前规范了很多，这也使得王家寨面临的环保工作变得异常繁重。水乡王家寨作为雄安新区乡村振兴的试点村，支柱产业是乡村民宿、民俗旅游。在新政策的相关要求下，未来王家寨村如何建设发展，成了摆在大家面前最为重要的课题。

疫情期间，王家寨对村容村貌进行了修整改进。码头是王家寨的门面，因为年久失修，基础设施已经陈旧老化，亟待重新建设，村里没有资金，村干部们就自己想办法，筹钱筹工。2022年，新码头基本建成，整个工程与水乡风格紧密呼应，修缮一新的码头赢得了百姓的认可。

李迎春和村干部一起，继续寻求各种资金方面的支持，为王家寨未来发展探索新的可能与机缘。同时，一些新的问题让他陷入思考：雄安新区相关政策在逐步落实，制度在逐步完善，在这期间，村里的相关工作应该如何开展？在生态环保的新要求下，水村的相关事务如何转型？目前以农家院、民宿旅游为产业主体的王家寨，面对环保政策的变革，面对未来的旅游需求，面对雄安新区的大文化平台，到底该如何打造、如何建设？如何继续开拓，突出重围？

村里与雄安几名精通渔猎文化的学者共商，拟定了成立白洋淀渔猎文化展览馆的计划，目前已经完成了在村中的选址工作；以村委会名义注册了一个公司，主要做乡村文化，探索挖掘水乡文化，以王家寨独有的文化特质吸引游客；引进河南的一种莲花灯，利用水乡资源，开发水乡独特的文创产品；开发望月岛和莲花池等，丰富村里的旅游项目……

站在新修好的码头上，李迎春的内心很欣慰。无论眼下有多少难题需要解决，他相信在雄安新区建设的大潮下，属于白洋淀、属于王家寨的春天很快就会到来了。

他觉得，王家寨就像自己名字一样，将迎来雄安崭新的春天。

北方绒都

“贫寒家业少年身，追梦生活进。倒是西风羽吹顺，创为新，弄潮商海诚为信。纺织金印，雄安才俊，中国农村青年脱贫致富带头人。”这段话是某机构为企业榜样人物颁奖时，给保定雪瑞莎羽绒制品股份有限公司（简称“雪瑞莎公司”）总裁刘建红的颁奖词，也可以说是多年来社会以及业内对刘建红的评价。

刘建红是一位在雄安知名度颇高的青年企业家，如今担任雄安新区一家重点企业的总裁。他还是中国羽绒工业协会副会长、河北省纺织与服装协会副会长、河北省羽绒行业商会会长兼党支部书记，曾获2006年“全国纺织工业劳动模范”、2013年第八届“全国农村青年致富带头人”、2019年“中国商业经济十大领军人物”、2021年“河北省脱贫攻坚先进个人”“河北省捐资助学先进个人”“河北省企业诚信建设优秀工作者”“雄安新区优秀共产党员”等荣誉称号。

雪瑞莎公司位于中国北方最大的羽绒生产基地——雄安新区安新羽绒工业区，以羽绒、家纺、服装、户外用品等产业为核心，下设专业生产家纺和户外用品的分公司，拥有专业羽绒水洗生产线，产品主要出口至亚洲、欧洲、美洲多个国家和地区，被誉为“北方绒都”。

刘建红不仅是曾经的省重点企业、今天雄安新区的龙头企业，雪瑞莎公司的总裁，也是其创始者。他出身于白洋淀畔贫困的渔民家庭，从一名洗毛工人干起，19岁走上创业之路，百折不挠。作为行业领头人，他积极参与中国羽绒工业协会羽绒标准的制定，带领企业进行治污设施建设，勇于尝试，敢于创新，20多年不懈探索，从未停歇。

“人不管在人生的哪个阶段，都要认清自己，敢于放弃旧观念，敢于创造新生活，敢于努力拼搏！”这是刘建红多年来的精神信念和生活准则。

1992年，凭借各方面的历练及行业见识，自信笃定的刘建红带上打工积攒的2万元，南下广西贵港市，与人合伙做起了生意。凭借良好的信誉和抢抓机遇的智慧，他初战告捷，获得了人生第一桶金。三年后，22岁的刘建红已拥有资产近百万，一跃成为当时大张庄最年轻的个体老板。

天有不测风云，1997年他被亲戚拉去投资羽绒厂并出任厂长。刚上任一个月，他就把自己的资金全部注入工厂，不料股东退股，因为法人代表是他，所有亏损由他一人承担。一时间，他成了个光杆厂长，不仅自己的资金全部没了，还欠了几十万元的债。当时他的大脑一片空白，目瞪口呆地看着工厂亏损300%的现状，意识到自己被拖入了一个无底深渊。辛辛苦苦几年积攒的近百万元，一夜之间损失得一干二净，他不仅一贫如洗，而且负债累累。

愤怒之下，刘建红几天几宿没吃没睡，想不通自己的亲戚为什么要欺骗自己，后悔自己为什么不认真看账，仅凭信任就入了股，还当了法人代表，自己毕竟还做过会计，竟然会犯这样愚蠢又致命的错误。

痛苦悔恨，怨恨不甘，各种情绪交织在一起，就像一个深渊，时刻要把一个人拉入绝望的谷底。这时候，是他生命中的两个女人，默默为他托起了背后受伤的翅膀。

一个是他的母亲。母亲19岁时与父亲结婚，家里靠打渔为生。母亲生下姐弟三人，他是最小的儿子，从小无论他做什么事，母亲都总是用最简单的话语鼓励他，同时也把淳朴厚道的做人之道传授给他。另一个是他的妻子。妻子心地善良、孝顺父母、持家有道，一直在事业上不遗余力地给予他支持。

母亲的豁达开导，爱人的无怨无悔，加之自身过人的毅力，终于让刘建红从负面情绪中渐渐走了出来。他勇敢面对现实，为了把羽绒厂继续做下去，他四处借钱。当时没有一个人愿意借给他，亲戚朋友都找遍了，也没有借到。无奈之下，他只能临时把工厂关了，先去做点小生意赚钱生活。他和妻子投资几百元，在街头卖起了烤羊肉串。夫妻俩起早贪黑，没日没夜地干，终于积攒下2万多元。

拿着这2万元，他们去了广西，由于资金有限，只能在羽绒的边缘寻觅商机。苦苦寻觅中，刘建红偶然发现屠宰厂积存着一些经过鸭毛绒片筛选过后的废料，经验丰富的他一眼就看出这些废料里含有大量的毛丝，发现了其中的商机。这一次，他的判断极其精准，一买一卖，一下就净赚了20多万元。

经过几场漂亮的翻身仗，他再一次从行业中脱颖而出。随着年龄的增长、阅历的丰富，他的商业思想更加成熟，经商脚步更加稳健。1999年，他注册了金利达羽绒制品厂，正式进入羽绒制品生产领域。他先从羽绒被做起，通过建立加盟店、设立商场专柜等销售方式，很快打开了市场。截至2000年，他在北方地区各市县拥有加盟店50余家，进驻商场20余家。工厂充满了生机和活力，为企业将来的转型升级打下了良好基础。

之后，他开始了大踏步地进行战略升级，主营产品从原来单一的羽绒扩展到羽绒睡袋、羽绒服、羽绒靠垫等多项产品，并进军国际市场，年销售量达到10万多件，年产值也突破5000万元。2006年，雪瑞莎公司注册成立，推出了“雪瑞莎”品牌羽绒制品系列，产品畅销北京、上海、天津、重庆等几十个大中城市，并跻身欧美市场。2012年，雪瑞莎公司创下了年产值3亿余元的好成绩，经济效益和社会效益都取得了历史性的突破。2013年1月，刘建红被共青团中央授予“全国农村青年致富带头人”的光荣称号。

“落叶终须归根，无论海外市场多么认可我们，如果无法在国内消费者中集聚品牌影响力，就算不上民族品牌。”如今的雪瑞莎公司已经蜚声海内外，但刘建红对民族品牌建设的责任感却愈加浓烈。2017年，雄安新区设立后，按照新区的要求，结合新区的特点，刘建红带领雪瑞莎公司全力做好企业转型升级的前期准备。

公司围绕“加快集群发展，做优区域凝聚力”这一思路，转移行业生产端、制造端做集群式发展，将战略端、总部端、研发端、品牌端留在雄安，将发展总部经济作为转型升级的重中之重，成功转型为跨境电商，将传统行业升级为“互联网＋跨境电商＋产业游＋直播”的模式，为企业增添了新动能。

雪瑞莎公司同时也是慈善事业的排头兵，多年来累计捐款上千万元。

2020年10月，在政府有关部门的支持下，雪瑞莎公司联合9家企业发起成立雄安新区安新县跨境电子商务行业协会，刘建红当选为会长。

面对越来越多的职务和荣誉，刘建红总是说：“荣誉对个人来说是一种精神需求，对企业来说是一种实力展现。这是对企业的巨大鼓励，同时更是鞭策。”

未来，雄安新区安新县跨境电子商务行业协会将充分发挥政府与企业间的桥梁作用，整合各方面跨境电商资源，搭建完善的全县跨境电商企业公共服务体系，为全县跨境电子商务企业和外贸企业提供人才培训、业务指导、资源对接与整合服务，对促进雄安新区跨境电商企业的更快发展具有重要意义。

由安新县政府向雄安新区管委会申请的设立中国（雄安新区）跨境电子商务综合试验区白洋淀产业园已经获得批复，选址在雪瑞莎公司。目前，鞋业、羽绒制品、户外旅游用品、芦苇工艺、箱包、毛巾等行业的企业已入驻雪瑞莎跨境电商产业基地。

雪瑞莎公司转型升级跨境电商企业，将成为雄安新区电商产业标准化、品牌化、国际化战略发展的助推器；而雄安新区的建设大潮，无疑为生机勃勃的“雪瑞莎”插上了继续腾飞的翅膀。

陈伟的影像

一名用镜头记录雄安新区发展的特殊女摄影师，叫陈伟。

她的特殊，在于她曾经是三尺讲台上的“灵魂工程师”；也在于她曾经因为一场意外，脊椎受伤后无法站立，只能卧床；更在于她最终战胜了命运，成为雄安新区一名出色的摄影师。

几年来，陈伟用镜头记录雄安变迁，为家乡留住影像，为历史留下足迹，见证雄安的华丽蜕变。每一次摄影都是她对家乡满满的热爱，对雄安热腾腾的希望，对命运不屈的抗争。

这个坚强开朗的姑娘，从小就对教师充满向往，连小时候的游戏都是关于老师的。小时候，一块小小的黑板就是她的舞台，村里那些找她玩的孩子就是她的学生。长大后，聪慧好学的她终于学业有成，如愿站在了三尺讲台上，实现自己多年的梦想。看着讲台下孩子们的笑脸，听着孩子们朗朗的读书声，她的内心充实而快乐，温暖而满足。

和许多幸福的人一样，她也以为人生会一直这样下去，朴素而满足。谁料不幸却突然降临，一次，她在与学生们外出时遇到车祸，受了重伤，脊柱无法弯曲，只能卧床，生活仿佛从天堂倏然跌入深渊。这次意外对任何一个爱美爱生活的人而言，都无异于灭顶之灾，更何况一个正值青春年华且拥有蓬勃事业的年轻姑娘。躺在床上的她，不敢再去看自己厚厚的获奖证书，那些荣誉更像一把匕首，刺得人心痛。她的整个世界都失去了色彩，因为心已经是灰色的了。

那只关上她生活之门的大手，却在此刻悄然为她打开了一扇窗，而且是最为多彩绚丽的一扇窗。她的命运轨迹由此发生了转变。2017年，雄安新区设立。新区热气腾腾的讯息，渐渐感染了她几近抑郁的内心。

雄安新区日新月异的华彩蜕变，仿佛一束明亮的光照射在了她灰暗的心上。血液在回流，思想在复苏，精神在复活，受伤后的她终于破茧成蝶。

她意识到了个人的渺小，对世界而言，每个个体太微不足道了；但是对雄安，这些微不足道的个体，仍可以发挥自己最大的热力，她要记录下这一切，贡献给飞速前行中的雄安，以及未来遥远的历史。她决定，自己即便不能再站在讲台上，但还是要用其他方式来参与雄安的文化建设，参与这个世界瞩目的千年大计。

精神上起飞的陈伟，就像被打通了血脉，身体明显有了好转，她居然站了起来，并逐渐开始行走。这让她对自己的选择更加充满信心。从最早一次参与文字稿件开始，陈伟一边康复一边工作，她的生命与雄安的脉搏紧紧连结在了一起。

随着接触面的不断拓宽，她开始深入思考，比如文化底蕴对雄安的重要性，由此开始了一个雄安人对雄安文化的自觉关注。她向当地有资历的文化学者请教探讨，在不断学习中，她更加坚定地意识到，自己要为雄安文化留下点什么。从前对影像的兴趣使她拿起了相机，开始了专业的摄影生涯。

拍摄题材的选择成了她接下来思考的重点。人物、建筑、环境、生活，什么才是最主要的？随着不断地探索，一个念头在她心中逐渐明确了起来，那就是要拍摄在雄安建设过程中，那些即将消失将来不复存在的文化点。影像，是可以帮助后人最直观了解雄安文化、雄安历史的有效手段。

由此，她开始了对雄安这片热土的记录。濒临消失的生产生活方式，建设过程中的珍贵瞬间，生机勃勃、日新月异的雄安新城，越来越美的雄安生态环境，日渐繁荣的民俗文化，淀上越来越多的水鸟……纷纷成了她镜头中的主人公，她用影像记录着雄安从无到有的过程，记录着那些失去与重建的现场。

透过镜头，她也有了更多的认知与思考。一次大规模的天鹅飞抵白洋淀的场景，壮观唯美，无人机拍摄的作品非常震撼，这也让大家更为鲜明地意识到，雄安新区设立以来，白洋淀的生态环境发生了翻天覆地的变化。而这样的变化，也一定会发生在其他领域。因为这是一个渐进的过程，雄安一定会越来越美。容东容西、雄安站的建设，那些永远消失的村庄，拔地而起的塔吊与新城，陆续入住的安置房，采摘莲蓬的人们，好些一经过去就永远不会再现的过程，都被她记录下来，成为无比珍贵的时间记忆。

几年的摄影历程，虽然辛苦疲惫，她甚至摔伤了脸，冻伤了手，但是丰硕的成果还是让她乐此不疲。与此同时，她的身体也明显康复了。如今，陈伟的摄影作品已获得了很多荣誉。作为雄安人，她自觉自发地做这一切，内心非常充实。

支撑她这份挚爱持久下去的，更有无数拍摄中难忘的瞬间。

朱爸爸和韩妈妈，是陈伟对端村一对打苇草的夫妻的称呼。陈伟在一次偶然的拍摄中认识了他们，并因此结下了温暖的缘分。夫妻二人性格开朗热情，尽管现在苇草的收入远远不如从前，但他们仍然坚持着这项古老的生计。每次见面，夫妻俩都会亲热地和她聊天，就像亲人一般。她用相机、无人机拍下了夫妻俩许多美好的瞬间。

可当她有一次去到端村，看到只有朱爸爸在打苇草，她问怎么没见到韩妈妈，朱爸爸一边打着苇草，一边轻轻地说，前一段时间，因为健康问题，韩妈妈去世了。

她一时语塞，不知说什么。一个印象中活生生的人忽然离开，就像自己的亲人不告而别，悲伤无以言表。她还记得韩妈妈温暖阳光的笑容，远远跟自己挥手的身影。

关于生与死，关于生命的意义，这些深远的命题再一次涌上她的心头。她暗暗筹划着，要把韩妈妈最美好的一张照片洗出来，送给朱爸爸，算是对逝者的纪念、对岁月的致敬。这就是人生，总会有失去，也总要前行，因为希望永远都在。

丰富的经历，使她的作品有了更深的表达意义。拍摄正能

量，宣传正能量，参加雄安新区组织的志愿者公益活动，对拆迁进行记录，亲历雄安现场，见证雄安从荒无人烟到万家灯火……

她说，作为雄安这个特定历史时期的见证者，自己是如此幸运。她从受重伤卧床到五年来跟踪记录雄安，其间克服了太多常人难以想象的困难。就某种意义而言，她的行为本身，已然高于照片的美学价值，感染着她周围的人。

雄安作家看雄安

白洋淀旖旎的自然风光和光荣的革命斗争史造就了这一方文学热土，荷花淀派、白洋淀诗群等耀眼的名字在新中国文学史上留下了浓墨重彩的一笔。雄安的作家们秉承荷花淀派神韵，延续白洋淀诗群风骨，在雄安新区新建的五年里，撑起了一片文学的天地。

阿民是白洋淀养育出来的诗人，也是文学活动的组织者、实干家。作为安新县作家协会（简称“安新县作协”）主席，他和当地的作家、诗人们一道，开展了纪念建党百年、国际民间文化艺术节、白洋淀旅游文化节等一系列文化活动。他立足雄安建设，制订创作计划，聚焦现实，关注民生，坚持“文章合为时而著，歌诗合为事而作”。

以“体味雄安生活，讲述雄安故事；记录雄安建设，延续雄安文脉；崭露雄安风采，展望雄安未来”为目标，安新县作协策划组织了“雄安作家看雄安”系列主题活动。

活动自雄安新区设立初期就开始了。

2017年11月，安新县作协就携手雄县、容城文友“走进同口”，拉开了“雄安作家看雄安”的序幕。

几年里，他们相继开展“走进大王”“走进王家寨”“走进龙化”“走进市民中心”“走进征迁村”“走进雄安高铁站”“走进容东建设现场”等15次文学采风活动，让当地作家拓宽了眼界，创作热情高涨。他们重走习近平总书记的视察路线，畅想雄安未来；发掘雄安悠久的历史文化，缅怀革命先烈，感受燕赵慷慨之歌；走进征迁村，聆听命运变迁中乡村与人的故事，采撷深厚的风土民情，特别是走进一个个建设工地，感受现代化、科技化的浓烈气息。雄安作家、文友们用实际行动见证并记录了雄安新区建设过程中许多触动人心的瞬间，创作了大量接地气的文学作品，涌现了一批新秀新作，助力雄安文化工程，为雄安建设和伟大时代放歌。

“雄安作家看雄安”系列活动产生了良好的反响，受到中国作家网、雄安官网、河北画报等十几家媒体的关注，成为河北省文学界知名品牌。

雄安当地媒体也做了专题报道。阿民和他的文友们多次接受媒体采访，网络平台《安新在线》还特地设置了“白洋淀作家诗人盘点”栏目，连续推介20期雄安三县作家的个人专题。

安新县作协还参与承办了中国文联“2017铸梦计划”、中国作协“文学照亮生活”全民公益大讲堂、“全国知名作家看雄安”采风创作活动。阿民感到自己重任在肩，不敢懈怠。在中国作协主办的全国基层作协负责人、文学组织工作者及文学业务骨干增强“四力”专题培训班上，他作为学员代表做了“以习近平新时代中国特色社会主义思想为指导，在工作中增强‘四力’”的主题发言。

即便是遇到各种困难，当地作家还是满怀激情地开展了“不忘初心跟党走、夯实奋进建新区”主题征文活动，举办了“步韵雄安重墨宏图”“谋千年大计赋文化雄安”“雄安春早，大淀风清”主题年会、“诗润雄安春满白洋”诗会、“复兴中华传颂美德”重阳诵读会、“雄安地区历史文化溯源”讲座。他们与保定市艺术研究所合作，联手打造大型话剧《雄安晨曦》等，并在2020年创办首届雄安·白洋淀新春诗会，设立雄安文学奖。

《雄安文学》为半年刊，是安新县作协的特刊。

植根本土，记述雄安，关注民生，弘扬正气。这本刊物的宗旨就是汇聚雄安三县作家、诗人和文学爱好者，挖掘雄安文化，见证并记述雄安的建设与发展。同时，《雄安文学》打破地域藩篱，面向全国，开放办刊，收到的来自全国各地乃至海外的稿件络绎不绝，成为雄安面向世界的又一阵地。

自雄安新区设立以来，当地作家写出了不少好作品，比如阿民诗集《祖泽是故乡——白洋淀诗草》，李卫东散文集《白洋淀美食笔记》，郭宝国诗词集《一苇集》，王广乐散文集《流光碎影》，刘卫宁小说集《2017，家在雄安》，李颖诗集《河流的方向》，刘贺军散文集《我的白洋淀》，华晓梅诗文集《白洋情韵》等，这些作品不仅屡次登上知名刊物，还由保定学院文学院申报为省级学术项目，集结为雄安新时期作家作品选并公开

出版。

阿民与雄安当地的作家们，将未来的计划安排得满满的。

他们将打造精品，奏响雄安文学“冲锋号”；共筑品牌，当好文学活动“领头雁”；围绕大局，建好队伍，打造时代文学“雁翎队”；继续开展“雄安作家看雄安”活动，抒写雄安文学新篇章。

第六章

自豪的“雄一代”

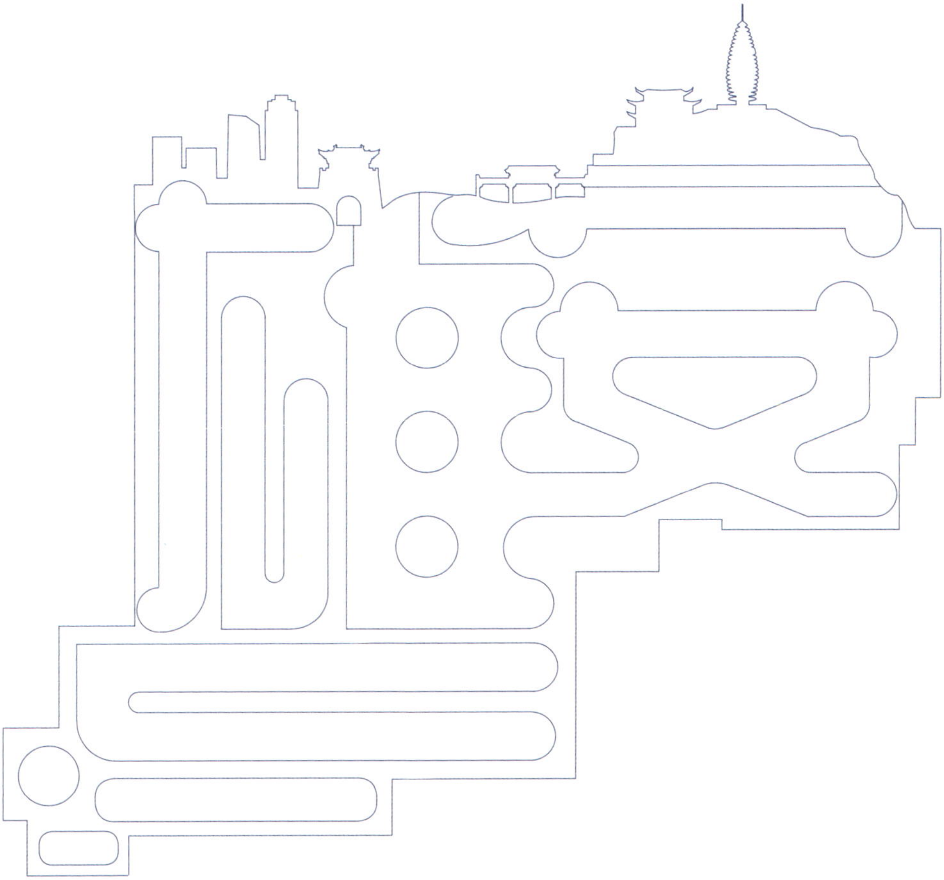

提前入驻

2017年初春，路面上残雪片片，立春前的寒冷丝毫不亚于寒冬腊月，当时许多人都不知道这块土地将会迎来怎样的历史变迁。一支中国联通智能城市研究院的团队，踩着积雪，悄无声息地来到这里。

一群朝气蓬勃的硕士、博士和科技人员，离开温暖的家，来到“新区智能城市重点项目”工作组，地点就在容城。

他们是前来参与城市规划的。虽然当时他们还不知道这块地方未来会有如此高的定位——“千年大计、国家大事”，但在参与规划的整个过程中，他们意识到，新区蓝图确实非常宏伟，也非常先进。他们接受的任务，就是要建设一个不寻常的新区，一个百年、千年也不落伍的新区。

尽管在2017年的时候，还没有多少人会想到5G时代即将到来，但智能城市研究院的一线工作者们一直在描绘和展望移动通信技术的未来。他们对将来网络的速度、便捷程度，都做了大量的超前构想。

不久，设立雄安新区的消息传遍神州大地，让这支率先进入雄安的团队欣喜万分。他们不仅在科技创新领域一马当先，还在许多企业、机关、科研院所徘徊观望的时候，再次下定决心，于2018年玉兰花开、万物复苏的时节，率先与河北省政府签订战略合作协议，落户雄安，成为第一批落户新区的科研单位。

他们说，这要感谢2018年国家出台的《河北雄安新区规划纲要》，纲要中明确指出“打造城市全覆盖的数字化标识体系，构建城市物联网统一开放平台，实现感知设备统一接入、集中管理、远程调控和数据共享”，明确将推进智慧城市建设纳入雄安新区规划之中。

这正是他们可以做、应该做、也常想做的。

新区智慧城市建设是雄安新区规划的重中之重，他们能为此而拼搏，是一种难得的机遇。

但好事永远是多磨的。

新区刚设立不久，一切都是从零开始，机构注册就遇到了困难。智能城市研究院是一家非法人机构，而新区之前注册的都是法人企业，对于第一例“非法人机构”的注册，没有明确的规定。非法人机构的好处在于可以由主管集团承担研发经费，研发人员能够集中精力开展研究与创新工作。

注册遭遇困境，怎么办？雄安新区领导有心栽下梧桐树，引来金凤凰，着力协调各部门一起研究解决办法，同时与省里相关部门进行了细致沟通，最终智能城市研究院在雄安新区正式完成了注册流程，宣告成立。这是唯一一家在新区注册的非法人央企研究机构。到目前为止，仍然仅此一家。

在办理注册手续时，起初的名称是“中国联通智慧城市研究院”，新区政府相关人员与他们在一起热情商量，建议将“智能”放在名称里，得到大家一致赞同，最终名称确定为“中国联通智能城市研究院”。

2019年5月10日，以“联通5G共见未来”为主题的雄安5G创新发展合作大会召开，500多名嘉宾参会。众多来自行业领军企业的代表共同探讨5G未来发展，“中国联通智能城市研究院”也借此机会正式揭牌。

人们将那些进入雄安的第一批建设者们统称为“雄一代”。智能城市研究院的工作者正是科技“雄一代”的代表，他们是新区智能城市建设的中流砥柱，成为科技创新的主力军。

这个年轻的团队夜以继日地工作，对最初生活上的种种不便毫无怨言。有一天晚上加班时，一名年轻人因为吃饭时有些着急，胃突然不舒服，于是同事便陪他出去买药。他们走过一条街，又转过两条小巷，发现这里不仅没有都市的灯火辉煌，就连亮灯的店铺也很少，虽然才晚上9点多，但马路上已经很少有车辆和行人了，城市似乎进入了睡眠状态。但当他们走到奥威路上，看见了远处一丛丛明亮的灯光——那正是雄安市民中心施工现场的灯光，那里正在热火朝天地忙碌着。这场景一下子给两个年轻人带来了力量。他们在一家小药店里买了药，立刻又去继续加班。

智能城市研究院作为专业研究咨询机构，将支撑联通全方位参与雄安数字智能城市规划建设，助力雄安打造全国乃至全球数字智能城市标杆。

研究院重视实验室新经济、新模式的探索与建设，重视“打破原有模式”，坚信“别人有的我们要做得更好，别人没有的我们开拓。”

“雄一代”科研队伍克服团队和个人的种种困难，加快为这座新兴城市做规划。他们秉承“未来之城、创新之城、科技之城、绿色之城、智慧之城”的发展理念，将规划内容从蓝图逐步变成了现实。目前倡导的大数据中心布局、“双碳”创新等早已进入生活中。

他们说到且做到了，一个智慧的城市，正如东方日出冉冉升起。

三大铁律

“我们虽然是中国银行与新加坡淡马锡旗下富登金控合作的中银富登村镇银行，但雄安新区的村镇没有规划，房屋没有产权，我们不能做亏本生意。”

会议室里气氛突然有些紧张。

“你说的都是事实，但不要忘了我们的责任。我们是为了落实国家‘三农’政策，破解小微企业融资难题才成立的合资银行。2011年起，我们在全国批量发起设立村镇银行，不就是为了探索普惠金融之路吗？”

中国银行党委以贯彻落实党中央重大决策部署的政治自觉，主动请缨，将企业注册在雄安新区。2019年，作为首批投资管理型村镇银行试点机构，中银富登村镇银行股份有限公司（简称“中银富登村镇银行”）开始筹建。

2020年6月，中银富登村镇银行在雄安新区正式注册成立。2020年8月，该银行对外营业，成为雄安新区首家入驻的全国性银行总部机构。

中银富登村镇银行定位于普惠金融。

既然是普惠银行，就要向过去的某些经营方式告别，只收贷款利息，其他如银行卡费、年费、跨行取款汇款费、短信通知费、对公账户服务费等一律不收，要对老百姓和微小企业普惠到底。

“我们是首批入驻雄安的银行，一言一行大家都看着，所以要树立标杆，做‘零收费银行’的表率。”

这让微小企业、农户、城乡居民和急需贷款的人欢欣鼓舞，人们纷纷为中银富登“零收费银行”的创举点赞。

中银富登村镇银行坚持“扎根县域、支农支小”的战略定位，主要服务于中小微企业、个体户、农户、居民等普惠金融客户群体，涉农和小微贷款占比高达90%以上。要让百姓和企业不仅在“钱”上满意，更在“心”上满意。

这一理念得到了中银富登银行全体员工的认可，随即中银富登的“三大铁律”公布，要求每一个员工都要遵守企业文化建设的价值观——“不取客户一针一线、不弄虚作假、不放弃任何帮助客户和提升自己的机会”。

“我姓孙，我们是做服装生意的，想要压一部分库存，在贵行申请了30万元信用贷款。经理你看能够帮助我们解决吗？”

这位经理在帮孙老板做好这笔贷款后，到四季度贷后调查回访时，却见孙老板满面愁容：“生意不好做，一是疫情影响，二是人们的购买力下降，货没卖多少，回款情况不太好。”

2021年的冬天是一个比较难熬的季节，受疫情和天气的影响，容城的服装行业不太景气。可孙老板的贷款快到期了，无论如何都要提前准备好还款资金，不还贷款，续贷审批就会遇到麻烦。

到了续贷的日子，这位经理又来到孙老板家里，进一步了解到，孙老板不光是生意行情不好，家庭还遭遇了变故。在这一年里，他的父亲生病、去世，妻子也生了一场大病，不光花费不少，更影响了他的正常经营。

按政策，如果企业经营业绩出现重大下滑，需要全额回收贷款。可中银富登村镇银行的经理却在详细了解情况后，做出为孙老板申请“特殊年审”的决定。如果按正常年审政策，孙老板的企业是通不过的，而特殊年审是银行综合考虑客户还款意愿、企业持续经营能力等因素后给予的宽松政策。最终，中银富登村镇银行为孙老板审批通过了贷款续贷方案。

一个寒冷的早晨，孙老板一家人来到中银富登村镇银行，向银行领导表示感谢：“说心里话，我都打算放弃了，可你们却还在努力坚持，为我们积极争取政策，要不是你们，我的生意和一家子就全完了。”

“不放弃任何帮助别人和提升自己的机会。”“三大铁律”给中银富登村镇银行的员工，也给雄安新区的中小企业及人民群众带来了成功的机会。

新区的领导也无不夸赞地说：“不愧是首家进驻新区的银行，觉悟就是高，办事能力更是强。”

中银富登村镇银行在雄安新区的短短几年里，先后获得全国服务“三农”与小微企业优秀单位、农村互联网金融产品创新奖、卓越竞争力村镇银行、中国最佳金融服务创新奖、中国金融年度品牌大奖等荣誉。

其中，最让中银富登员工骄傲的是，以登普惠金融服务获评人民网“人民匠心服务奖”。

“雄一代”更是“创一代”

有人说，雄安这张曾经的白纸正慢慢被渲染上奋斗者、智慧者的色彩，承载着千家万户、千行万业的人的梦想与现实，记录着他们的汗水与泪水。

清晨的雄安是生机勃勃的，登高远眺，看到的不仅有壮美的东方日出，更有在工地上作业的塔吊。阳光洒在建设者的身上，洒在土地上，洒在那些已经初具规模的安置房屋顶上，一张白纸上显出了最新最美的图画。这画面若有名字，那应该是奋斗，是奉献，是期待，更是荣耀。

新区以千年大计崛起，以国家大事谋篇，将成为一座智慧之城、绿色之城、未来之城和实现理想之城。不只雄安新区的本土人民对它满怀期待，华夏大地的万业千行都对它充满信心，这其中就包括中国电信。

2018年，中国电信集团审时度势，成立了雄安重大项目管理办公室，负责推动集团相关战略合作和重大项目在雄安新区的落地，并筹备创建中国电信旗下全资子公司——中电信数字城市科技有限公司，也就是中国电信数字城市研究院。公司于2021年6月18日正式注册运营，主要研发骨干来自北京和广州两个地区。

古战场是“兵马未动，粮草先行”，而21世纪已是数字经济时代、网络时代、创新时代，古战场的法则也发生了变化——“工程未动，网络先铺”。

中电信数字城市科技有限公司是在数字经济的大时代背景下设立的，肩负着支持雄安、转型探索、拉动后端等多个使命。它一方面践行央企使命，支持雄安新区建设；另一方面探索由传统通信运营商向现代科技型企业转型，通过在雄安的项目打造一批数字城市领域的高精尖产品，形成一批雄安标准，并向全国辐射输出。

一批研发骨干主动报名加入了这个团队。

“我报名。”北京电信市场部的数据产品经理、大数据内训师张工，在得知中国电信集团雄安重大项目管理办公室在系统内招选的消息后，欢欣鼓舞，报名参与遴选。

张工从300多位报名者中脱颖而出，如愿与其他9位同事加入雄安重大项目，并于2019年5月到雄安新区工作。他们这支队伍成为中国电信总部最早派驻雄安的先锋部队。

2021年6月，中电信数字城市科技有限公司应运而生。新公司成立前的人员招选，再一次在全国电信系统内优中选优，又一批朝气蓬勃的年轻骨干来到了雄安。

张工，现已成为数字道路事业部市场总监，负责容东片区的数字道路建设。

他和他的同事们是"雄一代"，更是"创一代"。

"在北京工作时，按时上下班，从事重复性工作，我养成了写日记的习惯，仿佛不写日记就记不住这平凡重复的一天。可是来到雄安后，异常忙碌，早见初阳晚见月落，每天的工作是与各部门、各单位协调沟通，推进施工进度。工作节奏、状态和互联网大厂有一拼。每一次会战，每天只睡三四个小时。"戴着头盔的张工说。

没时间写日记，张工就用手机语音先记录下来，然后再找时间整理。对他来说，在雄安的每一天都是崭新而充实、忙碌而快节奏的。

中国电信产业园区在材料紧缺、工期时间短、人员少的情况下开工建设，马不停蹄，昼夜奋战。因为园区除了用于雄安电信技术研发外，还有一个造型特别的建筑将成为雄安新区数字大脑指挥部，后期交由当地政府使用。

使命大于天。园区奠基仪式定于2022年的10月9日，但国庆节期间，雄安新区出现狂风暴雨，46亩的基坑里存了50厘米深的积水。怎么办？

奠基仪式是大事，时间一分一秒都不能耽误。为了确保奠基仪式能顺利举行，10月6日晚，干部职工一起，连夜轮番上岗，用抽水机抽水，用水桶淘水。"我们好像是在抗洪救灾"，大家一边干一边开玩笑。经过整整一个晚上，到雄鸡高唱之时，他们终于将积水全部抽干排净。

三年前，张工初来容东片区的那个晚上，四周还是一片漆黑的荒地，他即便开着车灯，也不能躲过临时修建的水泥板路的颠簸。可三年过后，一栋栋楼宇拔地而起，一座花园似的数字化智慧新城逐渐揭开了面纱。

一个21世纪的中国神话，就在他的眼前。

张工有个5岁的儿子住在北京，虽然经常见不到爸爸，但他逢人就说："我爸爸在雄安新区工作，你知道雄安新区吗？"

这应该是属于"雄二代"的骄傲吧。

每个时代都有每个时代的印记，每一代人都有每一代人的使命。雄安新区，给了很多人筑梦的机会。中电信数字城市科技有限公司和它的员工们，是"雄一代"开拓者，他们把青春和奋斗的故事书写在雄安大地上。相信未来的某一天，他们定可以骄傲地告诉自己的子孙后代："看，这就是我们建设起来的雄安新区，我们可是当年的'雄一代'呀！"

“北漂”归来

“我想做雄安人，不想当北漂。”

当年，从北京师范大学法学系硕士毕业的史润夏放弃了留在北京发展的机会，回到家乡保定，通过国家选调生政策来到保定市雄县县委组织部工作。对于她的选择，许多人不理解，也包括她曾经的恋人。明明考上了央媒的事业编，可以解决北京户口，可她却选择回家乡的县城做基层公务员。

对此，史润夏自有主见。

“保定离北京很近，也许是北京的‘虹吸效应’，家乡很缺乏人才，导致发展比较缓慢。我作为一个保定人，就该为家乡做点事。”2016年的夏天，史润夏走进雄县县委组织部的办公室，正式报到。她被分到雄县北沙口乡担任副乡长，负责乡里的文化、教育及妇联工作。

就在她奔忙的第二年，传来了要设立雄安新区的消息。听到喜讯的那一刻，她感觉自己好像中了大奖，光荣地成为“雄一代”的创业者。

“史乡长，咱们这辈子都是种地的，一代代人习惯了，现在新区鼓励大家创业，我们都不知道怎么开始。”史润夏几乎每天都会听到类似的话，她知道乡亲们着急，要为新区做贡献，她也知道这并非三言两语就可以解决的。不管下班还是上班，她一头扎进乡亲们家中，坐在炕头上，一聊就聊到晚上。

一个干部无论官大官小，只要你肯去老百姓家里，跟他们盘腿坐在炕上，跟他们同喝一壶水，他们就会放松，就会信任你，跟你说心里话。史润夏深入浅出地为乡亲们讲解新区的政策，在她的启发下，乡亲们渐渐地明白了如何创业。他们有的投身于种树，有的当上了森林巡护员，有的开起了民宿、餐馆，乡村里越来越热闹。

为了宣传党的十九大精神，史润夏策划组织了乡镇文艺巡演。本科学习编导专业的她，把书本上的知识都派上了用场，自编自演，把快板、朗诵、广场舞等乡亲们熟悉的方式一一搬上巡演的舞台，以老百姓喜闻乐见的形式，来宣传贯彻党的十九大精神，取得了很好的效果。

一开始，有的乡亲还有些不好意思，但史润夏带头唱、带头跳，乡亲们渐渐在舞台上如鱼得水。她发现每个人身上都有潜能，只是有的人的潜能被激发出来了，有的人一辈子也没有遇到被激发的契机，也就没有闪光的时刻。不要放弃每一个可能性。

一条微信上的文字让她颇为触动：“史乡长，我叫李菊花，我从年轻的时候就爱唱歌，年轻时也在文艺团队唱过，有了孩子后，唱歌的机会越来越少了，你以后有巡演可以叫我吗？我真的喜欢唱歌。”

史润夏想，原来那些普通的农村妇女，其实也有才华，她们只是需要一个自我展示的舞台。

雄安就是这样一个多维度的舞台。

史润夏也在这个舞台上不断实现自己的人生价值，她和乡亲们一样，对新区发展充满期待!

2022年，是雄安新区设立五周年的日子。在和老百姓打交道的日子里，史润夏已经深深爱上这份工作，甚至可以说对乡镇工作越来越着迷。乡亲们需要她、认可她，新区需要她、支持她，这种感觉让她心里特别满足。

伊坊街上的住户

在春天出发，意味着一路耕耘，向着秋收走去。

2017年4月2日，在宣布设立雄安新区的第二天，一支由国内知名专家组成的考察队来到了雄安。他们的工作从“扫街”开始，在马路边上与当地居民了解雄安的过去与现在，甚至开车到农村，了解当地人的生活习惯。这支由上市公司董事长带队进行“田野调查”的队伍，成为新区万千风景中的一个亮点。

这是一支怎样的队伍？嗅觉灵敏、动作迅捷。由深圳市建筑科学研究院股份有限公司的科技人员组成，他们专程从深圳来考察，是为了看看未来的雄安是否有大展宏图的机会。

几天的考察结束，在即将告别雄安之时，团队的负责人感慨地说：“雄安这座伟大的城市必将是无数爱她的人一起成就的，我们也要做第一批在雄安‘吃螃蟹’的人。历史的机遇稍纵即逝，既然我们赶上了这个伟大的时代，就必须义无反顾地投身于这个时代，不做后悔人。”

他同时还说，不来雄安，都不知道15年后中国城市什么样！

仅仅半个月之后，深圳市建筑科学研究院股份有限公司（简称“深圳建科院”）就决定在雄安新区建立分部，选派团队入驻雄安。

他们要为这座新城注入源源不断的绿色发展新动力。

他们希望建设一座与自然共生、让人幸福的城市。青山绿水、碧野柔光让人们的心静下来，享受家园带来的愉悦；一座让人幸福的城市，要有新兴产业、便捷的交通、高效集约利用的资源，让生命飞扬、人生精彩；一座让人幸福的城市，还要有良好的城市保障、善治的政府、健全的教育医疗养老体系、悠久的历史文化传承，让人们愿意在这里和她一起慢慢变老。

这便是深圳建科院的眼光与情怀，也是他们的设计理念。

可是最初来到雄安，环境却不是那么美妙，居住的宿舍和办公室周围“惨不忍睹”。容城县奥威路旁有一条小巷，叫国土巷，深圳建科院雄安事业部成立伊始，选择租用巷内的两个院子。这是典型的北方县城住房，分上下两层，有100多平方米的独立小院。由于建造时间久远，院内设施陈旧落后，老住户基本都搬走了，刚入住时院里到处都是暴露的电线，一到下大雨，小巷里污水横流，进出都要提着鞋、光着脚走路。

蚊虫随时侵扰，苍蝇肆无忌惮，臭味无孔不入，下雨遍地泥潭，就是当时环境的最真实写照。

要建设幸福城市，先要把自己周边的环境改造好，不然事业没有做成，反倒是毁了形象、垮了身体。新区起笔千年，大气磅礴，他们一边做设计，一边从租住的小院、生活的小巷、饮食的饭菜等小事做起。

天天进出的这条小巷，在巷尾处有一面墙，墙外面有高速公路，墙与公路之间堆放着各种各样的生活垃圾，堵心、碍眼、肮脏。他们自己动手，对一人多高、臭味熏天的腐物垃圾全部进行了清理，然后请垃圾清运车拉到城市垃圾处理场。

接着，他们给巷子口换上新土，种上花草，巷子不到一周就改变了模样。周围的居民乐呵呵地从这里走过，说这么一来，竟然都不认识这胡同了。脏乱差的小巷子变成了“口袋公园”，居民们笑了：“我们可以在这里遛猫、遛狗、遛孩子了。”

2017年的冬天，深圳建科院雄安事业部又联合在这条巷子里办公的7家企业，共同对国土巷公共部分进行微改造，并为其取名为“伊坊街”。

伊，即“she”，是三个英文单词的首字母缩写，代表着安全（safety），快乐健康（happiness、health），高效生态（efficiency、ecology），这正是幸福的三要素。同时，“she”还代表着女性的温柔和母亲的宽厚。

小巷内的绿色改造吸引了雄安人。走进小巷，处处可以看出绿色环保理念，巷口镶嵌着用废弃的水管焊接的门牌，写着入住小巷内办公的企业名称，LED屏与小巷内微型气象站的数据相连，用红黄绿颜色标识当天的$PM_{2.5}$的浓度，就像一座城市的“生态钟”。墙外杂乱的电线被整理得干净利索，墙面用白色环保漆粉刷一新，还辅以灰、绿等色块，让人可以清楚识别不同公司的院落。

原先黑乎乎的巷道变得明亮了，泥土地上铺设的透水砖干净美观，雨水能自然下渗，路面两侧预留的泥地既是排水沟又是花槽，栽种着蔷薇、冬青等植物，带来一片盎然的绿意。

除了外观改造，另一个重点是改造排污设备。

过去居民用的是旱厕，挖出的深坑气味难闻，且都建在院落中，大冬天得穿着厚棉袄去上厕所。伊坊街的新居民将旱厕改为室内“水厕”，污水经过降解处理后，排入市政管网，既方便又卫生。就连窗户也都被换成了节能环保窗，配上纱窗，苍蝇蚊虫再也别想骚扰专心办公的同志了。

干净漂亮的伊坊街，让这里的房东乐开了花，他们做梦也没想到搭乘雄安新区兴起的春风，会有这么多有知识、有文化的能干人来到他们身边，将他们住了半辈子的小院改造得如此美丽，令人舒心。

到伊坊街串门、洽谈业务的人越来越多。

在伊街坊的深圳建科院雄安事业部和另外7家企业，还发起了“伊公益”等系列社区营造实践和文化空间创设活动。

周围的老百姓纷纷响应。

多了绿色，城市就添上美；有了文化，城市就有了根。

未来的城市长什么样？雄安建设有三大逻辑：大背景是京津冀协同发展，“牛鼻子”是疏解北京非首都功能，关键是破解“大城市病”。

作为新区交通规划的“操盘手”，深圳建科院团队制定出“8090”指标：公共交通占机动化出行比例达到80%，绿色交通出行比例达到90%。这些数字将高于深圳，更高于世界上任何一个其他城市。

从最开始的三个人，到如今六十多人的队伍，深圳建科院团队在这里成立了雄安总部。在新区的这几年，一般的企业或许也可以做出不小的成绩，路变宽了，楼变多了，资本增长了，知名度提升了；而深圳建科院却兢兢业业，只为了一个目标，那就是让这座城市在新城建设和旧城改造中悄然植入绿色DNA的概念。在新区的这几年，他们没有效仿任何企业，也没有走任何企业走过的寻常之路。他们在研究绿色发展时发现，用三四十公顷的区域做城市的模块比较合适。生活、工作以及市政、道路、交通等城市空间之间的关系，都可以清晰地在这个区域中体现出来。如果这个模块做得好，它就会变成一个生命体，其他街区可以按这个模块进行“复制”。

“幸福都是奋斗出来的，建设雄安新区是新时代赋予我们这代年轻人报效国家的壮美人生际遇，我要用自己的脚步去丈量千年大计，用自己的汗水去为国家大事耕耘。”

民企自有担当

2017年金秋，达实智能全资子公司雄安达实智慧科技有限公司（简称“雄安达实”）成为雄安新区第一批入驻的48家企业之一，同时又是第一家入驻雄安新区的民营企业，也是第一家在新区注册的民营企业。

作为中国智能物联网行业在雄安落户的第一家民营企业，雄安达实积极参与绿色智慧新城的建设，帮助这座新城一天天变成现代化的模样。

雄安达实行动敏捷，在获得首批工商营业执照之前，就以闪电般的速度坐落在雄安新区。公司在紧邻容城县奥威路的地方，设立了占地1600平方米的雄安达实总部，前期筹备仅用了10天，便很快向公众开放，并投入运营。

雄安达实参与了雄安市民服务中心的建设，打造基于物联网的数据采集、汇聚、传输枢纽平台，运用数字孪生理念，构造了覆盖整个雄安市民中心的智能化系统。

雄安达实提供的物联网门禁、物联网考勤、物联网消费等服务，打造了雄安质量的示范性标杆项目，该项目获得了中国建筑领域最高奖——鲁班奖。

2020年春节，新冠疫情暴发，让有几十万建设者的雄安面临巨大的防疫工作挑战。若无事先准备好的负压隔离病房，节后复工都是问题。

雄安新区三个县的医院——雄县医院、安新县医院和容城县人民医院都临时发布了“负压隔离病房”的抢建任务。雄安达实作为智慧医疗解决方案的建设服务商，主动参与了三县医院的病房抢建任务，与雄安人民并肩抗疫。

大年初六开工，雄安达实团队仅用了12天时间，就完成了常规情况下60天才能完成的建设任务。2020年2月25日，雄县医院隔离病房的灯亮了，院长感叹道：“雄安达实用良知和实力点亮了雄安新区第一间隔离病房的灯！”

雄安达实为雄安新区精心打造了很多细节，比如运用物联网本体感知技术对道路设施进行实时监测，在路面上的窨井盖破损后第一时间发出警报，示意行人避让。马路上的窨井盖损坏引起的不幸时有耳闻，但传统城市的治理无法完全避免此类问题。现在的雄安，不需要专人盯守，即使突如其来一场暴雨，道路下方的埋入式路面状况感知终端也会传回实时数据，供交管部门进行路况研判，及时做出处理。

新型基础设施的逐渐完善，让“新基建”理念在这座城市持续落地。

中国工程院的专家表示，“新基建”需要打破原有城市治理模式中的数据壁垒，实现融合共享，新区走在了探索实现融合共享的前列。

由此不难预见，在未来的雄安，各种新标准、新技术将成为推动“新基建”的一大助力，其中，打破数据壁垒，实现更多的数据共享将成为常态。

要在如此庞大的国家战略中有所发挥，企业必须兼具硬实力和软实力。雄安达实将科技创新的实力与勇于担当的精神相结合，努力打造高格局、高境界的企业，不负时代，不负雄安。

好“眼神”

在新区容和塔旁的一个创意广场上，立着一行大字——我来雄安了。

“自从工作后，我一直处于在外漂泊的状态，当2017年12月北京眼神科技有限公司与雄安新区签订合作协议，我们作为中关村第一家也是唯一一家人工智能企业，成为首批签约雄安新区的中关村企业之一。拿手的‘黑科技’技术，如面部识别智能门禁系统、智能虹膜锁、蓝牙指纹仪等一一落地雄安新区，这不仅为雄安新区发展带来了高科技元素，也为我们带来了荣誉感、使命感和归属感。就是在那一时刻，我望着到处是‘开荒’、到处是‘脏乱差’、到处是‘泥土路’、到处是‘贫穷的村落’的雄安，忽然有种想要扎根的感觉，因为这里的一切都将旧貌换新颜，雄安新区建设的魅力、规划的魅力和开荒拓土的豪迈，让我着迷，让我热血沸腾。”

年仅33岁的北京眼神科技有限公司事业部负责人李强说道。

眼神科技的“黑科技”，就这样落户雄安了。

有人这样形容雄安，她每一天的“拔地而起”都是壮观的，她每一天的“破土而出”都是举世瞩目的，她每一天诞生的“黑科技”都是令旁观者瞠目结舌的……她无愧为全球首个数字孪生城市，无愧为智能城市建设探索实践的拓荒牛，也无愧全国乃至全世界智能城市建设的范例和标杆。

2022 年 4 月，雄安市民服务中心已是春意盎然，楼前的树枝已吐露新芽，眼神科技和多家其他北京企业在市民服务中心北部的企业办公区办公。

眼神科技的科研人员大多是从全国各地来到雄安的。前年随公司项目调动来到雄安新区的小李，两年后萌生新的想法：告别“牛郎织女”的生活，把老婆孩子从北京接过来，扎根在雄安。

小李曾和公司“拓荒大队”的同事，最早来雄安新区进行实地调研，设立办公地点。那时从北京来到雄安，迎面扑来的是四面空阔的风，没有想象中高楼林立、车水马龙的街道，有的是一路上的尘土飞扬，马路两边晒着的金黄色玉米棒子，还有正在劳作的农民，这一切让他记忆犹新。

小李也算是走南闯北的人了，虽然有心理预期，但眼前的景象还是有些出乎他的意料——这里是一片未开发的处女地。

可他转念一想，如果建设好了他还来干吗？深圳开发没有赶上，浦东开发没有机会，雄安开发正逢其时，他不想失去这个千载难逢的机遇。就这样，他一年年坚持干过来，雄安成为小李最不愿意离开的城市，他决定把老婆孩子都接来，以后就是雄安人了。

作为眼神科技首批来到雄安的骨干，小李和他的同事们雄赳赳气昂昂地奔赴这片战场，想家的时候，打开视频通个话，可每天和家人约好的视频时间总会被工作打乱。他们不时有试验失败后的沮丧，还有加班时的抓耳挠腮，但一个个难题解决后的那种畅快却又是最美的享受。

记得新区第一个春节来临之时，大家正准备高高兴兴把家还时，领导却突然召集开会，大家还以为是放假前强调安全，没想到领导却神色振奋地告诉大家："我们临时接到了雄安新区第一个生物识别示范项目，为了让这个智能化项目尽早落地，我们不能回家过年了，春节只能在雄安过了。"

不需要更多的动员，眼神科技的同事们二话不说，在新春佳节立即投入软硬件的智能化开发，入场调试、部署安装。五天四夜，没有人稳稳当当地吃上一顿踏实饭。人人争着工作，却劝慰同事们去休息，直到整个项目保质保量的上线。项目得到雄安新区管委会的高度认可后，大家才抽时间欢聚了一次。

疫情突发，作为一家人工智能企业，他们心急如焚。在眼神科技的办公区，悬挂了一幅标语："病毒无情，AI有情"。

为助力防疫，眼神科技第一时间决定，发挥多模态生物识别融合技术优势，抓紧科研攻关，经过十多天的反复研究，采用了生物识别与测温技术相结合的创新模式，构建"视神"智能防疫综合实战平台，实现了"无接触式"身份核验、体温检测及异常告警一体化，迅速研制出了"多模态智能识别防疫系统"。

这套防疫系统的问世，让人们大开眼界。

常规的手持测温枪在寒冷条件下测量不准确，体温数据不可追溯，而这套防疫系统却克服了这些问题。目前在雄安新区的众多场所都能见到它的身影，在白洋淀高铁站的旅客进站和出站口的测温系统，均可实现面部识别和体温同步检测，旅客无须摘掉口罩、无需接触，即可秒速完成身份核验和体温筛查。

与传统人工检测相比，智能防疫测温系统不仅大大提高检测精度和通行效率，还能实现对未戴口罩及发热人员的智能告警，第一时间筛查异常告警，有效助力了疫情防控。

人们说，眼神科技是与雄安新区智能化城市共同成长的又一典范。

一个个智能“黑科技”引领潮流，一次次智慧创新应用吸引大众，由一批批“雄一代”科技人员的心血和智慧凝聚而成的“数字城市”初现端倪，一个伟大时代催生的科技创新成果，正在这片土地上化为温暖千家万户的美好生活。从独立的智能建筑到庞大的智慧城市，从有温度的智能家居到井然有序的智慧校园，眼神科技的AI智能技术应用到智慧办公、智慧安防、智慧征迁，真是名副其实的好“眼神”。

金鳞壁

雄安新区有一个地方，融“一方城、水归堂、金鳞壁、云亭台、电驿站”等特色为一体，是践行新发展理念，与启动区城市风貌相融合的精品工程、典范工程。这就是220千伏7#变电站及电力调度生产运维中心项目。

名字很难记，理念很前卫，工程很典范：

大吨位整体式预制拼装综合管廊主体建筑；

国内首个220千伏变电站与调度中心融合的站楼一体式建筑；

城与园的融合、自然生态与城市景观风貌相融合。

2021年10月1日，雄安新区的施工现场，塔吊气派，红旗招展，人声鼎沸，车辆穿梭。这是在国庆的节日气氛中，给祖国最好的献礼。

一座方城式建筑已现雏形。

这是一个全新的项目，首次采用“站楼融合模式”，将市政基础设施与公共建筑进行一体化设计。

“站”指的是变电站，位于建筑群的西北侧，“楼”指的是调度生产用房。站楼融合模式在国内尚属首次，它突破了以往变电站的传统形象及工业气息，成为了新时代的“市政综合体”。

国家电网的一名项目经理说，项目按照“五大设计理念”建造，是雄安的一大特色。何谓“五大设计理念”？

“一方城”，借鉴了紫禁城的传统经典，秩序严整的方城与生态自由的取水形成了鲜明对比，实现了人工与自然的巧妙平衡。

“水归堂”，顾名思义，指的是院内的设计，有水有草，有庭院园林，可游、可栖、可对外开放。

“金鳞壁”，指的是在外部形象的塑造过程中，借鉴金鱼鳞片的形态，将传统的美与现代的实用相结合，设置双层幕墙系统，提升了外围结构的节能效率，达到新区的绿色建筑三星标准。

“云亭台”，是指玲珑亭台可望淀观景，为人们提供了登高远眺的绝佳视角。南侧是白洋淀，紧邻生态绿地。站在这个观景台上，可视野开阔地望向远方。

“电驿站”，体现出用智慧电站点亮雄安这一核心设计理念。变电站的上方打造了电力科技展馆，为公众进行电力科普。这是一个智能化的变电站，不仅能进行电网调度，同时还是面向大众展示科技的现代场馆。

将这一切变为现实的建设者们，值得骄傲。

中建八局是首批入驻雄安新区的央企建设单位之一，无数青年从祖国四面八方汇聚于此，一支成员平均年龄不到30岁的项目团队建成了。他们以党员先锋为骨干，充满朝气，从赤日炎炎的夏季到寒风凛冽的冬季，从第一台塔吊安装到第一块基础底板浇筑，辛勤付出，日复一日。

容东片区C组团安置房项目也由中建八局承建，作为雄安新区的大型民生工程，项目承担着转移安置首批新区居民的重要任务，安置房涉及8800余户，总人口近2.4万人。总建筑面积约为161万平方米，包含147栋住宅（8814套）、3栋公寓、2所幼儿园、1所初中、1所高中等。

按照新区住宅的设计理念，构建“15分钟社区、10分钟邻里、5分钟街坊”生活圈，形成多层级、全覆盖、人性化的基本公共服务网络，打造宜居宜业、绿色智能新社区。

如此宏大而要求精细的工程，让所有的建设者都倍感使命重大。许多年轻人走上雄安工地时还不到30岁，伴随雄安走过了几个年头后，一个个皮肤变得黝黑了，气质成熟了。作为雄安建设的拓荒者，也许将来没人会记住他们的名字，但做好当下的每一件小事、完成好每一项任务、履行好每一项职责，就是青春最美的模样！“支部建在项目上，党旗飘在工地上”，施工现场飘扬着党员先锋旗和青年先锋旗，引领项目创优创效。

几年间，好多年轻人只回家过过一两个春节。

每一个建设者都会有挥汗思乡、笑望亲人的时刻，但他们在倡议书中写道：“大家”先于“小家”，个人服从组织。每当看到年轻人在休息日还奋战在一线的时候，年长一些的大哥大叔都会心疼不已。在新时代的嘹亮歌声里，中国的建筑师们，以实干为底色，以奋斗为注脚，以奉献为语言，以吃苦为家常，在雄安这座未来之城写下的新时代“建筑故事”，将永远镌刻在时代的篇章里。

工地上的幸福指数

这是容西E标段工地北京城建集团办公室，尽管是简易的活动房，但干净整洁；尽管是建筑工地的办公室，但不缺文化气息。

一个中年汉子坐在我们对面，戴一副眼镜，穿一身北京城建特制的蓝色工作服，与普通工友没有什么区别。他身后的一幅书法，行草狂放，应和了苏东坡大江东去的气势，熟悉的诗句，很快就读到了句尾，一看落款——杨崇学，居然就是坐在我们面前的这位——北京城建集团雄安容西片区E标段项目书记。

军人出身的杨崇学有着多样的文化情怀。

北京城建集团的前身是基建工程兵北京指挥部。1983年7月1日，在北京市五道口的团部大院，杨崇学与战友们集合完毕，团长说，为响应党和国家的号召，部队就地转业，成为一支支援地方建设的新军。“摘下军装上的领章和帽徽的那一刻，战友们都流下了不舍的泪水。”

基建工程兵的这个团就此被改编为北京城建总公司——北京

城建集团的前身，转战首都建设的新战场。

杨崇学在这个集团一干就近40年。

集团年年都会招收一批大学生，同时也接收退伍军人，老兵、新兵、大学生，三位一体，锻造成了一个具有军人气质的队伍，也锤炼出坚定的红色军旅文化。

一个企业的文化需要几代人的共同努力、坚持和创新。

每月的第一天，是北京城建集团的升旗日。这一规定仪式，从城建集团成立的那一天开始，已经近40年了，无论是寒冬还是酷暑，无论在国内还是在国外，从未改变过。在雄安容城的工地上，也是如此。

建筑行业从业者最大的特点是四海为家，他们随着工程的竣工而迁徙，又开工，到一个新的地方，不断辗转。怎样把人留住，把人的心留住，心甘情愿地追随企业，是扎在雄安容城的北京城建用心思索的。

在参观食堂时，一进门就闻到了菜香味。问了几个工人，饭菜如何，他们都说挺好吃的。

办好食堂，是北京城建的惠工措施，工人们干活都很辛苦，大部分人都是远离家乡，要让他们吃得好、睡得香，要把企业办得像一个家。杨崇学说，家是什么感觉呢？温馨，一个人有困难的时候就会想到家。

昨天管委会召开会议，向大家征求意见，饭菜是否合口，价格是否便宜。大家提出了一些意见，但总体认为不错。

食堂左右两边各有8块文化宣传板相互对应。

第一块写的是：工友兄弟姐妹们，大家辛苦了，欢迎您回家用餐！

看到这行字的人，心里会暖暖的。

在雄安的任何一个工地，凡是在咱们这吃过饭的，都感觉饭菜好，天南地北的菜品都有，不管你是哪的人，都能吃到家乡的菜，比如重庆火锅、云南米线、东北酸菜……想吃什么，如果今天没有，只要有人提出，明天就一定会有。根据大家的意见，食堂一周换一个食谱，丰富不重样。汤是免费的，随便喝。

北京城建的工地片区设立了三个食堂，好让工人们就近休息，就近吃饭，少走路。为了让大家吃不腻，三个食堂的厨师三个月就轮换一次，换厨师再加上换菜谱，口味肯定就“大京华”了。

工友们早晨起得很早，晚上下班也很晚，为了保证大家能够吃上热乎乎的饭菜，食堂的营业时间与工友们上下班的时间同步。早餐六点半开始，因为有些工友是年轻人，早晨来不及吃早餐，所以中餐十点就开始了。晚餐从六点一直到十点半，如果有加班的工友，食堂会给他们备着夜宵。

工地现在有六七千人，2022年项目进入装修阶段，工种又增加了很多，人员也随之增多，高峰期的时候，工友人数在1万人左右。一万人同时就餐，食堂压力很大，所以，提早开餐与拉长午餐时间，较好地保障工友们的吃饭和休息。

为了尽可能让每一个工友都满意，食堂还设立了特色柜台，提供小炒、火锅。比如说，有的工友要求便宜，吃饱就行，不吃什么好菜，那就供应快餐、便宜的饭菜、免费的汤。还有的工友喜欢三四个人一起吃，就有99元的四人餐，一个锅，几条鱼，再加上些蔬菜，每人还可以喝一瓶啤酒。如果只吃饺子、馒头、馅饼再配一个菜，或者凉皮什么的，就既省钱又快捷。

集团领导给食堂提了不少要求，比如每餐必须有特色菜，每餐必有特价菜。食堂还创新推出3元一份菜，或半份菜，肉菜也可以打半份，目的就一个——让每一个工友吃得可口且满意。这在其他工地的食堂是没有的。

吃得好，还要住得好。

在北京城建的工人宿舍区，每个房间的床为上下铺，可以住八个人，但只住四个人。一是疫情期间，降低交叉感染风险，二是拿出一个床位专门放行李。宿舍里配了USB插座，保证手机随时充电。Wi-Fi全覆盖，语音电话都方便。现在的工人越来越年轻化，他们喜欢上网，休息时看看电影和综艺节目，平时会跟家里人视频，让家人们看看工作和生活的样子，让家人放心。

每个房间都配备了冷暖空调，冬天暖和，夏天凉爽，同时还配备了桌子凳子，供工友读书看报。

工地一侧可以看到一排两层的活动房，整齐划一，一层是女生浴室，二层是男生浴室。

建筑工人整天在尘土飞扬的环境里工作，过去洗澡很困难，但北京城建的工地解决了洗澡难的问题，无论冬天还是夏天，工人每天都可以洗澡。工人生活区里有理发室、小超市，还配备了好几个吸烟室。白天辛苦劳累的部分工人，以前总爱回到宿舍，躺在床上抽支烟，但这是不允许的。为此，北京城建专门安排了吸烟室。

施工现场设置了3个饮水站，供上下班打开水。夏天高温，气温达到38摄氏度甚至40摄氏度，现场还准备了冷饮和绿豆汤，为工友们解暑降温。

我们跟杨崇学聊了很久，他说起企业文化，非常动情。

“做企业就要做成一流，而一流企业不仅仅是能干活，还要能拢住人心。在我们企业的特色文化里还有庆生宴。我们是集体生活，当兵时就是这个传统，我们都是从五湖四海走到一起的，平时谁记得自己的生日呢？集团有个不成文的规定，每个月会将这个月出生的员工集中一起，给他们办庆生宴。工人们可能忘记自己的生日，但我们不能够忘记。吃一桌酒席，买一个大蛋糕，当我看到他们快乐无比的样子，我特别高兴。”

“工人们付出了辛苦，我们要让他们有存在感，有家的感觉，在企业有亲人的体贴。每到月初，综合办将这个月过生日人员的名单发在企业项目群里，别提多热闹了，从早到晚，大群里满屏是生日快乐的祝福和感谢企业的话，当你看到这些的时候，就会感受到满满的快乐。”

一个企业的和谐是需要营造的。

“施工周期比较长，除了工地就是工地。我们建了篮球场、乒乓球场、羽毛球场、象棋室，让工友们的业余生活丰富些，不能除了干活就没有别的爱好。今年元旦我们为赶工期没有放假，但毕竟这是一年之始，新年要有新气象。我们组织大家开展文体活动，像套圈、拔河、乒乓球、羽毛球、打扑克牌、猜谜语，有十多项活动，每一项获胜者都有奖品。晚上举办了一场元旦文艺晚会，没有想到工友们真是人才济济。演出节目都是大家自编自导自演，最多的是唱歌，唱得不比专业歌手差。我们所有人都可以报名演唱，有一位保洁大姐，她是东北人，一首《这么多年没有回家》唱得好极了，许多人都流下了眼泪。河北电视台播出了这场元旦文艺晚会，合肥电视台也给了三四分钟的报道时间。主持人说，北京城建集团这种家文化不仅是凝聚力，是和谐的黏合剂，更是动员令。我们通过他们一张张的笑脸，可以看出他们在工地上的幸福指数，这是雄安的福分，更是工友们的福分。”

工地上彩灯串串，容西工地呈现出一派绚丽辉煌的盛景。工地上的幸福指数与这景色融为一体。

夜空星光闪烁，偌大的星空，星星各自亮着，和谐共生。一个企业，如同一个家，只有家家和谐，国这个大家才会呈现出更加和谐繁荣的景象。

第七章

口述史：我是雄安一棵树

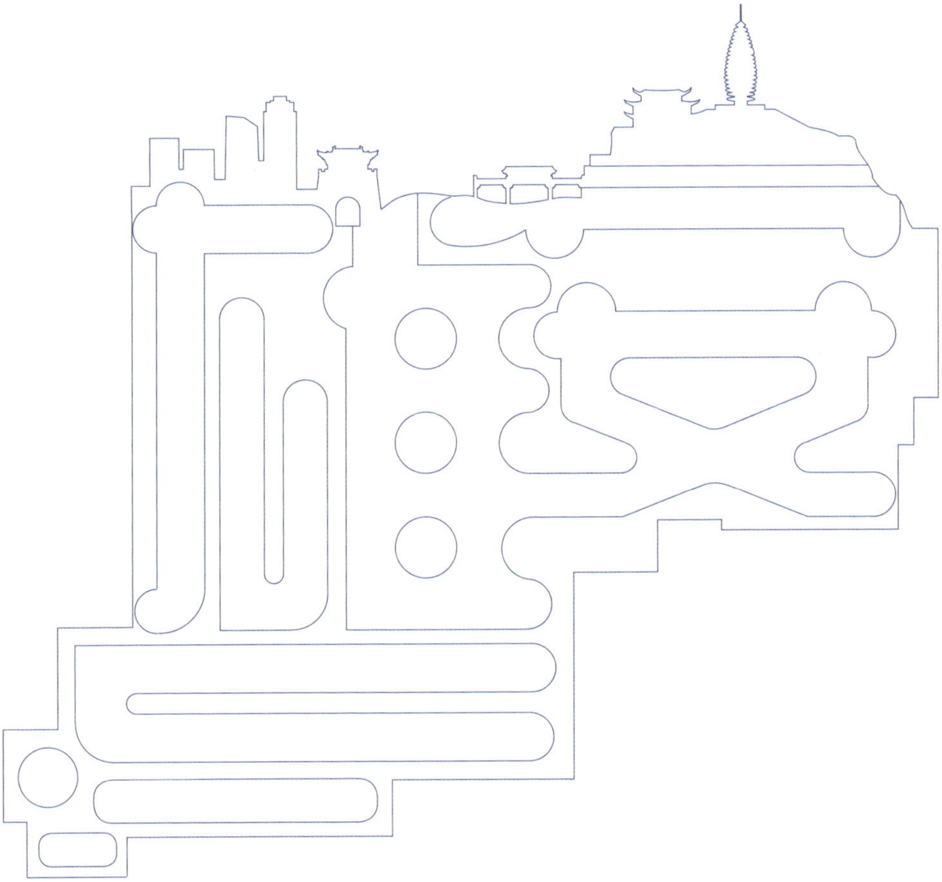

人生课

赵金刚，北京城建集团有限公司员工。

我叫赵金刚，1996年出生。2014年入伍，入伍之后考上了北京武警特种警察学院，在雪豹突击队服役三年。因为我们学院隶属猎鹰突击队，后来又在猎鹰突击队服役了两年。

武警特种警察学院训练非常艰苦，我荣获过4次三等功，12次嘉奖，2次全军优秀参谋。

从军5年，我参加过3次阅兵任务，最后一次是2019年10月1日的国庆阅兵。2020年转业到了北京城建集团。刚刚进入到企业的时候，并没有感觉到什么特别的，但在短短的2年中，我在感动之余对企业有了信赖感和融入感。

我在城建参加的第一个项目是中国党史馆项目，遇到的第一位项目经理是王恒，也是我第一次接触建筑工程的领导，他的所作所为让我感受到了这支建筑企业队伍的与众不同。

王经理的家离工地只有20分钟的车程，但他没日没夜地盯在工地上，很少回家。有一年春节，他大年三十和初一都在工地，初二、初三回家看了父母和妻女，初四一早又回到工地。

最让人动容的一幕是他和女儿的一次视频，他女儿叫着爸爸，然后说："爸爸，你再不回家我都不知道你长什么样了。"

还有一个感动我的人，是杨书记。

一次在工地听到有几个工人在一起聊天，他们也没有避讳我。一个人说，今天早上他的一个老乡来电话，他的钱要回来了，没想到杨书记凌晨两点还接他的电话，帮他要钱。原来他们承包公司的老板说话不算数，欠了他们40多万元。他把事情向杨书记说了，第二天一大早，杨书记亲自带着这个老乡，为他操办住宿，请他吃早点，还对老乡说："你们大老远过来要账，又在我们企业干过，我们不能让你们住外面，本来你们工资就不多，在外边吃住也很贵，就跟以前在企业里一样，跟大家一起吃饭。"经过杨书记9天的忙活，终于帮助老乡把钱要回来了。老乡说，如果再出来干活，一定要选择北京城建。

这件事，让我看到了我们的领导既有军队作风又有体贴为民的情怀，我来这里是来对了，来值了。

如今我又跟着杨书记来到雄安容西E标段。也是听工人说的，2021年9月，咱们集团给一家承包公司拨款100多万元，但是那个承包公司的小老板竟然携款逃了。几十个工人没有办法，只好找到杨书记。杨书记用两个月的时间，派出两拨人马去找，终于找到了这个包工头，把工人的钱要了回来，一一发放到每个工人的手里。这在雄安工地被传为佳话。

有年大年三十，半夜1点钟，有个工人打电话给杨书记："杨书记，他们欠我的工钱，我要讨薪。"杨书记说："你不要光说你要讨薪，你要说事情的经过，为什么欠你薪，欠了多少。"

电话挂了，一个小时后又打来了，还是那套话，说了半天最后说自己喝多了，具体欠多少钱第二天再打电话告知。

你看杨书记这年过的。但工人就是信任他，我曾经问过他们为什么那么尊重杨书记，他们说，在容西工地流传着一句话："钱是我们工人的命根子，讨薪要找杨书记，他不仅能给你一个满意的答复，还保准替你把欠款讨回来。"

第三个让我感动的人是我们的项目经理李俊。他比较年轻，是一名大学毕业就投身城建的党员干部。他平时不爱说话，一天他接到妻子的电话，五岁的孩子高烧不退，妻子急得直哭，李经理心里很急，找到领导汇报了此事。领导一听，让他赶紧回家看一看，小孩发高烧不能大意。李经理一边答应一边忙着处理事务，一个小时后才开着车向北京赶去。

然而晚上8点，集团办公室突然电话通知，要求每个标段的项目经理开会。李经理已经上了高速，开了快一半路了，却毅然掉头回到公司。领导一看到他，低声问他怎么没有回家，他说，孩子已经安排好了，会议很重要，通知要求项目经理不能缺席，我不能搞特殊化。

短短几句，让大家既敬佩又感动。

北京城建的每一位干部都对家庭亏欠太多。

在与工人们接触中，也有许多感人的事。有一位师傅年龄不小，应该五十六七岁了，他特别瘦，给人感觉就是一副弱不禁风的样子，但是他特别能吃苦也能干。无论什么时候去现场检查，他都在干活，没日没夜地干。早上八点他就到现场，挑那些混凝土，一个人默默地把担子挑到指定地点，干到晚上八点，只有中饭、晚饭跟大家一起吃。大家都下班了，他还在加班，直到深夜。其实他是班组长，本来可以不干活，指挥大家干活就行了。

他每次吃饭时，总是躲在一旁吃馒头和半价菜，不像年轻人，干了一天累了，吃好菜喝啤酒，他很节俭，把钱都省下来了。

王馨，北京城建集团有限责任公司员工。

我叫王馨，2021年7月毕业于河南理工大学。我来城建的初衷，是因为我女朋友先来到了北京城建，她告诉我城建是个非常好的企业，待遇好，领导有亲和力。我是学安全工程的，专业对口。

听了女朋友的介绍，在实习阶段我就来这里了。先进安保部，负责工程验收。比如说，盖楼都要搭脚手架，如果搭不牢会出现大事故，我就负责验收脚手架，确保安全。

我是五月来到雄安的，那时天气已经开始热了，到了七八月份，天气就燥热得受不了。毕竟河北是平原地区，没有山，绿化也少，那时候白洋淀水量也小，气温基本上是三十七八度。在工地上检查，来回走走，全身都已湿透了，更不用说爬楼干活了。我有些受不了。可能是同事们看出了我的心思，悄悄对我说，看看老陈。我知道老陈是负责现场塔吊安全运转的，这个工作要求他每天要对每一台机械检查到位。

我们容西E标段现场有80多栋楼，基本上每栋楼都会立一个塔吊，80多个塔吊，老陈要一个个检查，且不说工作量有多大，就是数一遍也不容易。春秋天的时候还好一点，到了夏天就难受了，我们年轻人都不想走出项目部，因为里面有空调。大热天，从项目部走到工地，就算什么都不干，浑身也会湿透。

那段时间，由于我在安保部，天天要在现场检查安全，每天都能碰到老陈。他天天在现场，80多台塔吊，一台台地检查，一丝不苟。那天我见他衣服都湿透了，有些心痛地说："您天天检查这80多台塔吊，没有出过一次事故，天气这么热，您可以两天检查一次，大热天的没有必要天天检查。"

老陈说："领导和同事们信任我，我不能给领导和企业丢脸，这关系到人命，一旦出现事故，不死即伤。"

他的话很朴实，让我看到一位老职工的执着和坚持，对我触动很大。他们那一代老兵几十年不变色，是我们的榜样，这种铁军精神和对工作一丝不苟的精神，比喊一百次口号都管用。

2021年9月，我到了技术部，主要工作是写现场施工方案。技术部和安保部的共同之处是工作特别细，需要深入施工现场了解工程，加班是家常便饭。我们有时候甚至要加班到凌晨三四点钟。我觉得基层员工加班是很正常的事，但我发现我们走的时候，总工的办公室总是亮着灯，从窗外可以看到他双手托着腮，一动不动地盯着电脑屏幕，有时还显得一筹莫展。我知道总工一定是在为施工中的问题、难题发愁。我们的项目体量比较大，他坐在技术总工这个位置上，压力有多大可想而知，如果施工现场在技术方面、质量方面出现问题，他作为总工都要承担责任。

我是从学校直接跨进企业的新兵，对我们城建集团的军旅文化感触特别深。我们这一批毕业生，基本只参加过军训，没有当兵的经历，没有接触过军旅文化。来到这儿之后，所见的处处是一种部队文化，一切都是令行禁止，感觉自己也像当了兵一样。部门下达了命令，没有什么可说的，就两个字：执行。

所以人们常说，北京城建是家和文化、军旅文化、校园文化结合的企业，越来越多的毕业生加入我们这个阵营来了。

有件事让我终生难忘。去年5月我刚到企业，实习才半个多月，奶奶5月20号突然去世了。我从小是奶奶带大的，一听奶奶去世的消息，想都没有想，就买票走了。我谁也没有招呼，就这样走了。

因为我是实习生，7月才正式毕业，毕业之前还有许多事要处理，一是参加奶奶的丧事，二是到学校办理毕业手续，这样一来，大概会离开企业三个月。

当我再回到城建的时候，杨书记把我叫到办公室，让我补个假条，写清楚为什么请假。我写清楚了原因，请杨书记签字。杨书记看完我写的假条，说："奶奶去世、回学校办手续都是正当的，企业会支持你的，而且你奶奶去世单位还会给你一点慰问金。但你不应该说走就走，没有向任何人请假，一是你走了之后工作没人干，二是你这样不明不白地走了，万一出了问题企业如何向你的学校和家人交待？企业是有纪律的，有条例规矩的，不是你想来就来，想走就走的，那样的企业怎么干好工程，怎么管理员工？"

杨书记签好字，又说："如果是老员工，这件事要严厉批评，而且要予以处罚，念在你当时还不是企业正式员工，只是个学生，组织不会处理你，但这件事你要引起重视，写一份检查，要深刻。如果企业员工都像你一样，企业还是企业吗？企业还能打硬仗、完成雄安建设这么重要的任务吗？"

说着，杨书记口气缓和了些："我们企业的文化中有一条是家和文化，就是企业是个大家庭，你们是家里的孩子。允许孩子犯错误，但犯了错误要批评，要让他知道错误犯在哪儿了，今后怎样改正，这样你们才能健康阳光地成长。"

那次谈话对我触动很深。我认识到自己犯了严重的错误，对自己原本不懂规矩、没有组织的纪律观念等方面，都做了认真的检讨。

我把检查交给杨书记，他看完后说："你的认识很深刻，的确像你所说，如果是正式员工，我们的制度是很严格的，犯这样的错误，会被开除、退回原学校。我想这件事，对你在今后的成长过程中是有教益的，希望你能够以此为鉴。”

当时杨书记的话让我又感动又羞愧，更让我感到问题的严重性。如果杨书记按章办事，将我退回学校，于我将是很大的打击，为此我从心底感谢这一堂人生课。在雄安经历的这些人和事，让我对未来该怎样走在正道上，有了清醒的认识。

从“扫街”开始

文化公司经理。

我是在雄安新区设立之初来奥威路的。那时新区虽然已经正式设立，央企、私企和各式各样的人鱼贯而入，一时间小小的雄县成了“香饽饽”。

来了之后，大家就热情高涨地开始结交朋友。我们叫“扫街”，就是沿街拜访，见到有挂牌子的就推门进去。大家都是外来客，彼此之间很亲切。往往一条街从头到尾都是各大央企，大家见了面就开始递名片，一起吃饭、喝酒、谈未来。

在交流中我了解到，央企、国企的资金很紧缺，压力也很大，如果没有项目做，没有业绩，对上级就没有办法交代。他们既然来了，就要“扎根”下来。

我是来雄安做文化的，计划做传媒公司，因为新的城市，新的土地，哪里都需要宣传。

我是带着实实在在的项目来雄安的，当时想做红旗汽车相关的活动。我一直负责这一块，而且央企、国企现在都提倡坐国产车，那红旗车一定是首选。所以我们提出了“新红旗、新梦想”的口号，一起兴高采烈地到了雄安。容城当时是一个闭塞的小县城，就像一个大点的镇。进了容城县，在里边转，根本没有几栋楼，全部都是村子。

第一次来，我们居然没找到“雄安”，就悻悻地回去了。第二次通过一个朋友了解到，容城其实规划得特别好，比如市民服务中心里面就都是新能源车。几个新认识的朋友一起研究，只要有人，吃、住、行是免不了的，我们可以在这些领域里做文章。

说干就干，我们几个朋友首先瞄准“行”，把红旗车引进了容城，开始策划一场车展。广告宣发出去了，人员招募好了，万事俱备只等东风了。万万没想到，突然接到一个指令，目前不允许办车展，需推后。

只能等。一个月后，还是说不能办车展。展览撤了，损失了一部分资金，士气受挫。我们心里更加着急了，今后到底该怎么办？

终于挨到了2019年10月1日，这是个大喜的日子，容城开始正式拆迁了。速度很快，一周就拆平了。凭直觉，接下来会有项目做。因为拆迁之后，百姓手里有钱了，应该会有买车的需求。于是我继续寻找机会，联系了4S店的人带车过来巡展，场地就设在一个村里面，目标消费者是拆迁后的村民。但事与愿违，几场巡展下来仍然达不到预期效果。

新能源车租赁或许可以试试。于是我成立了一个租赁公司，无奈效果仍然不理想。

几番折腾下来之后，我放弃了“行”的计划，把眼光投向了“吃”，毕竟民以食为天。我开始了各种考察，计划做餐饮。但是依旧事与愿违，了解之后才发现，餐饮这行面临的问题更多更复杂，自己没有经验，也不适合做这行，于是再次放弃了这个打算。

“吃、住、行”，目前就只剩下了“住”。总结之前的种种经验，思考之后，还是在“住”上做文章相对稳妥，也有发展空间。

这一次的选择对了。2019年是新区租房高峰期。容城的房租一开始很低，各家央企国企来了之后，有了大量的住房需求，也逐渐带高了房租价格。

我和朋友在容城一起租的第一批房子很划算，一套院子年租金才1万多块钱，后来很快就涨到2万、3万、4万、5万多。租下房屋后，我们开始装修，风格是按照当时的民宿风，计划装修好之后经营民宿。但是计划没有变化快，很快有政策说民宿不合理，不允许再进行民宿经营。于是装修好之后，我们就把院子整租了出去。如今这样的院子在容城我们有十几套。

几番折腾之后，我心里还存有对老本行传媒的念头。院子也租出去了，人再次闲了下来。接下来，该有新的考虑了。

这一次是和基础建设相关。开始时是和中冶的朋友联合，为他们策划一些晚会节目，还有为交通设计院拍摄简单的宣传片。后来有机会，我又为一些央企工地做标识设计。央企特别注重形象，对这一部分的费用投入很大，基本上每个工地都有三五百万元经费。后来，我们也做起了临时围挡相关的工作。

看着发展前景不错，为了宣传自己的品牌，我们又设计了几个展厅。一切都越来越有起色了。

因为央企财务制度的特殊性，资金循环很慢，导致我们企业的资金压力比较大，但是收获同样很大，相当于进入了一个新的行业领域。后来又接触到简易集装箱业务，并成立了一个公司，但是总体来讲，收益基本和成本持平。

从2021年开始，公司进入了盈利期。

创业不容易，曾经好多人来雄安，后来也走了好多人。但我信守的是坚持，坚持不断地学习，是一个人毕生的功课，是一个人成功的必备条件。一旦放弃，满盘皆输。

关于雄安，我认为这是一个自我提升的平台，如果没来雄安，我不会有机会开拓自己的视野，认识各领域的精英，接触多种多样的行业，我的观念、眼界都有了很大的变化。经历的挫折多了，反而让我有了更大的承受力和信心，积累了很多经验。我始终坚信，如果是金子，在哪里都会发光。

虽然是这么说，但是真正面对现实中发生的各种问题，心里难免会起起落落。在2019年的时候，公司发生了一次变故，让人心力交瘁。当时，我虽然目睹了许多人离开雄安，但没有萌生丝毫退意，这是源于我对雄安的信心。

一路走来，有沟有坎，但我的初心没有变。我希望能够好好工作，善待家人、朋友和合作伙伴，对社会负责任，对企业负责。

作为保定人，我来雄安打拼新天地，感恩自己的幸运，感恩自己一路走来遇到的许多志同道合的好朋友。我相信自己，更庆幸我选择来雄安发展。我一直确信，在雄安，未来会有更大的收获。

我是做设计的

董学志，设计公司负责人。

我叫董学志，安徽人，1987年出生，毕业于苏州学院设计系，毕业后，在装修公司工作。

那是2017年的国庆节，因为我的同学在雄安搞装修，请我来玩玩，我就来了。没想到他突然接了个急活，正好是放假期间，也没有人，就让我帮他一起设计。

我跟家里说，几天就回家，可20多天了还没有回家，父母不放心打电话来问，我说同学这里有个急活，我帮他做完就回家。结果，我一待就是半年，又设计，又搞装修，什么活都做，挺累的，但有一点好处——把装修这点事大概搞明白了。

当时缺人手，我叫来了不少原先在安徽公司的同事，大家一起干，公司也越做越大了，设计方面由我负责。

但干着干着，我想自己单干了。因为我和同学的设计理念不太一样，我设计的东西，我同学不太喜欢，而他的设计，我也不太喜欢。

这期间，我原来公司的老板也在找我，希望我回安徽，说那边也缺少人手，还要给我涨工资。

正在我犹豫的时候，我遇到了在一次会所开业活动中认识的申姐。申姐说她买下了一座院子，想装修成江南风格，想着我是苏州学院毕业的，又是安徽人，对南方的建筑应该很熟悉，她想请我来设计。

这时候，我同学的公司正在做一个央企的设计项目。那是个大工程，需要几个人共同设计，但我觉得不能彰显个性。我就跟同学说想给申姐设计，他同意了。我和申姐谈完项目，在回公司的路上，想干脆自己成立一个公司。我有人，也有项目，自己干，天地要宽些。

我就把这想法跟同学说了，同学开始不太高兴，但我说，我和他设计理念不一样，他是做大生意的，而我只想做些我喜欢的内容。是他把我带到雄安的，咱们是同学，如果之后项目他有需要我的时候，我肯定不会袖手旁观。

我同学也想通了，说我单干是好事，需要他什么帮助就说。

就这样我单干了，第一个项目就是这个梧桐小院。

我要感谢我的同学，是他让我留在雄安的；我也要感谢申姐，是她给了我第一个项目。

来雄安五年了，是我的所学成就了我，也是我结交的人成就了我，更是雄安成就了我。

自从做了梧桐小院以后，我的订单就络绎不绝，这小院成为了我的一张名片。

有了成功案例，别人就会主动找上门来。现在我不仅给私企、个人装修，还有更多的活儿，比如公安局、检察院、派出所、学校、幼儿园也找我做设计。

当然也有心烦的时候，不可能一帆风顺。我目前最大的苦恼是活儿太多了，工人太难找了。从安徽招人成本太高，许多人宁愿在家挣钱少些，也不愿意背井离乡。从当地招人，习惯和思维模式差别又大，不容易磨合。

所以现在最大的问题是人手不够，有活儿干不过来。

我今年跟母校的老师商量了，无论是应届还是已经毕业的校友，只要想投身于雄安建设的，都可以来找我，而且希望他们多带些想做事、想挣钱、想实现自己梦想的人一起来，我管吃管住，他们可以先跟我干，以后自己翅膀硬了，可以单飞，都没有问题。

因为雄安需要大量的装修公司和设计人员，活太多了，像我这样的装修公司虽然很多，但也都应接不暇。所以我想通过作家的笔告诉搞设计、搞装修的人，凡是有梦想要实现的人，就来雄安吧，这里遍地是希望，遍地是机会。

我有一个青梅竹马的女朋友，但她不愿意来雄安，就分了。我也一直没有再找，一天到晚忙得不亦乐乎。

来雄安的外地人大多数是单枪匹马。申姐是一个人来的，老公和孩子还在四川，水菱也是一个人来的，她的老公孩子在西安，像我们这样，漂泊在雄安又扎根在雄安的人太多了。

爱得有点辛苦

水菱，作家。

我爱雄安，爱她爱得有点辛苦。

我不是最近才来到雄安的，我已经在雄安住了六年。

有一天夜晚，我走在奥威路上，不知怎的，忽然靠在一棵树上哭了起来。已经是晚上11点了，街上没有一个行人，我才敢这样毫无顾忌地哭。没有想到，还是有人听见了，他走过来问我有没有事。听口音像是北方人，不知为什么他越这样问，我越是哭得厉害，但无论他怎样问，我就是不说话，只是一个劲儿哭。看我不说话，那人也就不再问，就默默地站在旁边。看我哭完了，才说了一句话："有啥事回家再说，别一个人在外面，不安全。"

直到我打上车走了，那人才转身离开。

直到现在，我也没有再见到过那个人。都说雄安很小，可熟悉的朋友只要不约，就不容易见到，何况根本不认识的人。但雄安又很大，在这里，聚集着全国各地的人。

我2016年就到雄安来了，之前也没有独自在外面打拼过，用我爱人的话说，就是温室里的花朵，但我也有着陕西人的豪爽。在雄安，我逐渐变得坚强起来，虽然可能有时候仍会脆弱，但哭过之后依然笑对明天。

我来雄安已经六年了，从举目无亲到现在有许多朋友，我觉得收获了很多，事业、友情、人生感悟，都比以前丰富。

我知道自己的初衷，也从来初心不改。尽管这些年在做很多事，比如成立文化公司，也开了一个陕西面馆，叫“长安面道”，但我知道，这些都不是我的初衷。如果成立文化公司还算没有偏离我爱好的话，开一个面馆，则是我赖以生存的手段。因为在雄安只有生存下去，站稳脚跟了，才能安心创作，完成自己的心愿。

这几年的生活，把我内心柔软的东西变得坚硬，把一些敏感的东西变得很混沌，但我总会在夜深人静时，触碰自己的内心，无论是欢笑还是悲伤，痛苦还是快乐，得意或者失意，我都会细心梳理，把自己的人生感悟和体验倾注在自己的笔端，变成文字记录下来，我相信，这将是我一生的财富。这就是我为何还在雄安、还在漂泊、还在坚持的原因。

2016年，那是我第一次踏上雄安这片土地，我在创作一部关于容城的历史人物杨继盛的长篇小说《长河悲歌》，为此来到容城县采访杨继盛的后人。那时，雄安新区还没有设立，容城也只是属于雄安新区的一个县城，而现在已经是雄安新区的行政中心了。

2017年小说出版以后，在这里颇有影响，因为当时这里并没有一部写这位贤人的长篇小说。那时，凤凰网雄安频道已经入驻雄安新区，挖掘当地的传统文化是他们的工作之一。当得知我出版了这部小说后，他们通过出版社找到了我，邀请我到雄安新区来，一是宣传这本书，他们想把书拍成影视剧，二是请我到公司任职。当时我没想在雄安新区创业，但具有诱惑力的是公司打算把我的作品拍成影视剧。

那时新区刚设立，一切都才起步，刚来的那一年，感觉自己都没有了创作的灵感，整天不知道自己在忙什么。周围没有朋友，没有亲人，这种感觉让我最为崩溃。

一天，西安的一个女作家给我打电话，说她又出版了一本新书，希望我回去参加她的新书发布会。我为她高兴，但我也为自己悲哀，来雄安一年了，我的创作激情哪去了？

对于搞文字的人来说，文化情怀始终占据最重要的位置，但是这种理想化的想法总是被现实击得粉碎。因为你要吃饭，要生存，要考虑很多现实问题，困难重重。雄安的生活成本不便宜，最重要的一项就是住宿问题。在这样的压力下，很多当前的想法只能暂时搁置，先解决生存问题。

我决定在雄安发展，最大的动力就是想把我的小说《长河悲歌》拍成影视剧。因为杨继盛在容城家喻户晓，政府也在围绕杨继盛做一系列工作。我的小说出版后，在雄安新区引起了不小的轰动。在凤凰网雄安频道的推动下，在政府的大力支持下，我的小说召开了线上连载新闻发布会、电视剧筹备会，当时的雄安新区领导也做了批示，这些坚定了我留下来的决心，一待就是几年。尽管这件事因为各种原因搁置下来，但心里总是有了期望和盼头。

我认识了文学界很多志同道合的朋友，我们一起组织活动，举办读书会，闲暇时一起聚会，谈天说地。这是一群让心灵倍感充实的朋友。我也得到了来自党和政府的关心和支持。这一切让我看到了希望，看到这片沃土上，文化终究会百花齐放，而我们的努力也会得到应有的回报。

我身边都是来自五湖四海的创业者，有欢乐，有痛苦，有艰辛，也有期盼。可能因为我是作家的缘故，他们总是喜欢和我交流，谈自己的酸甜苦辣，谈自己的抱负理想。我觉得，在雄安的这几年，是我人生中经历最丰富的几年，这段时光，不仅丰富了我的人生阅历，更是我文学创作中取之不竭的创作源泉。

我觉得，只要心中有信念，只要坚持努力向上，成功总会到来的。我最大的愿望，就是把我的小说拍成电视剧。目前我还在做《雄安记忆》乡愁杂志，想尽自己的能力挖掘雄安新区的村落文化，并保存下去。希望当有一天离开雄安的时候，我可以骄傲地说，我没有辜负这段时光。

容西容西，赶超第一

北京城建集团有限公司项目经理。

在建筑单位中曾流传一句话：“容东机械轰隆，容西蠢蠢欲动。”这句话道出了安新县安置区大规模开建的节奏。

我们北京城建是2021年1月进入容西的，像这么大的工程——建筑86栋楼，常规施工时间不少于两年半。然而给我们的任务要求是2022年6月3日交工。也就是说我们要提前一年完成任务。

北京城建为什么有底气能够完成任务？或许许多人会问。

首先，在容东的施工当中，我们不但有教训，更有总结出的好经验，比如施工手段和技术管理方式，为我们在容西能够如期完工打下了坚实的基础。

举个例子，大家在聊天时玩笑说，在容东是认认真真地做作业，而在容西是认认真真地抄作业。所以我们的口号是：“容西容西，赶超第一。”前两年在容东的作业有许多案例和经验可以复制借鉴。比如钢筋，以往都是大批量直接进入工地，然后再进行分割，那些剩余的钢筋头一是浪费了，二是容易出现事故，有的公司因为废钢筋堆放在工地，工人一不小心就把脚扎伤了。所以我们的工程人员在一线工作时发现，如果事先将钢筋的长度量好，让厂家直接把钢筋分割并扎好，这样运起来省事、省工更省钱，厂家也乐意。钢筋到了以后，我们直接可以用，节省了我们在工地切割钢筋的时间，一举两得。

这个经验很快就被用在了容西工地，不仅如此，我们还把这个经验分享给了其他施工单位，他们一致认为这个办法非常好，说我们无私提供经验的行为值得赞扬。过去有些单位，某个项目干得好了，取得了经验，就把它藏起来，生怕别的单位学去。教会徒弟、饿死师傅的想法，其实害人害己。将工程中的经验拿出来共享，大家都能受益。

再比如，机电设备。按照常理，一般楼盖好后，机电设备才进楼体，施工完毕，再去拆门，甚至拆墙，大家都习以为常，从来没有人去考虑改变。在雄安容东施工的时候，我们的一位年轻技术员就想到了为机电设备提前预留通道的问题，设备间的一些墙体先期不砌筑，施工完成后再砌筑门和墙，省得反复施工，节约了人力、物力、资金和时间，避免了浪费。

另一个例子是检查验收，国家和工程单位对工人们的人身安全非常重视，对弱电模块显示、消防等都要进行检查验收。按过去的施工程序，像弱电单位和消防单位检测，几乎都是快到完工的时候，他们才过来调试和检测、验收。检查出问题，就要返工，时间、人力和经费都会受到损失。在雄安，我们的时间宝贵，一切都要安排合理紧凑。我们就向合作单位提出了大胆设想，跟他们沟通好，检测单位包括弱电调试，几乎都与正常施工同步进行，这样有什么问题可以及时改，省时省力省费用。

我们的经验，提供给其他施工单位用，而他们的成功经验，也分享给我们，在雄安建筑工地，这已经成为佳话。

工地上

毛怡冰，工地负责人。

我们现在位于E标段一号门入口的地方，样板间也在这里。

位于东南方向的86栋楼，一共分为4个大区，现在是F区，这个地块目前是27号楼，也就是样板楼，旁边还有一个18号楼，是一个丁户型的楼，居住面积100平方米，还有90平方米的。

整个工地大概有10个户型，按甲、乙、丙、丁、戊……来分，甲户型最大的是140平方米，乙户型最大的是120平方米，还有90平方米、70平方米、50平方米的，目的是满足老百姓的不同需求。

这些回迁房的户型设计很合理，户型多，大小都有。当地老百姓在分房时，可以自由组合，挑选喜欢的户型。我们的工作不仅是坐在办公室或在工地上，领导还要求我们多走访当地的居民，问一问他们的需求，比如喜欢什么样的户型，喜欢多大的、什么朝向的。

结果一调查，让我感叹真是萝卜白菜各有所爱。有的喜欢紧凑型的；有的喜欢小户型的，家里人口中多，那样可多分几套；更多的人喜欢大户型；有的愿意住楼顶，他们说住在人家楼下，就要忍受上面的人吵架、摔东西；还有的愿意住一层，因为家里有老人，出行方便。这些意见我们听进去了，所以设计了多个户型，基本上满足了大部分人的需要。

这是140平方米的样板间，三室两厅两卫，装修得很漂亮，三口或者五口之家住着很舒服。为了满足年轻人的喜好，我们建造了相对小些的一人住户型，基本上就是50平方米，刚毕业的大学生非常喜欢，因为他们希望能够有自己的独立空间，一室一厅一卫，还有阳台，坐在阳台上看书、听音乐、喝咖啡，美极了。

从开工到现在，已经过去一年，还有三个月就要交房了。我们在保证质量的前提下，紧锣密鼓地赶进度。

在做楼型设计、外观设计时，我们参考了当地的建筑风格。每个地区有每个地区的审美，我们要体现雄安人的审美，就一定要站在雄安人的角度去设计安置房。比如这个针织漆外形既简约环保，又体现出当地朴实的民风。

这里最高的楼是14层，最低的是10层。看上去不止这么高，是因为房间的层高，在刨去板厚装修后，达到了2.7米左右。这个层高是比较人性化的。

容西开工建设时间是2021年1月，我记得刚刚过完元旦，1

月3日我们就进场了。按照正常情况计算，86栋楼应该是两年半完成，但在雄安一切都要加快，还要保证质量。上级只给我们一年半的时间，2022年6月30日必须交房。提前一年交房，让我们的压力非常大，也是一次“史无前例”的挑战。

一是工期缩短了，要争分夺秒；二是疫情来了，人员流动困难，没有工人，工期进度就会受影响。但北京城建的领导说了，我们没有失败的案例，因为我们是首都的建筑队。这样的理念激励着我们，我们全力以赴，投身于宝贵的每一分钟。

这是我们企业的污水回收装置，投资达到1000万元，整个施工区域的生活和建筑方面的废水、污水，统统集中到这个污水回收厂，相当于一个小型污水回流厂。

这么做的确是花了不少钱，但不浪费钱。新区大力提倡绿色环保，施工企业不能够落后，要在施工中想办法降低能耗，提升环保水平。

我跟您说，每个雄安企业都在践行国家绿色环保理念，我们努力从节能减排和循环利用上下工夫。比如，施工单位的所有废水、污水都不可以乱排放，要统一拉到污水处理厂进行处理。用车把污水拉到污水处理厂，对自然界会增加碳排放，还增加了成本。为此，我们建立了自己的污水处理厂。

我们工地每天大概有200多立方米污水需要处理，有了自己的污水处理厂，我们不出工地就可以将污水循环再应用，省去了车辆费、司机人工费、废水再利用费，那些处理过的水又可用于施工，既方便又快捷更省钱。

自己处理污水，是否有安全保障？

很多人也提出了这个问题。我们的污水处理厂是有检测标准的，处理的水虽然达不到直接饮用的级别，但用于洗车、和泥等是没有问题的。

小司，安全检查人员。

说到建筑工地的创新，还真有的说。在进入容东的时候，集团号召全员创新，无论你是工人、技术人员，还是包工头，只要有创新的想法，符合实际，集团就大力支持。比如说，凡是工程都要先考虑修路问题，并不是人们常说的那种要想富、先修路，而是要便于车辆和设备、原材料进出。几十年一贯的做法都是用柏油铺路，等施工结束后再把这条路铲除，重新铺路。以前在容东甚至任何一个地方施工，首先将土路整平后打上混凝土，铺就一条临时运输路，等到工程完工、我们要撤出工地的时候，再将混凝土打碎，清理后重新铺一条柏油路。过去都是这样做的，没有更好的办法。但是，这样做一是会产生大量的建筑垃圾，二是造成巨大的材料、人力浪费，三是浪费时间。

同时，后期修建正式路面时，存在隐患，有时路面刨开后，土质松软，施工车辆会出现车身左倾或者右倾的现象，如果车上有重物就非常危险。还有就是极不环保，尘土飞扬。

这次，我们施工人员开动脑筋，提出了用水泥板路代替混凝土的方案。就像咱们脚下这条路，已经不是柏油路而是水泥板路，这水泥板是可回收再利用的。

这两种材料的区别在于，水泥板是可回收的，混凝土则是建筑废渣。水泥板可做成一块块的长方形，运输方便，铺路方便，拆除方便，吊车拉走也方便，下次还可以再用。这是一种非常省时、省力、省钱、环保、安全的创新做法，是我们工人的智慧。这个创新方法得到了集团的表扬。同时，我们不自私，不保守，为雄安所有的施工单位提供了参考。

大家效仿后都说，这创新方法太值得借鉴了。

别小看这水泥板，其制作工艺也很有技术含量，如果打薄了它会塌陷，打厚了就浪费成本，太重对吊车也有损耗。特别是为了安全起见，不会让车上塌陷或者侧翻，在水泥里头加入了钢筋，钢筋水泥足够结实有耐力，再加上薄厚均匀，大小和切割比例适中，操作起来便捷节省时间，一举多得。小小创新足见工人们的智慧和用心。

王工长。

为了让工人在生活上更舒适，容东建立了三大职工生活区。生活区就像一个社区，麻雀虽小，五脏俱全。

C生活区门口有执勤人员，进出都要查验身份牌，外人是绝对进不去的。再看那一排排的活动板房，左边是浴室，一层是男浴室，二层是女浴室，墙上有一块“节约用水，注意安全”的牌子。

再向里面走，是宿舍区，男女宿舍分列开来，想走错——

没门。

一般的工地只有一个工人宿舍，很大，而且离工地很远。我们这里却有三个生活区。因为工地太大了，为了让我们工作生活都方便，才建的三个生活区。你离哪个工地近，你就在哪个生活区吃饭。我们在许多单位干过，工地离我们宿舍和食堂都很远，有时我们干得太累了，就不回去吃饭，准备好泡面凑合吃点。可城建集团为我们着想，三个生活区差不多，只是把我们调配开，就近施工，就近休息，就近吃饭。我们是“90后”，超市里还专门为我们进些喜欢吃的零食，考虑得太周到了！

我最满意的是食堂，便宜、好吃，想吃什么菜都有，居然还有家乡菜。我们为什么从容东又到容西，因为城建集团暖心，宿舍有暖气，吃的比任何一家其他单位都好，我们的老乡在这儿吃过一顿饭后，就来我们这里干活了。

生活区立有公示牌，四块小牌子上分别写着有关事项的负责人：突发事件（梁书记），农民欠薪（杨书记），举报电话（黄经理），维权（孙部长），基本囊括了工人日常所需要解决的问题。

照着公示牌上的电话号码，只要你觉得有任何委屈，有任何困难，可以第一时间找你想要找的负责人，百分之百打得通，并顺利解决问题。

有一次我打了，反映包工头分配任务不公平的问题。我们几个不是他们村的，就给我们分配不好干、强度大的活，但分到的钱却是一样的。结果一天之内，包工头就主动找到我们，大家一说就和解了。

我们能打硬仗

中冶建工集团有限公司，管理人员。

我们是央企，之前驻在重庆，但早就有心投入雄安的建设。

初到容城考察时，我就感受到北方冬天的寒冷干燥。这里沙尘漫天、植被稀少、道路坑坑洼洼，跟车水马龙、葱郁滋润的3D城市重庆相比，真是别有一番感受。

中冶建工集团领导几次召开会议强调，雄安是习近平总书记提出的“千年大计，国家大事”，我们作为建筑龙头公司不能够缺席，在这块热土上，中冶建工要有代表作！

新区的设立，吸引了众多大型公司纷纷入驻。3.5公里长的雄安奥威路，遍布着国企、央企，以及知名互联网公司等200余家驻地分公司。各大企业都铆足了劲，要在雄安大地一展拳脚，建筑市场竞争相当激烈。

中冶建工先后投标数十次，既要与“国家队”的中国建筑等领头企业一争高下，还要与北京城建集团等“地方队”国企同台竞技，失败是家常便饭，但中冶建工团队不气馁，团队成员在夜深人静时，复盘投标失败经验，相互加油鼓劲，决不言退！

2020年12月，中冶建工集团成立了雄安分公司，安下家，定下心，从那一刻起，我们长期扎根雄安、服务雄安的信心和决心进一步加强了。

我们的领队抬头望着雄安湛蓝透彻的天空，安慰大家："雄安天地广阔，定有我们大展拳脚的空间。"

俗话说，念念不忘，必有回响。功夫不负有心人，在我们一而再、再而三的不懈努力下，终于得到了回应。2020年12月25日，在我们看来，这一天的早晨是雄安最美的早晨，因为我们战胜了所有对手，拿下了标的为20亿元的容西安置房B2标段项目。

此次我们中标对中冶建工集团和母公司中国五矿的触动非常大，原因有三：一是我们入驻雄安时间短，市场资源单薄；二是竞争对手实力雄厚且数量众多，竞争相当激烈；三是中标金额大，成绩喜人。这个项目的中标，也意味着中冶建工集团真正融入了雄安建设的大潮。

"立足雄安确保完美履约，服务新区打造中冶质量，扎根容城争创雄安建设铁军第一梯队。"这就是我们的目标。

我们中冶建工经过半个多世纪的发展与积累，已构建起建筑全产业链运营管理体系和全专业、全流程整合服务平台，是重庆地区唯一"四特九甲"建筑企业，建立有完备的资质体系；通过质量、环境、职业健康安全管理体系认证，获得AAA级银行信用级、AA+主体信用评级。近年来，在社会各界的关心支持下，中冶建工紧紧抓住国家各项重大战略推进实施的历史机遇，积极参与城市建设，企业得到快速发展；积极响应“一带一路”倡议，企业的先进管理理念和先进施工技术先后被引入阿尔及利亚、格鲁吉亚、乌克兰、塞尔维亚、爱尔兰等“一带一路”国家。看到我们的企业彰显央企担当，服务社会，走向世界一流，我们感觉非常自豪。

2021年1月4日，容西安置房B2标段项目开工了。

然而天不遂人愿，就在前期紧锣密鼓的筹备中，石家庄和雄安的疫情形势突然严峻，现场施工环境恶劣，缺水、缺电、缺工人，甚至连厨师都找不到。

怎么办？项目管理捉襟见肘，业主管理严控工期，考核步步紧逼，高压氛围弥漫在整个项目工地。

中冶建工的管理层忙于协调人员的调配、资金的运作，却没想到在工程建筑上出现了管理疏漏。尽管是小疏漏，也没能逃过质量检查组的法眼，通报来了，处罚随之下达。

这件事对中冶建工上上下下的触动很大，专题会上，大家深刻反思，认真查找不足，会议气氛紧张甚至有些沉闷，但大家没有失去信心。通过这件事，我们进一步认识到，雄安新区建设是历史大事件，参与者必须提高站位，提升格局，严格把好每一道质量关。严格工序，铸造一流精品项目。经过一天的反思，团队统一思想：今后要以高品质精装房的标准建设雄安的安置房，必须要让雄安人民住得舒服、住得满意，不辜负人民的希望，不辜负中冶建工对我们的希望。

有失败也有成功，一条表扬的信息让大家高兴不已。

外来务工人员是我们施工队伍的重要组成部分，我们高度重视他们的权益保护，“尊重劳动者，不拖欠工资”是我们的原则。中冶建工承建项目时，建立了完善的实名制管理制度，通过“全流程监控”，确保每一笔工人工资都有据可依、有证可取、有账可追溯，让工人吃上定“薪”丸。就是这些做法，得到了社会的认可。

由于疫情形势多变，项目遭受多方困扰。2021年国庆节前后，我们被告知，中冶建工容西项目的工程进度排名处于整个容西片区倒数位置。这个消息让我们再次感受到了挫败和艰难。

为了追赶已经落后的进度、打造企业争先创优的良好形象，那段时间，领导班子成员白天各自推进分管工作，早上、晚上定时开调度会，讨论业务，遇到有些关键节点会加班到凌晨。项目部工作人员开启了“白＋黑”的工作模式，成员们利用碎片化时间来“啃”图纸、做计划，施工管理人员更是朝五晚九跑现场。知道了问题，中冶建工容西项目没有泄气，反而呈现出一派热火朝天、火力全开的面貌，大家全力以赴，拧成一股绳，不分昼夜抢抓项目进度。

2022年元旦过后，中冶建工的工程进度排名从倒数直升到前列。容西片区B单元安置房及配套设施项目B2标段呈现出一派繁忙景象。总建筑面积约46.64万平方米，建设住宅共计42栋，最高14层，最低7层；商业办公楼1栋，配套设施有市政支路、商业、邻里中心、幼儿园、小学、公交站等，项目进入倒计时。

自2021年1月开工以来，项目部全体人员始终秉承“增强四个意识，建设美好新区”和“一天也不耽误，一天也不懈怠”的精神，150多名管理人员和近3000名建设者风雨无阻、日夜兼程，在容西片区安置房项目建设中综合进度名列前茅。事实证明，中冶建工是能打硬仗的。

安置小区

王根田，容东安置房居民。

我叫王根田，今年70多岁了，原来住在新大王乡，是第一批入住容东安置房的。我现在住的是两室一厅，家里原有8间房，房子是2019年拆迁的，我们先在外面租房，2021年11月份才入住这里的。

房子精装修，可直接入住。

住着感觉太满意了。我们原先是住平房，破旧得很，现在是楼房，不用考虑刮风下雨，天冷有暖气，天热有空调，装修得非常好，看哪哪好。

王大妈。

要不是设立雄安新区，我们这样的岁数是住不上楼房的。我今年72岁，我老伴75刚了。你们看，窗外有公园，有绿地，有超市，还有村里的熟人，可好了。住这里什么都方便，楼房质量也比我们县城的好。我妹妹就住在县城，她到我家来一看，羡慕坏了。

过去自己种菜吃，现在买菜吃得也很习惯。菜特别多，想买什么就买什么，很便宜。听店里卖菜的人说，他们的菜都平价的，不多挣我们的钱。

像我们这么大的岁数，不用再下地干活，不用再为种粮食着急。国家给我们每人每月2000元退休金，我们用不掉，还能多出钱给孩子们。

听电视里说，雄安将来是一流城市，一定跟你们北京一样吧。虽不及北京，也非常好了。那天我们老伴去县城办事，回来时下雨了，走入小区地面上特别干净，根本没有积水，一问才知道，他们用了透水的砖。

我们算是城市居民了，有退休金，60岁以上的人都有，坐在家里就可以养老了。我们村里的人都说，现在最幸福的就是我们这些人了，住着楼房，每天除了吃喝玩乐，没有什么可想的，特别幸福。

还有，这里有大医院，得病也不怕了，这里有好医生给治……

赵志安，退休工人。

我是包钢退休工人，老家在雄安，也是第一批入住安置房的。三室一厅的房子很宽敞。我们没有退休的时候一直住在内蒙，我在老家安新小阳村有宅基地，每年都回家上坟，这里是根呀。三分地的宅基地，原本想退休后要回老家盖房子养老，我的兄弟姐妹都在这儿，亲情都在。

三分地分给我们这套90多平方米的房子，还额外给了20多万。宅基地种有几棵大树，折合成24万元，国家对我们挺好的。

人老了就是想家，兄弟姐妹都在这儿，有个奔头。我们兄弟姐妹关系可好了，冰箱、洗衣机都是他们给买的，被子、褥子都给准备新的，吃的用的，都准备齐全了。

两个侄子也搬迁到这个小区了，非常方便。

这里房高3米，住着敞亮，生活也方便。那天，我们家的下水管道出了问题，给社区服务站打个电话，他们态度都挺好的，马上就上门修理了。

社区还组织我们参加各种活动，19号有一个革命传统歌唱比赛，还有太极拳比赛。小区有一个超市和一个便利店，买菜方便极了。

头疼脑热的可以去卫生服务站，也有药店，都不用出小区，得了大病也有医院看。

不想做饭，可以去早餐店或食堂，明年还有个饭店要开张。平时需要什么东西，侄子都替我们在网上买好，也很方便。

小区里有花园、步道、篮球场、健身器材，早晨锻炼身体，晚饭后散步，生活太幸福了。

生活都很现代化。房子里的灯都是感应灯，这个对讲系统在开门时不仅可以看到来访人是谁，在楼与楼之间还可以通话，而且是视频通话。住在这个小区里的人，大多是过去村里的老乡，还有亲戚兄弟姐妹，父母住一号楼，孩子住三号楼，要买什么东西，问一下父母需要带什么，到吃饭点了，叫孩子们上楼来吃饭。只要你知道对方的门牌号，就可以通话。

大家看看，墙壁上这个红色键是报警按钮，跟消防报警一样，但功能有很多。这个报警按钮联动到警务室和保安物业，只要一按，警务室和保安物业就知道是哪楼哪门哪户需要帮助了。除了客厅有报警按钮，每个卧室床头还有一个黄色的按钮，老人睡觉时如果觉得心脏不舒服，或者有什么不好的感觉，只要一按这按钮，就会有人上门。

还有智能一键断电开关，就是门口这个开关。当你出门时，忘记关卧室或厕所的灯，门口这个键是控制屋里面所有的照明系统，但不控制冰箱，一关屋里的所有照明灯都关掉了。

太方便了，我们出门的时候不用挨屋去检查灯关了没有，也不怕忘记关灯了，一按这键就直接把屋里所有的灯都关了，太现代化、太智能了。

小张，社区工作人员。

一般的小区，一到下雨路面上的积水很久才能够排掉，我们小区是智能化的，整个小区已经完全实现了雨水收集，任何路面都不会再有积水的现象，这就是雄安智慧城市的体现。我们完善了节能功能，99%的雨水集中到下地下管网里，可以再利用。

当时的设计理念就是地下一座城，地上一座城，地下这座城里，将路面上所有的管道、电线都埋藏在地下，而雨水经过过滤后也不浪费，将其变成中水，用于浇花，清洗路面，充分体现绿化智能城市的优越性。

智能化、智慧化、现代化，在小区处处可以体现，比如你们看这树桩，看到上面这个蓝色的按钮了吧？这不是一个普通桩子，在这一片出现任何情况，着火了，有老人摔了，甚至说有人打架了，有人不小心从楼上掉东西伤到行人了……任何情况你解决不了，想通知保安，就按这个按钮，消息马上就传到中控室。中控室会通过你周围的摄像头看到事发地发生的一切，并在第一时间收到这里的图像，然后派出相应人员前往事故发生地，立即解决事故。

民生工程就是我们的最大工程，为了让老百姓生活更便捷、更舒适，我们打造了十分钟生活圈。十分钟之内可以到幼儿园、中小学，去超市商店买菜，去饭馆就餐。整个街区功能齐全，还包括三分钟生活圈。

比如说，三分钟到便利店，便利店里有果蔬、有油盐酱醋。你做饭时突然发现没有酱油、生姜葱蒜，从楼上跑到便利店，只要三分钟，不会影响到你做饭。这儿还有早餐店、药店、卫生服务站、广场，走路都是几分钟的事，不会太远。

一位店面负责人。

社区要求我们做到与市场一样的品质、一流的服务。每天早晨三点我们到农贸批发市场备货。一定要先货比三家，谁家的声誉好，价格公道，我们就买谁的，没有固定的商家。

现在因为住户还没有完全入住，商家每天都是赔钱来卖，等到小区人员住满了，生意会好的。我们现在不是以挣钱为目的，而是服务社区。为了老百姓，我们基本上不盈利。

张春，文化活动负责人。

我们是北京节日乐文化艺术有限公司，属于社会化运营的文化馆和文化站。雄安新区通过调研找到了我们，希望我们来雄安打造公共文化服务体系。我们今年4月份过来洽谈，5月份就开始进驻雄安了。

新区政府对文化是非常重视的，我们在前期文化站的筹划中，政府多次派人来对接，问我们有什么困难，需要他们怎样解决，包括设计、房屋装修，还有制度建设等方面，他们都积极参与进来了。当文化站整体交付时，新区也派人跟我们一起验收房屋，一起把宣传展板上墙。11月老百姓入住后，我们就开展了一些文化活动，目前最多的形式是文化艺术培训。比如说合唱、声乐、钢琴、古筝、舞蹈等，器乐类比较多。

大部分老师都是从当地县市招的，有几个老师是从北京过来的，还有的老师来自石家庄、保定。他们都是艺术院校本科及以上学历的专业老师。

我们容东文化活动站分布在容东地区有10个点，将来可能要达到21个。根据百姓入住的情况，我们会再开设一些满足百姓需求的课程。让文化站进社区是一种创新，因为当初新区的设计理念是“十全十美”。所谓“十全”指的是幼儿园、卫生服务站、文化活动站、街坊管理服务站、居民关爱站、便民商业点、居家养老驿站、室外运动场地、游园、健身步道。

而“十美”是指在自然生态类、全民学习类、儿童托管类、身体健康类、心理健康类、互助类等在内的10大类20项功能空间中选择10项，再加上根据社区需求自行配置的特色型设

文化活动演出

施，共同构成“10＋X”提升型设施。这类设施旨在促进生活品质和邻里关系，可结合社区需求特征选择性配置，在基因街坊层面进行总量统筹协调。

“十全十美”保障了老百姓的文化需求，比如说“十全”里的文化活动站的免费图书阅览，当初设计的理念是全公益性的，但新区领导通过调研后认为，要想办好、办出效果，就要在完成公共文化服务保障的前提下，为老百姓提供一些免费的服务，同时其他的项目要逐步走向市场，比如教声乐、琵琶、钢琴，等等。

现在我们文化站有图书阅览室，里面的书是免费使用的。我们还组织了一些知识讲座，举办广场舞比赛、歌唱比赛。现在正在筹划“百姓大舞台”活动。我们征集了当地的一些特色节目，主要是想营造节日氛围。

明年是老百姓回迁的第一个年。要把元旦和春节搞得热热闹闹的，有家的气氛，有新区的气氛。收费班也有人在咨询并登记报名，你看，有想学国际象棋、围棋、声乐、钢琴、小提琴的人不少，我们还开设少儿编程、机器人班等。

领导们一开始就和我们强调农民变市民，需要用文化活动来进行引领，达到以文化育人的作用。从农民到市民的这个转变，首先是观念和眼界的转变，再到格局的转变。设计之初，计划在容东片区回迁7万人口，疏解北京市10万人口，大环境也需要我们在开展公共文化服务的同时，对先回迁的百姓给予文化的引导和培养，通过开展各类艺术培训，让大家通过绘画、唱歌、弹琴、跳舞来丰富自己的生活，提升自身的文化修养，创建和谐、幸福的文明城市。

我们有信心，因为这里的老百姓素质挺高的，他们有的歌唱很专业，也有跳舞很在行，还有的会弹钢琴。所以我们的工作相对没有想象的那么困难。

入住容东安置房

我是雄安一棵树

被誉为“雄安一棵树”的有许多人，我们在调研和采访中遴选出他们的一些心里话。

我是雄安的一棵银杏，挺拔而又坚韧。

有一次，我们同事的孩子发烧了，视频电话里，孩子哭着喊着要爸爸。同事说，宝贝，爸爸这周还得加班，听妈妈的话，按时吃药，打针的时候别怕疼。孩子一听哭得更厉害了。这时，他突然发现女儿身后有一块小画板，上面写着距离爸爸回家还有3天。他看到这一幕再也忍不住了，赶紧挂掉了电话，一个人放声哭了起来。

——中国雄安集团有限公司　侯润

我们常常把时间分成很多块，去做不同的事情，而他们的时间里全是工作。

记得有一次，碰到一位新区的同志对我说，你们的商风廷同志我认识啊，就连在等电梯的间隙还一手打着电话说工作，一手捧着平板电脑改材料！

——河北省人民检察院雄安新区分院　陈晶

我是雄安的一棵山桃，收获的季节果实累累。

谁没有梦想？环视雄安的建设者，他们中有很多人怀揣梦想、肩负使命，从四面八方奔赴雄安，离家舍业，在雄安筑梦，在雄安实现他们的美丽梦想。他们把披星戴月做勘测称作“景区夜游”，午夜简报称作“军情快报”，通宵会议称作“攻城拔寨”。

来雄安工作之前，我问前辈：“我和爱人不在一个城市，雄安工作很忙，我们又只能靠打电话来交流，会不会增加吵架的频率？”他说：“你放心，不会的，只会降低吵架的频率。”我说：“这么好！在雄安工作还能增进夫妻感情。”他说：“你误会了，我的意思是你压根没时间打电话。”

——河北雄安新区宣传中心　张文荟

因为把时间都给了工作，他们在说到亲人时总是眼含热泪、心怀愧疚：“西西，对不起，妈妈这周不能回家了。”

——中国移动通信集团河北有限公司雄安新区分公司

李慧欣

我是雄安的一棵橡树，温柔又坚强。

有人会问，既然这么辛苦你们为什么还要来雄安？为什么这么拼命？

为了不影响工作，一位年轻的母亲只能给未断奶的宝宝硬生生地来一次分离式断奶。

他们的答案有很多种，无论是哪一种，都包含着奉献、无私和坚定！

雄安，是我值得奋斗、实现梦想、体现个人价值的地方！我放弃了山东省选调生的机会，婉拒了杭州一所大学发来的邀请，毫不犹豫地来到了雄安。

——中共安新县委宣传部　张敬

2017年9月11日，在雄安新区容城县，来自不同地区、不同单位的28个人，进驻当地一个简陋的小宾馆，他们没有任何正式的组织名称，却承担着一项对日后影响深远的任务——为雄安种树。

——中国雄安集团生态建设投资有限公司　田东宇

你是否想过，我们身在雄安的意义？有人说是责任，也有人说是情怀，但我觉得更大意义在于我们心中那份无怨无悔的梦想。你的梦，我的梦，共同撑起雄安发展之梦。

——河北雄安新区党工委管委会党群工作部　张政

走到雄安百姓中去就能感受这方土地的温暖，得到支持和信赖，被寄予期望，就会有无尽的力量。

在雄安，有项重点工作是“记得住乡愁”。有一位老奶奶对工作人员说：“姑娘啊，这棵老树打我小时候就有，你们可得保护好了，以后新区建成了，这片村可能全都拆了，但是这棵树还在，我知道，我的根就在！”老奶奶的话，让工作人员们意识到，你把老百姓当亲人，老百姓就会把你当自己人。

当我们对村内所有在建户进行监督停工、管控时，村民们积极配合，听从安排，自觉停工；当我们整治环境迎接验收时，他们主动拿起铁锹和我们一起清理陈年垃圾；当我们入户巡查时，他们经常递上一杯温水，耐心地配合我们做好记录……

——容城县司法局　郭民

我要做雄安文化的守护者和传承人。与景区共发展，与雄安共成长！

——北京市中关村第三小学雄安校区　高奕彬

我是雄安一棵逐渐成长的树

……女朋友因低血压晕倒在医院，视频时，她向我哭诉：“你对你的树木日夜陪伴，什么时候可以陪陪我？婚后有了孩子你又怎么陪伴他？”我没有回答，但我心中默许：“我会在雄安为我们建造一个‘千年秀林’的家，让我们的孩子和雄安一起慢慢长大。”

……我的人生因为扎根在雄安而变得更有意义，就算到最后没有人会知道我是谁，但是我自己知道雄安的那片璀璨星空里，有我这一束小小的微光！

……2019年4月6日，十几个人在炎炎烈日下奋战了整整7天，终于实现了白洋淀360度沉浸式体验。

……我们多次调研制定白洋淀生态环境保护机制，为新区的绿水青山保驾护航！

……对未来的憧憬，从白纸一张到蓝图绘好，从规划到落地到未来日渐清晰，那里有幸福美好的新生活，那里将有最美的回忆和最大的骄傲。

……我们领导办公室里有一张雄安地图，上面钉着53张小纸条，代表着雄安集团今年承担的53个重点项目。领导说，干好新区的工作不仅要有钉钉子的精神，还要有拔钉子的精神，当这53个钉子拔完时，新区就该有个模样了。说这话的时候，他的眼睛是发光的，大家仿佛从他的眼里看到了塔吊林立、热火朝天的建设场面，看到了一个新兴城市的崛起。

……我们选择了雄安，就选择了更深重的责任与使命；而雄安选择了我们，我们也绝不负党和人民的信赖与重托。

……

后记

这部《雄安记》的采访、写作和修改都是在起起伏伏的3年疫情期间进行的，因此多有曲折。一开始定好的采访计划不得不一再推迟，后来改为见缝插针，伺机而行，同时采用了电话连线、视频交流等方式，终究还是一步步走近了雄安，也让雄安一步步走进了我们的书写。

我们，是叶梅、赵晏彪、贺颖。正当雄安新区的建设如火如荼展开的时候，浙江教育出版社就关注到了这一“千年大计”，时任总编辑周俊直接邀约叶梅书写雄安。因为主题宏大、涉及面广，我们三人决定一道采访，相互切磋，共同书写。

从那一刻起，我们与雄安的每一步变化都紧紧相连。有在春暖花开之时，乘着白洋淀上微波荡漾，与当地村民深聊；有在工地上机器轰鸣之间，对“雄一代”的寻访；也有因疫情影响，在雄安的多日滞留；还有无论在何处，只要见到“雄安”两字就会回望……几年间，我们认识了雄安，21世纪集中国之大智慧、大手笔造就的科技雄安、生态雄安、人文雄安。我们结识了一批雄安朋友，有生于斯长于斯的种田人、打渔人、经商者，也有从祖国各地奔赴于此创业的企业家、科技工作者、建筑师……他们的故事就是雄安故事，他们的经历就是“雄安记”。我们所要做的，就是忠实地纪录、真实地再现，让世界了解 2017 年宣告建立的雄安新区在 6 年间崛起的勃勃英姿，以及这片土地上代代相传的历史文化和精神内核，那是一个崭新的，同时又有着深厚文化积淀、面向未来的雄安。

雄安新区的建立被称为“千年大计”。党的二十大报告明确指出，要“高标准、高质量建设雄安新区”。在这个“千年大计”的实施中，有成功和喜悦，也有沉重和艰辛，有得到，也有失去，更有无数让世界瞩目的智慧创举……我们虽然无法一一陈述，但希望能将体会到的甘苦、铭心刻骨的记忆传递给读者。千年大计，来之不易。

人生之河绵绵流长。6 年，2000 多个日夜，或许不会留下多少记忆，亦或如白驹过隙。但雄安却在世界百年未有之大变局，三年新冠疫情的严峻形势下，创造了一个个中国奇迹。曾经水质恶化几度干涸的白洋淀清水荡漾、一片废墟上建成了具有标杆意义的现代化高铁站、“千年秀林”的绿海成为百鸟群聚的天堂、140 多家央企的到来、各类“雄才”入驻雄安、3500 栋民居楼拔地而起……从卫星上可以清晰地看到，一座崭新的、雄伟且安宁的、汇集了建筑史上层出不穷的科技创新的大城卓然挺立。

春风和煦，蔷薇盛开，习近平总书记2023年5月10日到雄安新区考察，深入雄安新区的高铁站、社区、建设工地等进行调研。他强调：“雄安新区建设取得重大阶段性成果，新区建设和发展顶层设计基本完成，基础设施建设取得重大进展，疏解北京非首都功能初见成效，白洋淀生态环境治理成效明显，深化改革开放取得积极进展，产业和创新要素聚集的条件逐步完善，回迁安置工作有序推进。短短6年里，雄安新区从无到有、从蓝图到实景，一座高水平现代化城市正在拔地而起，堪称奇迹。”

一座没有“城市病”的未来之城，一座新时代宜业宜居的“人民之城”。国之大者，当有雄安。

2022年12月撰写

2023年5月修改